Rainer M. Osinger

Philomena und das gestohlene Leben

Engelsdorfer Verlag

FSC
www.fsc.org
FSC® C101533
The mark of
responsible forestry

Einleitung

›Durstig sind jene Herzen, in denen durch die Berührung Gottes tief innen die Sehnsucht erwacht ist.‹
Dieses Zitat von Aiden Wildon Tozer, hat mich sehr bewegt, und es war mit, ein Auslöser, dieses Buch und diese Geschichte für Jung und Alt zu schreiben. Denn Geschichten sind die Sprache des Herzens die jeder verstehen kann. Es würde mich sehr freuen, wenn viele es wagen könnten sich in ganz neuer, völlig unreligiöser und auch unkonventioneller Art dem Schöpfer des Universums und ihres Lebens hinzugeben und Vertrauen zu finden.
Diese Fabel, möchte Menschen und Menschenherzen verbinden, und gibt viele Anstöße zu einem glücklichen Leben in Freiheit.

Geleitwort

Die Freiheit des Menschen hat viele Gesichter. Einerseits bedeutet Freiheit, ohne Unterdrückung und tyrannische Willkür zu leben, andererseits bedeutet Freiheit, einen individuell nutzbaren Gestaltungsrahmen für sein eigenes Leben zu haben und diesen mit Macht verteidigen zu können.
Freiheit meint also die Abwesenheit von Knechtschaft, ist aber auch Beschränkung und Disziplin, denn Freiheit ist niemals Halt- und Maßlosigkeit. Nur im Zustand der Freiheit sind wir in der Lage, unsrem Leben einen Sinn zu geben.
Heute wird unsere Freiheit besonders durch eine volksferne und autokratische Politik bedroht und ist damit in größter Gefahr. Doch wie sie vielleicht zu retten ist, erzählt diese wunderbare Geschichte.

Ulrich Novak

Chefredakteur „Freilich – Das Magazin für Selbstdenker“

Rainer M. Osinger

PHILOMENA
und das gestohlene Leben

Fabel - Erzählung

Engelsdorfer Verlag

IMPRESSUM

Verlag: ENGELSDORFER
Titel: Philomena und das gestohlene Leben
Erste Auflage am: Juni 2021
ISBN: 978-396940-170-5
Hergestellt in Leipzig, Deutschland
Satz: rmo - Grafik

https://www.engelsdorfer-verlag.de/

In Zusammenarbeit mit
Akademie
ZUKUNFTSTAUGLICH lebensorientiert e.V.

Autor: Rainer M. Osinger
Coverillustration: Rainer M. Osinger

www.illustration.osinger-grafik.at
www.osinger-grafik.at

HUMAN RIGHTS ZUKUNFTSTAUGLICH lebensorientiert EV PRO LIVE®

Gewidmet

meinen wunderbaren Kindern Michael, Jasmin,
Anja, Josua, Ruth, Magdalena und Johanna.

Und allen Menschenkindern, Jugendlichen
und Erwachsenen, die glücklich und in Frieden
und Freiheit *miteinander* leben und
füreinander dasein wollen.

Im Besonderen
für meine geliebte Frau Christina.

Danksagung

Ich danke meiner Frau Christina, dass sie immer an mich geglaubt, mich geliebt und zu mir gehalten hat. Ich danke meinem Freund Miro und meinem Verleger Tino Hemmann. Ebenso danke ich Hans-Jörg Karrenbrock und Ulrich Novak für ihre wertvollen Geleitworte.

Danke an alle Freunde und Mitmenschen, die mich ermutigt haben dieses Buch zu schreiben.

Auch danke ich allen Mitmenschen, die in dieser Zeit in unterschiedlichster Form gegen alles Unrecht aufstehen, sich für andere einsetzen, sich nicht beugen, oft keine Mühe scheuen und viele Opfer bringen, damit unsere Kinder in Liebe, Menschenwürde und Freiheit aufwachsen können.

Vorwort

Es gibt Geschichten, die sind einfach wichtig. Sie werden von Generation zu Generation vermittelt, in Märchen verpackt, in Gedichte gegossen oder in Liedern vertont. Und dann gibt es Geschichten, die werden plötzlich wichtig, weil sich die Welt und die Gesellschaft genauso entwickelten, wie es der Autor vorausahnte.

Ein solches Werk hat Rainer M. Osinger mit „Philomena und das gestohlene Leben“ geschaffen.

Vordergründig ein Abenteuer für Kinder und Jugendliche. Da ist dieses Mädchen mit dem ungewöhnlichen Namen, Philomena, die sich mit ihren ungewöhnlichen Freunden anschickt, die Welt wieder in Ordnung zu bringen. Das ist spannend, überraschend, spaßig und auch lehrreich.

Auf einer zweiten Ebene entwickelt diese Geschichte eine Aktualität und Realitätsbezogenheit, die vor allem die erwachsenen Leser faszinieren wird, denn die Methoden, mit denen das einst freie Land Libertas zu einem totalitären Staat verkommt und seine Bewohner zu angstvollen ›Gehorchern‹ und ›Untergebenen‹ werden, klingen auch im Hier und Jetzt an.

Dass ausgerechnet ein Kind, bzw. junges Mädchen die Missstände aufdeckt und zu bekämpfen versucht, verwundert nicht. Rainer M. Osinger steht damit in der Erzähltradition von Michael Ende, Lewis Carroll oder Joanne Rowling und von Herbert Grönemeyer, wenn dieser „Kinder an die Macht“ fordert.

Denn Kinder haben eine ungetrübte Empfindung für das Richtige und Wesentliche, sie sind unkorrumpiert, kompromisslos und auf eine bestürzende Weise wagemutig. Die jungen Leser und Leserinnen werden genau das an Philomena und ihren Freunden schätzen lernen und für sich selbst, ja in sich selbst entdecken.

Während die erwachsenen Bewohner des Landes in dieser fabelhaften Geschichte mehrheitlich durch Drohungen, Sicherheitsstreben und Besitz gefesselt, ja gefangen sind und ihr Weltbild von einseitiger Propaganda geprägt wird, sind Kinder noch frei von diesen Zwängen, die Gehirnwäsche funktioniert (noch) nicht.

Was die Erwachsenen schon lange nicht mehr sehen oder sagen wollen, erkennen und benennen Kinder ohne Furcht; wie etwa, dass der Kaiser keine Kleider trägt.

„Philomena und das gestohlene Leben" beschreibt daher nicht nur den wackeren Kampf eines jungen Mädchens gegen die Übermacht des Bösen, sondern vermag auch tiefe Einsichten zu vermitteln: Es ist wichtig, Fragen zu stellen und Hintergründe zu erkennen, das Gute vom Bösen zu unterscheiden, unerschrocken, geradlinig und ehrlich zu sein, Freunde zu haben, Rückschläge zu akzeptieren, ohne aufzugeben und schlussendlich an sich selbst zu glauben.

Die größte Einsicht, die dieses Buch vermittelt, ist jedoch die unumstößliche Wahrheit, dass es eine Kraft gibt, die stärker als alles Böse ist, eine Kraft, die uns stärkt, wenn wir dem Unrecht widerstehen, und die Versöhnung schenkt und Frieden: die Liebe.

Hans-Jörg KARRENBROCK

Professional Voice Over Artist für Rundfunk, TV, Film

Kommentar des Autors

Lieber Freund, lieber kleiner und lieber großer Leser. Die Fabel-Geschichte und die Abenteuer von Philomena und der gestohlenen Freiheit, den betrogenen Bürgern Captas, ihren Freunden den Tieren und ihrem Einsatz für die Freiheit, Nächstenliebe und Barmherzigkeit möchte dir Anstoß und Gelegenheit geben, über so manche Dinge und Zusammenhänge des Lebens immer wieder nachzudenken und ferner Geschehnisse in der Gesellschaft, in Politik und Religion sorgfältig zu betrachten und stets auch kritisch zu hinterfragen *was* geschieht, und nichts was du als Unrecht empfindest einfach nur wortlos oder tatenlos hinzunehmen.

Wir *sind* freie und unabhängige Menschen, und es ist nicht nur unser *Recht*, sondern auch unsere *Pflicht*, nichts in unserem Lande einfach unkritisch hin zu nehmen und geschehen zu lassen!

Der Soziologe, Politiker, Romanist und Schriftsteller Jean Ziegler hat einmal gesagt: »Entweder *wir* verändern diese Welt oder sonst tut es niemand.«

Viel Freude beim Lesen wünscht dir,
Rainer M. Osinger

Übrigens, solltest du den einen oder anderen Begriff oder sonderbaren Namen in diesem Buch nicht kennen oder verstehen, findest du ganz hinten auf Seite: 336 eine kleine Begriffserläuterung dazu.

FREIHEIT

Bibliografische Information durch
die Deutsche Nationalbibliothek:
Die Deutsche Nationalbibliothek verzeichnet
diese Publikation in der Deutschen Nationalbibliografie;
detaillierte bibliografische Daten sind im Internet über
http://dnb.dnb.de abrufbar.

„Das Gesetz ändert sich. Das Gewissen nicht.“

Sophie Scholl

Wer die Wahrheit nicht weiß,
der ist bloß ein Dummkopf.
Aber wer sie weiß und sie eine Lüge nennt,
der ist ein Verbrecher.

Bertolt Brecht

In der internationalen Politik
geht es *nie* um Demokratie oder Menschenrechte.
Es geht um Macht und die Interessen von Staaten.
Merken Sie sich das, egal, was man Ihnen im
Geschichtsunterricht oder
in den Medien erzählt.

Egon Bahr

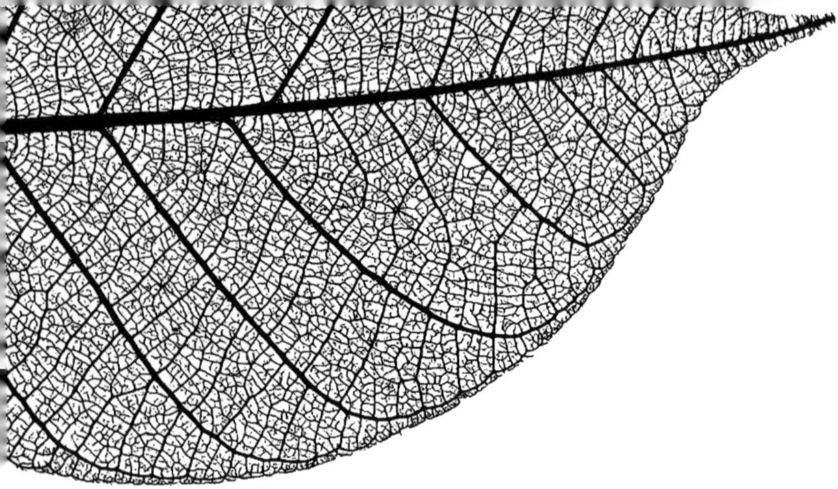

INHALT

Prolog

Madita streckte sich in ihrem gemütlichen Bett und wollte sich nochmals umdrehen und eine Mütze voll schlafen. Sie fühlte sich gerade so wohl unter ihrer warmen Decke, doch kitzelte da ein kleiner Sonnenstrahl an ihrer Nase, der sie wohl unbedingt wecken wollte. Sie dachte mit einem Schmunzeln im Gesicht an das kommende Wochenende. Sie würde heute nämlich zu ihrem geliebten Großvater auf seiner kleinen Farm draußen am Land fahren ...

Ein kleines Zimmer in einem kleinen, am Waldrand gelegenen Häuschen. Das Häuschen, ein gemütliches von Holz errichtetes Heim mit vermoosten, alten Dachschindeln aus Granit und einer breiten überdachten Veranda mit einem petrolfarbenen Schaukelstuhl vor der Haustür, steht am sonnigen Südhang eines weichen Hügels, welcher sanft und schützend hinter dem lieblichen Gebäude liegt. Daneben ein kleiner Stall mit Ziegen, Hasen und einer Scheune für Geräte, Heu und Stroh. Gleich hinter dem kleinen Anwesen stehen zwei wunderschöne, große alte Eichen, die ihre kräftigen Arme behütend über dem Dach ausbreiten. Im Geäst der alten Bäume singen zahlreiche Vöglein vergnügt ihr Lebenslied.

Friedlich und angenehm hört und spürt man den frischen spätherbstlichen Wind durch die Bäume und über das hügelige Land wehen. Der Winter ist schon regelrecht zu riechen und seine Vorboten sind nicht mehr zu übersehen: Die Bäume werden kahl, die Wiesen braun, die Natur zeigt sich in bunten, warmen Farbtönen und leuchtet in der Nachmittagssonne herrlich golden. Unter dem herabgefallenen Laub suchen allerlei Kleintiere ein Zuhause, Eichhörnchen vergraben emsig ihre Wintervorräte, Laubrascheln ist zu hören. Ängstliche, kleine Igel verkriechen sich im Schutz von Geäst, weicher Erde und Moos.

In dem Zimmer des kleinen Häuschens ist ein einfaches Bett und darinnen liegt ein zufriedener, sehr alter Mann, der ein sinnerfülltes Leben hatte, viel gegeben, geliebt, geschaffen und erlebt hat, und nun müde und lebenssatt ist, und nicht mehr lange hier auf dieser Erde zu verbleiben hat. Er ist darüber aber in keiner Weise traurig, denn er weiß, dass sein Herz und wahres Ich, alterslos ist.

Über dem Bett hängt ein Bild seiner Familie, seiner Frau und Kinder, und seiner Enkelkinder. Neben ihm steht eine alte rote ausgeblichene Lampe mit massivem Messingfuß. Durch die halb geschlossenen, über die Jahre stark verwitterten Fensterläden sucht unbeirrt ein Lichtstrahl seinen Weg ins Innere des Raumes und fällt auf die faltigen Hände des alten Mannes. Er hebt langsam eine der beiden Hände und ruft seine kleine Enkeltochter zu sich ans Bett.

»Leg doch bitte nochmals Holz in den Ofen und dann setz dich zu mir, Madita.«
»Oh ja, gerne!« Das Mädchen liebte und schätzte seinen Großvater sehr, denn er war ein Mann von großer Güte und Weisheit.

»Du Großvater, ich wollte dich schon lange etwas fragen. Weißt du, ich bin so unendlich traurig. Traurig über die Ungerechtigkeit und das unsagbare Leid auf unserer Welt. Millionen Menschen und Kinder verhungern. Während andere in ihrem Reichtum und Überfluss geradezu ertrinken. Die einen Menschen wollen den anderen Hilfesuchenden kein Asyl gewähren. Viele Leute leben selbstsüchtig dahin und suchen nur ihren eigenen Vorteil, ohne jemals über den Sinn ihres Lebens nachzudenken. Mächtige Landesherrscher missbrauchen Familienväter als Soldaten, nur um mit ihren schrecklichen und sinnlosen Kriegen noch mehr Macht und Land zu gewinnen. Kinder sind oft unerwünscht, sind im Wege oder werden einfach ›weggemacht‹. Tiere werden sinnlos dahin geschlachtet. Die Erde wird schonungslos ausgebeutet, und Menschen beherrschen oder verfolgen

andere Menschen ... Weshalb fügen Menschen einander und der Natur so unaussprechliches Leid zu? Weshalb nur? Denkst du denn es gibt jemals eine Widerherstellung aller Dinge?«

»Ich denke der Urgrund liegt darin, weil wir den Weg der Liebe verlassen haben Madita. So konnte nichts mehr recht funktionieren! Und nicht irgendwelche Reformen werden die gegenwärtige Situation verbessern! Das heutige System erfordert eine weltweite Alternative. Der erste Schritt hierzu ist eine regelrechte Revolution der Vorstellungskraft. Also eine Revolution, welche tief in unserem Herzen stattfinden muss. Wir haben den Weg der Liebe verlassen und müssen diesen wieder finden.

Stell dir vor, es sitzt jeden Tag ein kleiner Vogel auf deiner Schulter, und dieser fragt dich: Bist du bereit? Tust du das, was du tun solltest? Lebst du so, als wäre heute dein letzter Tag auf Erden? Bist du DER Mensch der du wirklich sein möchtest? So etwas tun viele Menschen heute aber leider nicht mehr.

Und wenn man keine Liebe im Herzen hat, dann mein Mädchen, hat man gar nichts! Keine Träume, keine Geschichte, keine Zukunft, einfach gar nichts!«

»Aber ich verstehe das nicht, wie konnte dies geschehen?«

»Die wahre Liebe, liebt auch die Wahrheit. Und diese macht uns frei! Und wahrhaft frei sind Menschen der Liebe. Und solche Menschen hören auf ihr Herz und übernehmen selbst Verantwortung für ihr Leben. Es hat auch damit zu tun, dass wir diese Verantwortung für unser Leben abgaben. Wir überließen es in zu vielen Dingen anderen Menschen, dies und jenes ›für uns‹ zu entscheiden. Und es kam schließlich dazu, dass wir andere über uns herrschen ließen. Wir ließen uns über lange Zeit, ja über Jahrtausende zu unmündigen Bürgern machen. Nicht alle - aber dennoch die meisten.

Viele Menschen verhalten sich heute wie Schafe, ja wie Sklaven, sie wollen lieber geführt werden, oder wollen sich anpassen, als tatsächlich selbst Verantwortung für ihr Leben zu übernehmen. So beugen sie sich beinahe willenlos unter alles was ihnen vorgegeben wird. Nun ja, das hat den einen ›Vorteil‹ kein Außenseiter zu sein... Aber sieh auf das Leben, bedenke und lerne auch aus der Geschichte. Denn das Leben selbst ist die einzig wahre Schule, mein Kind! Die größten Verbrechen geschahen stets im blinden gehorsam korrupten Regierungen gegenüber! Nun, ist das wirklich ein Vorteil, in einer solchen Gesellschaft kein Außenseiter zu sein? Was denkst du? Du entscheidest!«

»›Der kleine Vogel auf der Schulter‹, das ist die Stimme des Herzens, nicht wahr Großvater?«

»Ja so ist es -, an den Scheidewegen des Lebens stehen oftmals keine Wegweiser, Madita. Entscheide dich im Leben aber immer für das Recht, die Wahrheit, die Liebe und das Gute. Denn viel mehr als unsere Fähigkeiten, Talente und unser Wissen sind es unsere Herzensentscheidungen, die zeigen, WER wir wirklich sind.

Meine liebe kleine Enkeltochter hör mir gut zu, die Freiheit lieben, heißt andere lieben. Die Macht lieben, bedeutet sich selbst lieben.

*Der Schöpfer allen Seins hat alle Menschen frei gelassen und die Natur hat niemand zum Sklaven gemacht. Nur der Mensch allein kann den Menschen versklaven. Jemand hat einmal gesagt: ›Wenn Unrecht zu Recht wird, ist Widerstand Pflicht!‹**

Ich will dir dazu eine Geschichte erzählen.«

***

Es läutete gerade in der staatlichen Angorschule, als Pius sich gegen einen seiner Mitschüler zur Wehr setzen wollte. Wie schon so oft hatte ihn dieser boshaft gepiesackt.

Eilig und gehorsam, fast im Gleichschritt, marschierten die Schüler der Oberstufe zu ihren, ihnen zugeordneten Plätzen.

In der Klasse angekommen setze sich Pius, wie beinahe jeden Tag, mit Bauchschmerzen und einem unguten Gefühl auf seinen Sessel. Antriebslos holte er seine Bücher hervor und sah voller Sehnsucht nach Freude und Leben zum Fenster hinaus. Einmal mehr fragte er sich *was* das alles sollte. Warum musste ihm die Schule das Leben so schwer machen.

Er erinnerte sich mit welcher Freude und Wissensgier er als kleines Kind Dinge lernen und begreifen wollte. Mit wie viel Begeisterung stand er schon früh am Morgen auf. Weshalb war das nun nicht mehr so? *Wer* hat die Schule zu einem solch unfreundlichen, ja oftmals abartigen Ort und Apparat der Freudlosigkeit gemacht?

Als er schon als kleiner Junge vor Jahren in die Grund-Angorschule gekommen war, war ihm das viele Fragenstellen bald ausgetrieben worden. Denn stellte man hier die ›falschen‹ oder gar zu viele Fragen, wurde man dafür schnell vom Lehrer verachtet oder lächerlich gemacht. Und von seinen Mitschülern wurde man dann ausgelacht. Man musste also sehr vorsichtig sein, *ob* man etwas fragte und vor allem *was* man für Fragen stellte!

Und überhaupt -, niemand fragte ihn jemals, ob er denn auf diese Schule überhaupt gehen möchte oder nicht. Er musste dort hin, das war Vorschrift. Jeder musste zur Angorschule. Bedenklich war für ihn auch Folgendes: ›Wenn ein *einziger* Lehrer der Angor-Oberstufe nicht in der Lage war, *alle* Fächer zu unterrichten, *wie* konnte dann erwartet werden, dass ein *einziger* Schüler *alle* Fächer beherrscht?‹.

»Alle setzen sich auseinander, jeder zu einer eigenen Schulbank und dann seid sofort still! Ich will nichts von euch hören und auch nichts auf eurem Tisch sehen, als nur euren Stift, habt ihr verstanden! Wenn ich jemanden beim Reden mit seinem Nachbarn erwische, wehe dem, der hat seine Chance verspielt und wird negativ bewertet!

Pius steh auf und teil die Schularbeiten aus!«, befahl der Professor schroff dem jungen Schüler.

»Ich hoffe ihr habt was gelernt und habt euch nicht nur faul und nutzlos herumgetrieben! Nun könnt ihr zeigen ob ihr was taugt oder auch nicht! Ich erwarte hervorragende Resultate, ja absolut erstklassige Ergebnisse!«

Gekonnt verunsicherte der Lehrer die heranwachsenden Schüler. Die Herzen der Kids wurden Tag um Tag an ihren schulischen Leistungen bemessen! So erfuhren sie oftmals tiefe Demütigung und wer nicht ›mit kam‹, oder die geforderte Leistung nicht erbrachte, der war schnell ein Außenseiter.

»Fünfundvierzig Minuten Zeit habt ihr nun, um zu beweisen, ob ihr ordentlich gelernt und was auf dem Kasten habt oder nicht.«

Der Lehrer sah eine Schar verängstigter junger Leute vor sich und war zufrieden mit dem Ergebnis seiner autoritären Einschüchterung.

Jeder bemühte sich und gab was er konnte. Ein jeder versuchte zu zeigen, dass er ein guter und vollwertiger ›Frebeme‹ war! Denn so nannte man die Bürger dieses Landes -, Frebemen. In dieser verdrehten, leistungsorientierten Gesellschaft wurde man durch gute Noten schnell hinauf gehoben und entsprechend beachtet. Schnell war man dann ein besserer Bürger, hatte bessere Chancen.

So bekam man wenigstens ein klein wenig an Liebe und Beachtung. Schlechte Noten hingegen, machten dich in dieser Gesellschaft schnell auch zu einem schlechteren und unwerten Bürger. Die ständigen ›Prüfungen‹ in der Schule, entschieden also über dein Leben und Schicksal. Beinahe täglich wurden die Kinder schriftlich oder mündlich geprüft und mussten sich *beweisen*. Mussten auf *diese Art* beweisen, dass sie würdig waren, beachtet und geliebt zu werden. Niemand fragte nach ihren wahren inneren Stärken und Qualitäten. Und schon gar nicht nach dem Zustand ihres Herzens.

Ein jeder arbeitete also angestrengt und unter Stress, Jeder gab was er konnte, denn sehr schnell war die vorgegebene Zeit auch wieder herum. Und wer länger brauchte, der hatte Pech gehabt.

»So Leute, jeder dreht jetzt seine Prüfungsarbeit um und legt den Stift weg!«

»Darf ich bitte nur noch kurz den Satz fertig schreiben Herr Professor?«, fragte Pius.

»Jeder, hab ich gesagt, also leg sofort den Stift weg!

»Aber ich weiß doch die Antwort, ich bräuchte nur noch einige Minuten Zeit. Ich habe gelernt und ich kann das!«

»Hörst du nicht? Schularbeit umdrehen, habe ich gesagt! Aber sofort! Hättest du *ordentlich* gelernt, dann wärst du auch rechtzeitig fertig geworden! Wo kommen wir da hin, wenn hier jeder seine Extrawünsche äußert?«, meinte der Professor ohne Verständnis oder Mitgefühl.

»Aber, aber ... Herr Professor«.

»Setz dich und sei still sage ich!«

»Etwas stimmt hier einfach nicht. Die Schule in unserem Lande ist im Grunde schon lange eine Art Gefängnis. Ein Ort, in dem die Erwachsenen die Kinder solange fest halten, bis diesen die Freude am Lernen endgültig vergangen ist. Ja, bis sie schließlich gefügig und gleichgeschaltet leben, ohne im ›System‹ zu *stören*«, dachte Pius enttäuscht bei sich.

Wer nicht schnell genug beim Schreiben oder Rechnen war und vielleicht noch etwas länger brauchte um zu überlegen, der bekam kaum eine Chance. Hinzu kamen dann noch der übermäßige Leistungsdruck, der permanente Stress und auch die ständige Angst. Diese machten es vielen Schülern beinahe unmöglich, ihr Potential zu entfalten.

Raum um seine eigene Persönlichkeit, seine Talente und Fähigkeiten wirklich zu entfalten war wohl da, jedoch war dieser so klein, dass es kaum möglich war hier tatsächlich individuell zu wachsen. Bevor etwas Individuelles und Lebendiges entstehen konnte, wurde es in dem kontrollierten und kalten Schulsystem auch schon wieder erstickt.

Auf der Angorschule und dem gesamten staatlichen Pflicht-Schulsystem des Landes ›Capta‹, wurden ›ordentliche und gehorsame‹ Bürger gebraucht und heran gezüchtet. Klar war vorgegeben *was* gelernt wurde. Jeder wurde im Grunde derselben ›AUS‹-Bildung unterzogen. Es herrschten leistungsorientiertes Denken, Zucht, Furcht und ›Ordnung‹! Dem Herzen und der Liebe aber wurde kaum Beachtung geschenkt und nur sehr geringer Wert bei gemessen.

Und so geschah es, dass viele Bürger Captas' genau nach *diesen* Prinzipien lebten und eben diese wiederum an ihre Kinder und Nachfahren weiter gaben.

Erstes Kapitel

Glück und Freiheit

Nun fragt man sich vielleicht, ob das schon immer so war in dem bemitleidenswerten Land. Nein, das war es nicht!

Denn vor sehr langer Zeit, gab es einmal ein wunderschönes, freies, sehr weites Land namens Libertas, welches sich auf dem herrlichen Planeten Erde in überwältigender Schönheit und Vielfalt ausbreitete.

Seine Pracht war groß, die Böden naturbelassen und die Erde schwarz und fruchtbar. Die tiefgrünen Wälder Libertas waren stark und dicht, durchdrungen von einer Menge fantastischer, heilender Gerüche und Düfte. Eine Vielzahl an Tieren fanden hier Schutz und ihr Zuhause. Verschiedenste Singvögel erfüllten diese Wälder zudem mit ihren geheimnisvollen Liedern. Magische Klänge lagen in der Luft, welche eine wundersame Stimmung des Glücks verbreiteten. In den vielen Tälern Libertas lagen atemberaubende, türkisfarbene Seen mit breiten Schilfgürteln an ihren Ufern, diese boten unzähligen Kleintieren Schutz und Heimat. Riesige Felder und Wiesen waren voll von unterschiedlichster Nahrung. Von Kräutern, Blumen, allerlei Getreidesorten, Mais, Reis, Gemüse und wunderbaren Obstbäumen mit den herrlichsten Früchten.

Von prächtigen Bergen mit schneebedeckten Spitzen, und signifikanten Gletschern, führten glasklare Bäche und Flüsse in die Täler. Diese versorgten Mensch und Tier mit dem lebensspendenden Element ›Wasser‹. Über all dem breitete sich ein herrlich klarer und tiefblauer Himmel, mit reiner und gesunder Luft aus.

Es war ein Land von innerer Stärke und Freiheit. Die Menschen dort, waren nämlich tief verbunden, ja regelrecht verwurzelt mit der Natur. Sie lebten von ihr, lernten aus ihr, liebten sie und nahmen nur was sie brauchten. Sie gingen aufrechten Herzens, und erhobenen Hauptes ihres Weges. Sie waren frei und glücklich, ihr Wesen war sorglos und unbeschwert. Auch *miteinander* waren sie tief verbunden. Die Leute hatten offene Herzen, lachende Gesichter, sahen einander ohne Falsch an, sprachen freundlich zueinander. Sie begrüßten sich stets mit der liebevollen Geste des Händeschüttelns und Umarmens. Ihr offenes Miteinander und Füreinander machte sie stark und froh. Sie besaßen ein gesundes Urvertrauen in den Schöpfer allen Lebens und auch in das Leben selbst, sie waren nicht von irgendwelchen Befürchtungen und Ängsten bestimmt oder gesteuert. Denn sie waren mündige, souveräne und reife Menschen, welche *selbst* die Verantwortung für ihr Leben übernahmen. Sie wurden nicht beherrscht und sie ließen sich auch nicht beherrschen. Es gab auch überaus viele frohe, freie Kinder in diesem Land und jeder liebte sie und man hatte viel Zeit für die kostbaren kleinen Erden-Bewohner. Denn das erste, das der Mensch im Leben vorfand, das letzte, wonach er die Hand ausstreckte, das kostbarste, was er im Leben überhaupt besaß, war die Familie. Die Libertaner verstanden *Familie* als das ›Vaterland des Herzens‹.

Die Familie war die natürlichste, festeste und innigste Körperschaft. *Auf ihr* gründete sich das Glück und die Stärke Libertas.

Es war ein Ort bestimmt von Wärme, Nähe, Herzlichkeit und Geborgenheit, in dem jeder ausgerichtet war auf das Wahre, das Gute, das Reine und das Schöne.

Aber auch ein Land voll von Freude und Gerechtigkeit. Kurz gesagt, ein Land bestimmt von Liebe.

Die Kinder wuchsen in der sicheren und schützenden Umgebung ihrer Familien auf. Sie lernten von klein an, von ihren Eltern die gegenseitige Hochachtung, einander Wert zu schätzen und die Kraft der Liebe. Werte wie Treue, Ehrlichkeit, Dienstbarkeit, achtsamer Umgang, Fleiß, aber auch Mut, Tapferkeit, Selbstbeherrschung und Besonnenheit, waren ihnen von klein an vermittelt und vorgelebt worden. Sie wussten auch, dass sie im Leben *das* ernten würden, was sie aussäten, sei es nun Gutes oder Böses.

Die Eltern liebten und pflegten ihre Kinder, und die Kinder achteten und gehorchten gerne ihren Eltern. Denn diese gaben ihnen eine Vision für die Zukunft, vermittelten Hoffnung und lehrten sie Ehrlichkeit und stets zu vertrauen. Sie verbrachten den größten Teil ihrer Kindheit in der Natur und entdeckten deren unendlich viele Wunder, Schätze und Geheimnisse. Ihr Leben und Aufwachsen glich regelrecht einem Liebesabenteuer von Eindrücken, Erlebnissen, Gerüchen und Abenteuern. Sie durften in ihrer Kindheit auch noch wirkliche Kinder sein! Ihre Kreativität konnte sich in diesem Umfeld frei entfalten.

Wenn sie alt genug waren, lehrten ihre Eltern sie allerlei Handwerksarten und viele der großen Geheimnisse der Natur. Die Bildung und Heranbildung erfuhren die jungen Heranwachsenden zum größten Teil durch ihre Eltern und Großeltern, welche ihre Kinder förderten, frei und gemäß ihrer Interessen und Fähigkeiten zu lernen. Im Wissen, dass Lernen und Bildung *immer* und *überall* stattfinden konnte und an keinen Ort und keine Institutionen gebunden waren, erfolgte das Lernen der Kinder also nicht durch staatliche Schulen, sondern ausschließlich durch innere Motivation, entsprechend ihrer

Talente. Auch lehrten die Eltern ihre heranwachsenden Jugendlichen, starke, selbstdenkende und auch eigenverantwortliche Menschen zu sein. Und sie machten diese in keiner Weise von sich abhängig, sondern führten sie in eine gesunde Selbständigkeit und in ein gesundes Vertrauen in ihren Schöpfer.

Zwei wichtige Dinge bekamen die Kinder Libertas' von ihren Eltern: Tiefe Wurzeln und weite Flügel. Und das Grundprinzip des Lebens von ›*Saat und Ernte*‹, verstand bereits jedes kleine Kind.

Keiner sah sich in dem Land als ein abgesondertes Individuum, sondern man verstand sich als Teil eines großen gemeinschaftlichen Organismus. Einem jeden war klar, dass die Kraft und Sicherheit des glücklichen Lebens in der *Gemeinschaft der Familie* lag.

Die wunderbare und große Aufgabe Vater und Mutter zu sein wurde als heilige Verpflichtung und eine der größten Lebensaufgaben überhaupt verstanden. Es war auch klar, dass das Wichtigste, was ein Vater für seine Kinder tun konnte, war, ihre Mutter zu lieben und sie zu schützen.

Ebenso kannten die Tiere in dem Land weder Angst noch Pein. Die Freude war rundherum groß und sie vermehrte sich, da sie in vielfältiger Weise weiter geschenkt wurde. Nichts war statisch in dem Land, alles floss weiter.

Mensch und Tier lebten in großer Harmonie miteinander. Natürlich war nicht alles immer nur problemlos und eitel Sonnenschein, doch getragen von dieser Kraft der Liebe und Freiheit, wurden Probleme und Hindernisse stets gemeinsam bewältigt.

So wuchsen auch die Kinder zu starken, freien, selbständigen und vor allem liebesfähigen und verantwortungsbewussten, erwachsenen Menschen heran. Die Schwächeren und Alten unter ihnen wurden von den Starken stets mitgetragen. So konnten und wollten diese wiederum, in anderer Weise der Gemeinschaft dienen, und mit ihren Fähigkeiten zum gemeinschaftlichen Leben wunderbar beitragen. Die ›Alten‹ waren aber auch im hohen Alter noch innerlich jung geblieben und ein sehr wichtiger Teil der Gesellschaft. Sie hatten viele wertvolle Geschichten zu erzählen und weiter zu geben, über das Leben, die Liebe, die Kraft der Familie, über den Schöpfer allen Seins und über die Berufung des Menschen.

Mensch, Tier und Natur waren und lebten im Einklang miteinander. Es war auch nicht nötig die ›Rechte‹ des Einzelnen, wie zum Beispiel das Recht auf körperliche Unversehrtheit, persönliche Freiheit, uneingeschränkte Bewegungsfreiheit oder darauf überall seine Meinung frei äußern zu dürfen, ohne denunziert oder benachteiligt zu werden, seine Religion und seinen Glauben und seine Überzeugungen frei und ungehindert auszuleben, die Versammlungsfreiheit und viele andere menschliche Grundrechte mehr, schriftlich in irgendeiner Verfassung und Gesetzen festzuhalten. Denn dies war eine Selbstverständlichkeit und es stand tief in den Herzen der Menschen geschrieben.

Diese Menschen und Familien in Libertas, waren eine starke, lebendig atmende Gemeinschaft von gütigen, freien Herzenswesen, welche wussten *wer* sie selbst sind und dass sie geliebt sind. Sie verstanden, dass das Herz das ›Zentrum ihres Seins‹ darstellt, und der Verstand zwar wichtig ist, jedoch *unter* dem Herzen steht.

Kein schöneres Leben konnte man sich denken, als sich tiefer in *dieser* Freiheit zu versenken.

Nun dies alles war vor langer, langer Zeit...

Zweites Kapitel

Tyrannos, Diktator der Frebemen

Die Liebe ist stark! Sie lässt sich weder manipulieren, noch lässt sie sich unterdrücken! Sie ist gerade und verbiegt sich nicht. Sie ist mutig, liebt die Wahrheit und macht keine faulen Kompromisse!

Doch heute -, heute heißt dieses Land wie bereits erwähnt, ›Capta‹. Und seine Grundstruktur und Ausrichtung beruht auf ganz anderen Prinzipien und Werten, als dies in ›Libertas‹ der Fall war. Viele seiner Bürger heißen auch nicht mehr Menschen, sondern zahlreiche unter ihnen wurden ihrem Wesen gemäß ›Fre-be-men‹ genannt. Und sie wurden auch regelrecht zu ›Frebemen‹. Was so viel bedeutet wie: *fre*-md *be*-stimmte *Men*-schen.

Sie ›sprechen‹ zwar noch von ›*Toleranz*‹ und ›*Meinungsfreiheit*‹, jedoch sind solche überaus wichtigen Lebensgrundsätze in dem Land in Wahrheit schon lange verschwunden. Sie haben an *Bedeutung* verloren. Ja, die *Bedeutung von Worten* veränderte sich generell in dem Land! Die Versklavung der Frebemen begann aber damit, dass man sie für dumm verkauft hat. Und sie *ließen es* mit sich geschehen! Denn viele unter ihnen wurden unfrei, weil sie wichtige Grundwerte des Zusammenlebens nicht mehr achteten. Und andere deshalb, weil sie das Wort ›*Nein*‹ nicht sagen konnten.

Die Frebemen waren nun wohl überaus beschäftigte und arbeitsame Bürger, jedoch tief in ihrem Inneren ein mehr und mehr freudloses, ja sogar unglückliches und bedrücktes Volk, welches ein farbloses Dasein fristete, in dem alles ziemlich gleich und grau in grau aussah. Tief in ihrem Inneren, fühlten viele eine große Leere.

Natürlich war dies äußerlich nicht gleich ersichtlich, doch die Liebe zueinander war bei vielen fast zur Gänze erkaltet. Das Misstrauen untereinander war groß, der Umgang miteinander grob und respektlos, und die Verbundenheit zur Natur war völlig verblasst.

Die Natur war ihnen regelrecht fremd geworden, ja sie bereitete ihnen Angst. *In* ihr und *aus* ihr zu leben hatten sie völlig verlernt. Sie kannten weder die Pflanzen, noch wussten sie *wie* man in der Natur überlebt. Und schon gar nicht wussten sie, *wie* man in ihr *glücklich LEBT*! Es fehlte ihnen inzwischen jeglicher Bezug und auch die Liebe zur Natur. Und damit natürlich auch zu ihrem Nächsten.

Auch Stabilität, Struktur und Festigkeit ist auf Grund

des allgemeinen Werteverlustes völlig verloren gegangen. Ihr Trachten und ihre Ziele waren niedrig, gierig, selbstsüchtig und materiell ausgerichtet. Alte Weisheiten, vergangene Erkenntnisse, tiefe Werte, starke Überzeugungen, verborgene Geheimnisse und längst verblasste Erinnerungen, Bündnisse und Treuegelübde wurden vergessen oder sogar verachtet.

Wer sich in dieser Zeit selbst nicht klar entscheiden konnte, musste die Folgen der Entscheidungen hinnehmen, die *andere* für ihn trafen.

Mächtige, meist kinderlose und gierige Herrscher, welche wichtige Begriffe wie verbindliche Treue, Ehe, Familie, Loyalität, Ehrlichkeit, Menschenwürde und Menschenrechte mit ihren Füßen traten, versuchten mit ihren neuen ›Programmen‹ und ›Maßnahmen‹ die gesamte Welt und Bevölkerung durch gezielte Desinformation zu täuschen, kontrollieren und verändern.

Die dunkle Seite war dabei, eine weltweite Diktatur und ein *nie* da gewesenes Kontrollreich zu errichten. Nein, *leben* kann man eigentlich dazu gar nicht mehr wirklich sagen – sie *existierten* gewissermaßen nur noch, sie lebten gar nicht mehr richtig.

Am meisten fürchtete und mied man in Capta aber alles was nicht dem System konform war. Man fürchtete in diesen Tagen besonders die Nähe zum Mitbürger und auch jegliche Art der Berührung. Denn im Lande herrschte ein Verfall der letzten sozialen Grundwerte und auf Grund der Selbstsucht vieler Frebemen, eine regelrechte Massenphobie und Panik vor Krankheiten. Dieser Unsinn entwickelte sich zum Mainstream und wurde zur Dauerbelastung am beinahe ganzen Planeten. Hinter jeder Ecke und bei jedem Mitbürger befürchtete man eine Gefahr und Gesundheitsbedrohung, besonders auch bei den kleinen Bürgern, den Kindern. Ja diese Phobie ging sogar so weit, dass sich die Frebemen selbst und auch ihren Kindern unablässig ›Masken‹ vor ihr Gesicht banden, um ja nicht mit irgendwelchen Bakterien oder Viren konfrontiert zu werden. So verloren sie auch das freie Atmen, ihre persönliche Würde und den gesunden sozialen Umgang. Viele unter ihnen wussten nicht, dass im Atmen der Ursprung des Lebens, und ein unglaublich großer Schatz verborgen lag.

Panik kam nach und nach überall im Lande auf. Der wahre Virus aber der hier um sich griff, war der ›*Panik-Virus*‹ oder ›*Angst-Virus*‹, dieser erstickte jegliche Freude. Die Freude des Lebens zu untergraben und zu zerstören wo es nur ging, war dem neuen System mit seinem perfiden Rundumschlag gut gelungen.

Dieses ›*Neue System*‹, erklärte eines Tages die ganze Welt als eine ›Seuchenzone‹ und schuf somit eine grausame Distanz und Entmenschlichung! Totalitäre Entwicklungen zeichneten sich an jeder Ecke ab. Immer mehr zeigte das neue Regime sein wahres Gesicht.

Es geschah alles Schritt um Schritt. Eine perfide Umkehr Jahrtausend alter sozialer Werte wurde schleichend eingeführt. Echte Menschlichkeit war auf ein Minimum geschrumpft. Distanz und Abstand waren im Lande nun gefragt. Der Mitmensch und Nächste war eine Gefahr geworden und zu fürchten. Man fürchtete plötzlich die lebensnotwendige *NÄHE* zueinander! Isolation und Fernkontakte via Internet wurden ›*in*‹. Wer zu Haus blieb und keinen mehr besuchte, war nun ein Held. Wer seine Wohnung verließ, wer gerne soziale Kontakte und Freundschaften aufrecht erhalten wollte, der war eine Gefahr und wurde zum Geächteten. Solche Bürger waren plötzlich ›Antisoziale‹, ›Gefährder‹ welche das System angeblich zwangen noch schärfer vor zu gehen. Das große Verbrechen dieser Zeit war es also, andere Leute treffen zu wollen und sich frei zu bewegen. Die Nähe zueinander wurde erfolgreich getötet. Genauso wie auch das freie Atmen untersagt wurde.

Es gab einmal Zeiten, in denen man es noch wagte zu widersprechen! In diesen Tagen aber wurde man, wenn auch nur sehr leise und schleichend, zur Konformität regelrecht gezwungen!

Sich stets und ständig schützen, nur ja kein Risiko eingehen, sich keiner Gefahr aussetzen! Und ja nirgendwo anecken. *Dies* war nun zum neuen Motto geworden – und die Frebemen bemerkten es nicht, wie sie dadurch vom freien und glücklichen Menschen, immer mehr zum gesteuerten Frebemen wurden. Sie schnitten sich und ihre Kinder damit vom wahren Leben regelrecht selbst ab und viele waren nun von der *ANGST* geplagt, ja sie waren regelrecht von ihr gesteuert.

Also war man ständig auf Abstand zum Mitbürger bedacht, man sah seinem Gegenüber nicht mehr in die Augen, sprach kaum noch miteinander, traf sich nicht mehr mit seinen Freunden und mied körperliche Nähe und Wärme so gut es ging.

Das intrigante System bedrohte also mit seinen verabscheuenswerten Maßnahmen das Leben und freie Dasein vieler Bürger. So war man also lieber betriebsam, um sich abzulenken und nicht all zu viel nachdenken zu müssen. Und wohl auch um stets möglichst viele materielle Gewinne und materielle Sicherheiten erzielen zu können, sich also möglichst gut abzusichern. Dies war das zweithöchste Ziel in dem bedauernswerten Reich geworden. Neben der vermeintlichen ›*Gesundheit*‹, war ›*Sicherheit*‹ das zweitwichtigste Gut für viele der armen, angstgeplagten und fremdgesteuerten Bürger. Und ›Sicherheit‹ -, meinten sie, konnten sie durch Geld und materiellen Besitz erlangen. So setzten sie ihr weniges Vertrauen welches sie noch besaßen, auf den *Mammon*!

Viele unter ihnen haben auch den Glauben an die Kraft ihres eigenen Immunsystems und an die Kraft ihrer eigenen Gedanken verloren. Sie haben diese eingetauscht in ihr volles Vertrauen in die moderne ›Wissenschaft‹ und der Pharmariesen. Diese gewaltigen Riesen, welche aufgrund der Angst vieler Leute, unendlich reich wurden und immer mächtiger und schließlich die ganze Welt gottgleich kontrollierten, steuerten bald schon die gesamte Politik im Lande. Immer mehr Frebemen *glaubten* nun an die Macht eines Virus' und an die erlösende Kraft von chemischen Tabletten und Impfungen, welche sie angeblich gesund erhalten und ihre Zukunft sichern würden.

Denn das perfide Angstregime säte geschickt Zweifel an jedem Ort und in jedem Herzen:

»Meint ihr denn wirklich euer Immunsystem sei fähig euch zu schützen? Aber nein, gewiss nicht! Ihr benötigt die Hilfe und das große Wissen der ›modernen Wissenschaft‹«. Die Pharmariesen priesen ihr angeblich rettendes, ja befreiendes Impfserum in allen Medien und allerorts an. Zumal das große Geschäft mit der Angst *nur so* erfolgreich voran gehen konnte. Unmengen an Geld wurde verdient mit diesen Impfungen - und immer noch bemerkten viele nicht *was* hier gespielt wurde!

Nun wussten viele leider auch nichts mehr über die körpereigenen Heilungskräfte und Abwehrkräfte. Denn das Immunsystem ist stärker als jede Impfung es je sein könnte! ›*Jemand*‹ hat uns nämlich mit einem starken und sehr intelligenten Immunsystem ausgestattet!

Auch wussten sie kaum noch etwas über die großartigen Heilkräfte der Natur. Dieses kostbare Wissen, wurde in dem kontrollierten System kontinuierlich belächelt und diffamiert. Zudem wussten sie nichts mehr über die zerstörerische oder aber auch lebengebende Macht, welche in ihren eigenen Worten lag. Sie haben das Bewusstsein ihrer Souveränität und Schöpferkraft also völlig verloren. Kaum noch jemand verstand *wie zerstörend* negative Worte wirkten und wie lebensspendend hingegen Worte der Versöhnung, der Wahrheit und Liebe waren.

Die Sprache und die Worte vieler Frebemen, war verdorben, sie war oft negativ, unversöhnlich, schändlich und zerstörerisch. Natürlich entsprang all dies aus dem Herzensinneren.

Töricht und voller Arroganz und Selbstgerechtigkeit, rissen viele laut und unvorsichtig ihr Maul auf. Und nur wenige waren es, die weise waren und es verstanden ihre Zunge zu hüten.

Viele waren fortan völlig fremdgesteuert vor der Angst einer Ansteckung. Auch war die Angst *voreinander* inzwischen über die Maßen groß geworden. Fast niemand wagte es noch seinem Nächsten unmaskiert zu begegnen, auch *die* Leute nicht, die den Virus gar nicht fürchteten. So fürchteten sie sich dann aber doch vor der Meinung des anderen, oder davor jemand könnte sie beim ›Neuen System‹ anzeigen.

Und dadurch, dass sie der Angst im Allgemeinen so viel Raum gaben und jegliches Vertrauen verloren, wurden viele unter ihnen auch tatsächlich schwächer. Wer sich ständig nur schützen will, kann nicht mehr wirklich *leben*. So ein Mensch ist nur noch von Angst gesteuert und schneidet sich in der Tat vom echten Leben ab! Die Macht der Angst, welche mit dem angeblich ›Neuen Virus‹ geschickt etabliert wurde, hat all zu vielen regelrecht den Verstand verdreht!

So wurden immer mehr ›gehorsame‹ Untertanen zu ›am Leben Vorbeilebenden‹. Sie sägten somit, ohne es zu bemerken, am eigenen Ast auf dem sie saßen. Diese Angst lähmte die Hirne der Frebemen und sie machte viele unter ihnen blind und dumm!

Und diese ständige Angst war dann bald schon normal. Sie wurde nicht nur toleriert, sondern von vielen auch noch verteidigt. Die Frebemen errichteten sich Schritt um Schritt ihr eigenes Gefängnis und waren denen böse, ja sehr böse, die sich hier nicht mit in Gefangenschaft nehmen lassen wollten.

Sie verstanden aber nicht wohin die Angst letztlich führt, wenn sie uns ganz ergriffen hat. Angst führt zu Wut, Wut wiederum zu Hass, und Hass zu unsagbarem Leid und zu Zerstörung.

Die Auswirkungen dieses gestörten Verhaltens waren unbeschreiblich. Gerade für die Kinder und ihre gesunde Entwicklung war es fatal. Überall gab es unglückliche, verängstigte und depressive Kinder, welche meist in der digitalen Schein-Welt Zuflucht suchten. Der Mangel an emotionaler und körperlicher Nähe und Wärme brachte aber viele in tiefe Einsamkeit und Depression. Die soziale Kompetenz, also das Herz vieler Leute verkümmerte mehr und mehr.

Es wurde im unglückseligen Land Capta auch nur *eine* Meinung erlaubt und geduldet, und es war dort nur noch eine einzige Denkweise erwünscht, nämlich die von Tyrannos, dem obersten und inzwischen alleinigen Herrscher vom neuen System Capta, welcher seine Position und sein Amt aufs schändlichste missbrauchte. Er bemächtigte sich regelrecht der Gedanken der Frebemen und wollte - ja musste unter allen Umständen vermeiden, dass die Bürger und die Gesellschaft aufgeklärt werden.

Er war die korrumpierte Macht in Person!

Ein kinderloser, auffallend kleiner, aufgedunsener und ziemlich dickbäuchiger Herr mit Doppelkinn und hässlich abstehenden Ohren, der immer rastlos und geplagt umherlief. Ein wahrhaft kleingeistiger Mann, ohne jeglicher sozialer Intelligenz und Kompetenz, aufgewachsen in einer Welt, welche geprägt war von Materialismus und Kälte.

Und er selbst hatte in Wahrheit sehr viele versteckte Ängste und Befürchtungen. Eine ganz große Angst Tyrannos' war aber folgende: Die Angst vor allem und jeden, den er nicht kontrollieren und nach seinen Vorstellungen manipulieren konnte! Der psychotische Machthaber war jemand, der Menschen nicht schätzte und liebte, sondern sie nur für seine niederträchtigen Zwecke benützte!

Doch würde er in Riesenschritten dafür sorgen, alles, aber auch wirklich alles unter seine Kontrolle zu bringen. Tyrannos und sein ›neues System‹, oder besser gesagt sein ›neuer Staat‹, war inzwischen überall im Leben der Frebemen präsent.

Fast alles und beinahe schon jeden beeinflusste er. Bis in die Wohnungen und Familien, die Ehen, Partnerschaften und Freundschaften, alles steuerte er, alles reglementierte er. Bis in die Köpfe und Hirne vieler Bürger war er schon vor gedrungen. Und sogar bei einigen schon bis in ihre Herzen.

Denn Tyrannos säte Zweifel und Unsicherheit wo es nur ging. Er tarnte sich dafür noch geschickt und tat so, als sei er der ›Besorgte‹, der ›Retter‹! Bis er schließlich wieder zu der rohen Gewalt greifen konnte, welche er am liebsten anwendete.

»Meint ihr denn wirklich euer Immunsystem sei in der Lage euch zu schützen? Das ist doch Unsinn, ihr werdet sterben, wenn ihr euch nicht mein Impfserum verabreichen lasst. Nur dieses kann euch retten und schützen. Vertraut mir! Glaubt mir!«

Wiederholte er unablässig über seine sogenannten *›Qualitätsmedien‹*. Es schien, dass er die Herzen der Frebemen in seiner finsteren Weisheit gründlich und lange studiert hatte. Denn er wusste sehr genau, *wie* er die Frebemen manipulieren und hinters Licht führen konnte. Tyrannos wusste auch, dass die Frebemen viel leichter eine Lüge glauben würden, welche sie schon oftmals gehört haben, als eine Wahrheit, die ihnen völlig neu ist.

Seinen mächtigen Palast, einen hässlichen viereckigen Turm, um den stets eine Schar schwarzer Krähen und Raben kreiste, hatte er am großen Platz mitten in der Hauptstadt ›Vincula‹ errichtet.

Unglaublich hoch und imposant stach das unansehnliche dunkelgraue Gebäude über allen anderen Bauwerken heraus. Seine obersten Stockwerke verschwanden nicht selten in den dicken und dunklen Wolken, die in Vincula ein Dauerzustand waren. Dort oben sah man, außer Tyrannos Raben, keinen anderen Vogel fliegen. An so gut wie keinem Tag war hier die Sonne zu sehen. Und einen strahlend blauen Himmel mit gesunder Luft, so etwas gab es schon lange nicht mehr.

Einige dieser Krähen, welche den Turm ständig umkreisten, wurden von Tyrannos Spionen ferngesteuert, und sie wurden auch ›Draben‹ genannt. Was so viel heißt wie: Drohnen-Raben. Deren Gehirn wurde von Tyrannos' System gezielt manipuliert. Sie wurden von ihm eingesetzt, um gewisse Gebiete zu überwachen und zu kontrollieren. Niemand wusste also ob über ihm einfach ein Rabe flog, oder einer von Tyrannos' ›Kontroll-Draben‹, denn sie waren mit freiem Auge nicht zu unterscheiden.

Die Draben setzte er aber nur zusätzlich zur Überwachung und Beeinflussung der Bürger ein.

Zudem gab es überall Polizei und Militär, es gab seine manipulierten Massenmedien, und es gab überall Kameras und verschiedenste smarte Roboter und Überwachungsmaschinen, welche zum Teil mikroskopisch klein waren. Ein weiteres sehr effizientes Überwachungsinstrument, das inzwischen beinahe jeder Frebeme freiwillig bei sich trug, war die hochgerühmte Erfindung des

›*Shadow-Phones*‹.

Ohne diesem überaus praktischen ›Hand-Computer‹, welcher einem in allerlei Lebenssituationen stets hilfreich Beiseite stand, den man alles fragen konnte, und der auch immer eine Antwort wusste, konnte kaum noch jemand sich das Leben vorstellen. Und er war auch klein und handlich, denn er passte in jede Hand- oder Hosentasche und man konnte damit jederzeit, jede Person an fast jedem Ort erreichen. Was für eine wunderbare Bereicherung, dachten die Frebemen. Es wurde bald für fast alle ein unverzichtbarer Teil des Lebens. Die Bürger Captas waren regelrecht abhängig von diesem Gerät, sie vertrauten ihm leider oftmals mehr als ihrer eigenen Intuition. Viele Fragen stellten sie nicht mehr ihrem eigenen Herzen, sondern ihrem Handcomputer. Sogar wenn die Frebemen durch die Stadt spazierten, gingen viele geneigten Hauptes, freudlos auf ihr Shadowphone fixiert, wie blind durch die Gegend, ohne einander zu bemerken oder zu begrüßen. Dies machte sich Tyrannos natürlich schnell zum Nutzen.

Jeden Tag, nachdem er eine Unzahl bunter Pillen geschluckt hatte, ging der unruhige, blutleere und gestresste Tyrannos zielstrebig ins Technik- und IT Studio seines dunklen Wolkenkratzers, um dort gefilmt und vom Volk stets auch gesehen und bewundert zu werden.

Er bezeichnete die Leute und Bürger in den Medien gerne als das Volk, doch meinte er aber damit in Wahrheit nur ›Untertanen‹! Also Bürger, welche zu Gehorsam und Dienstbarkeit *verpflichtet* und gezwungen sind. Über den flimmernden Bildschirm, über Internet, Radio und die Zeitungen schürte er gezielt und anhaltend die Angst im Volk, unter dem vermeintlichen Deckmantel der besonderen ›Vorsicht‹, tat er auch noch so, als wäre er an den Frebemen und deren Leben und Schicksalen interessiert. Doch nicht im Geringsten handelte und entschied er nach den Interessen und Bedürfnissen des Volkes. Obschon er es natürlich *so* darstellte, als ginge es ihm um das Wohl und die Sicherheit der Bürger. Er war ein wahrer Meister der Täuschung.

Über den Verstand drang er mit all zu vernünftig erscheinenden Worten und Argumenten geschickt in sie ein. Und da sie nicht, oder besser gesagt *nicht mehr*, auf ihr Herz hörten, waren sie ein leichtes Opfer für die schändlichen Lügen Tyrannos'. Einerseits löschte Tyrannos auf hinterhältige Weise, kontinuierlich viele seiner Untertanen aus, andererseits missbrauchte er sie auch als Sklaven und als Bewunderer.

Im Namen der ›Gesundheit‹, hat er die Liebe regelrecht abgeschafft, und ein neues, durch und durch menschenverachtendes Zeitalter eingeläutet! In einer Welt voller Angst, hat Tyrannos das Urvertrauen, den gesunden Menschenverstand, die Intuition und vor allem das Herz der Frebemen beinahe ganz ausgelöscht.

Tyrannos System arbeitete in allen Bereichen über den Verstand! Intelligenz, Klugheit, Vernunft. All *diese* Dinge und Fähigkeiten waren hier gefragt. *Da* fühlte er sich sicher und *hier* konnte er auch gut die Kontrolle über alles behalten. Darum war es auch so kalt in dem Land. Denn es gab kein wirkliches Näherkommen über den Verstand! Echte Beziehung war *nur* über das Herz möglich! Und der Bereich des Herzens war ihm fremd und machte ihm große Angst!

»Es ist unsere Pflicht, das Volk zu lenken, es geschickt zu beeinflussen, und es auch kontinuierlich auf ein verträgliches Maß zu reduzieren. Und vor allem minderwertige, kranke und zu alte Frebemen, sollten Schritt um Schritt ausselektiert werden, und von ihrem Leiden ›erlöst‹,« behauptete er in seinem kranken Wahn, und wollte sich hier dann auch noch als besorgter Wohltäter darstellen.

Ebenso musste auch die Zahl der Kinder von ihm kontrolliert und möglichst gering gehalten werden. Denn in seinem herzlosen technokratischen Reich, wurden Frebemen in nur einer begrenzten Anzahl gebraucht. Tyrannos selbst hatte keine Kinder, er hatte klare Vorstellungen und Ziele was diese betraf, und er verabscheute Kinder. Nun offenbarte er dies natürlich in der Öffentlichkeit keineswegs! Dort gab er sich als Wohltäter und großer Kinderfreund.

Dieses Ziel erreichte er durch die entsprechende Gehirnwäsche über Kindergärten, Schulen, Universitäten, Werbung und Medien und auch über entsprechende Literatur. Es wurden in seinem System erfolgreich, täglich tausende und abertausende Babys leichtfertig ›weggemacht‹ und ›abgetrieben‹. Unzählige Kinder, welche leben wollten und das Recht auf Leben hatten, durften einfach nicht leben. Kinder die völlig wehr- und schutzlos waren! Er verbreitete über allerlei *›logische Argumente‹* die Lüge, dass kleine Menschen im Mutterbauch erst ab einer bestimmten Größe wirkliche Menschen seien. Ja -, Kinder waren in Tyrannos System nur zu einem Zwecke gut: Sie zu instrumentalisieren und zu benützen. Und er hat es inzwischen auch schon geschafft, vielen Müttern einzureden, man könne bereits entstandenes Leben, einfach beseitigen, als wären diese wunderbaren Lebewesen nur Abfall! Leider verstanden und durchblickten dies nur wenige Leute.

Ohne lachende und glückliche Kinder, würde die Welt bald zu einer elenden Wüste werden. Einem trostlosen, kalten und toten Ort ohne Freude, ohne Leben.

Doch nicht nur Kinder wurden in Capta ausgelöscht. Tyrannos hat auch die Realität und das Wissen, über das gewaltige Wunder eines jeden einzelnen Kindes, erfolgreich in den Köpfen und Herzen vieler Frebemen getilgt. Kinder zu bekommen war für viele nun kein wirklich begehrenswertes Ziel mehr. Sie wurden sogar als Last gesehen. Wer mehrere Kinder hatte wurde in dieser kalten Gesellschaft schnell verachtet und belächelt. Auch vergaßen sie, dass sie selbst einmal wehrlose Kinder waren. Angewiesen auf den Schutz, den Zuspruch und die Liebe ihrer Eltern. So lebten schließlich viele an ihrer wahren Berufung als Mensch regelrecht vorbei.

Keine Kinder – keine Zukunft! Und für die von ihm geplante Zukunft war eben nur eine sehr begrenzte Zahl an Kindern erwünscht. Aber nicht nur an Kindern...

Vor Tyrannos Zeiten wussten viele noch, dass es heilsam für die Seele ist, viel ihrer Zeit mit Kindern zu verbringen. Es ging darum ein guter Vater und ein guter Ehemann zu sein, eine gute Mutter, eine gute Ehefrau und mit seiner Familie so verbunden wie möglich zu sein.

Man wusste noch, dass Kinder ein Segen und wahres Glück sind, und dass sie uns für eine kurze Zeit anvertraut sind, um sie ins Leben zu begleiten, und auch um an ihnen zu wachsen und an ihnen als Mensch zu reifen. *Nie* hätte jemand daran gedacht, ihnen das Recht auf Leben zu verwehren. Doch ging auch dieses kostbare Wissen, in dem überaus traurigen und verdrehten Lande Capta, Vielerorts verloren.

Die Aufgabe *Mutter* und *Vater* zu sein wurde nur noch gering geachtet. Gibt es aber einen wichtigeren Job als Kinder groß zu ziehen? Immer mehr Frebemen hörten nicht mehr auf ihr Herz. Und irgendwann mussten sie schließlich feststellen, dass ihr Herz nicht mehr mit ihnen redete. Die größten Werte hatten in Capta beinahe keinen Wert mehr. Werte, welche das Herz vor Glück beinahe platzen lassen -, wurden als drittklassig hin gestellt. Geld, Besitz, äußere Schönheit, Ansehen, aber als höchst erstrebenswert.

Nun, wenn die Mutter ihre Kinder nicht mehr schützt,
es den kleinen Wesen alles nichts mehr nützt.
Vorbei ist es mit ihrem kurzen Leben,
denn die Mutter hat sie aufgegeben.

Drittes Kapitel

Der Einspruch

Und eine weitere Sache war ebenso klar, auch zum Thema Virus und ›Viruserkrankungen‹ durfte es nur *eine* Meinung geben! Nämlich die, die Tyrannos sehr eingängig und unmissverständlich vorgab. Die ›Virusangst‹, war dabei sein wichtigstes Werkzeug. Mit seinem geschickt angewandten Populismus, würde er sein Ziel schnell erreichen. Der egozentrische und herzlose Herrscher war derart von sich selbst eingenommen, dass er jede Stimme, jeden Berater, jeden Minister welcher ihm widersprach, schnellstens beiseite schuf. So wie es auch mit ›Minister Nomos‹ geschah, der es trotz allem noch immer wagte, zu widersprechen und seinen Mund auf zu machen:

»Aber das können wir doch so nicht machen!«, widersetzte sich Nomos empört und dennoch vorsichtig. Denn auch er hatte sehr wohl bemerkt, es könnte ihn recht schnell, seine überaus gut bezahlte Arbeitsstelle, oder noch weit mehr kosten.

»*Was* können wir nicht machen, *was*?«, meinte Tyrannos verständnislos und mit bedrohlich, prüfendem

Blick und scharfem Unterton.

»Äh -, ich meine, ich wollte sagen, äh, das anders denkende Bürger, Politiker und Ärzte doch ebenso angehört werden müssen. Und es steht ihnen zu, einer anderen Meinung zu sein und die Dinge von einer anderen Seite zu betrachten, dies ist sogar sehr wichtig, um nicht in eine Diktatur ab zu rutschen«, stotterte Nomos mit inzwischen zitternden Beinen. Denn er spürte die eisige Stimmung und die harten verständnislosen Blicke der Kollegen.

»Es ist doch ihr *Recht* ihre eigene Regierung und deren Handlungen zu hinterfragen. Und zwar ohne denunziert oder ausgeschlossen zu werden! Schließlich werden wir von *ihnen* bezahlt!«, fuhr Nomos fort.

»Und auch ohne in irgendeiner Weise benachteiligt zu werden. Die derzeitigen Handlungen und Maßnahmen sind inzwischen doch gegen jegliche Menschenwürde. *So* wie *Sie* und *wir* zur Zeit handeln, ehrenwerter Tyrannos', *so* bringen wir nur eine große Spaltung unters gesamte Volk.«

»Ist das so, ist das so?«, fragte Tyrannos hinterhältig.

Der naive kleine Minister verstand jedoch nicht, dass genau *das* es war, was Tyrannos ja wollte. Eine Spaltung unterm Volk würde es zudem schwächen und uneins machen. So hätten sie keine Kraft und Möglichkeit, sich jemals gegen ihn zu vereinen und könnten für ihn niemals zur Gefahr werden. Und so würde er noch schneller an sein perfides und böses Ziel gelangen.

Tyrannos ließ Nomos natürlich umgehend seines Amtes entheben, unter dem Vorwand: ›Dieser sei eine große Gefahr für den Staat und die Gesellschaft.‹

Minderheiten und Andersdenkende wurden in Tyrannos System weder respektiert noch akzeptiert, und sie wurden schon gar nicht als gleichwertig geachtet. Tyrannos meinte dazu sogar: ›Solche Aufrührer würden die Gesellschaft gefährden, ja diese vernichten - es sei denn, wir vernichten und bestrafen sie zuvor! Bestrafe einen -, belehre und lähme damit tausende.‹

Nomos war aber nicht der einzige, welcher hier hinterfragte was Tyrannos vor hatte. Auch zahlreiche angesehene Ärzte und Wissenschaftler haben immer wieder und auf vielfältige Weise versucht, Tyrannos darzulegen, dass hier weder eine ›gefährliche Pandemie‹, noch ein ›massenvernichtender Virus‹ vorlagen. Leider wurden diese weder angehört, noch durften sie in den mächtigen Mainstream Medien Tyrannos' auftreten, im Gegenteil sie wurden, wie Nomos, schnell denunziert und ihr Ruf wurde bewusst geschädigt. Wer von den Vorstellungen und Behauptungen des Diktators über den Virus abwich und diesen widersprach, wurde nicht etwa mit Argumenten bekämpft, sondern mit öffentlicher Ächtung,

Diffamierung und Verunglimpfung. Der fragende und besorgte Bürger wurde als Leugner und Lügner hin gestellt! Solche Leute wurden mundtot gemacht und sogar verfolgt. Einigen wurde die Berufs- und Arztlizenz entzogen, andere wurden gleich zur Gänze ›beiseite geschafft‹. Auch haben verschiedene Politiker und Rechtsanwälte immer wieder versucht Tyrannos zu sagen, er muss alle zerstörerischen und freiheitsberaubenden Maßnahmen umgehend stoppen, er muss diese beenden. Leider alles vergeblich, es wurde hier keine andere Meinung zugelassen oder geduldet.

Und die Meinungsdiktatur herrschte natürlich auch in der gekauften Wissenschaft, in den Medien und im gesamten staatlichen Schulsystem. In autoritären Systemen, wie es Capta eines war, passierte alles unter der absoluten Kontrolle Tyrannos. Und dieser diente nur einer Sache! Nämlich seiner eigenen!

Überall zensierten Tyrannos Medien mittels sogenannter ›Faktenprüfer‹ regierungskritische Beiträge die es, obschon nur noch wenige, dort und da dennoch gab. Dabei gingen sie perfide Wege, die sich bewusst selbst der Lüge bedienten. So wurden Faktenprüfer in Wirklichkeit zu Fakenewsverteilern. Sie agierten als selbsternanntes Wahrheitsministerium. Diese *Faktenprüfer* prüften nicht Fakten, sondern dienten dazu unliebsame Meinungen klein zu halten und schnellstmöglich zu diffamieren oder aus zu löschen.

Es schien, als würde der triebhafte Tyrannos von Tag zu Tag selbstsüchtiger und immer gieriger werden und als hätte er seinen Verstand zur Gänze verloren. Immer mehr Ideen hatte er, wie er sein Volk geschickt in Angst und Schrecken und Abhängigkeit versetzen könnte. Er war nicht mehr zu bremsen. Stets gab es neue Gebote, Verbote und Restriktionen.

Widersprüchlichkeiten, Paradoxien, und Lügen mehrten sich im ganzen Land. Er ließ sogar das Wort ›Freiheit‹ aus sämtlichen Büchern streichen und es wurde verboten dieses Wort laut auszusprechen. Er ertrug es nicht, dass irgendjemand sein Leben völlig souverän und unabhängig von seinem System führte.

Er kaufte sich mit seinem vielen Geld, seiner Macht und seinem Einfluss, also viele Ärzte und Wissenschaftler und dazu die einflussreichsten Medien, die allzu gerne bereit waren, genau *das* zu vertreten, was *er* wollte. Im Erfinden von entsprechenden Nachrichten war Tyrannos hier sehr kreativ. So waren das Leben, die Bürger und der Staat, eben einfacher zu ›regeln‹ und zu ›steuern‹. Zuwiderhandlungen wurden geahndet und bestraft. Und so gierig, wie Tyrannos war, vermehrte er zwar geschickt seine Macht und sein Gold, aber er bemerkte dabei nicht, dass er immer verbissener und damit lebloser und schließlich ein vollkommen Gefangener seiner eigenen Gier wurde!

Er verstand die Gesetzmäßigkeiten des Lebens nicht im Geringsten: ›*Alles* was du aussäst im Leben, das wirst du irgendwann auch mal ernten! Sei es Gutes oder Böses!‹

Und leider war dies vielen Bewohnern des Landes egal und anderen war es sogar ganz recht so. Dies ist ja alles zu unserem Schutz und zu unserem Besten, plapperten viele leichtgläubig und naiv nach, und idealisierten den Diktator auch noch. Nicht allzu viele eigenen Gedanken zu haben, und keine eigene Meinung, zumindest diese nicht laut kund zu tun, war wohl das Beste in solchen Zeiten. Sich der Ansicht der Masse so gut als möglich anzupassen, um keine Probleme zu bekommen, war wohl das Klügste. So war es nun halt mal am einfachsten. Und andere bemerkten es auch gar nicht, wie sie langsam aber sicher die Meinung der ihnen vorgekauten und sich ständig wiederholenden Massenmedien übernahmen, und bald auch schon glaubten es sei die ihre.

Wer noch über eigene Gedanken und widersprüchliche Meinungen verfügte, wurde durch die sich ständig wiederholende und geschickt manipulierende und auch überaus effektvolle Indoktrination bald umgestimmt. Über diese Gedankenkontrolle erschuf sich Tyrannos also immer mehr, treue *Untertanen,* anstatt freie, selbstdenkende und selbstbestimmte Bürger. Die inzwischen längst vergessene Würde und Unabhängigkeit des Einzelnen - trat er mit Füßen! ›Die Würde des Menschen ist unantastbar!‹ Dies stand zwar noch in der Verfassung und im Grundgesetz, hatte aber in Wahrheit kaum noch etwas zu bedeuten.

Sie wussten auch gar nicht, *wieso* sie selbst inzwischen so unzufrieden, gierig, geizig und misstrauisch und vor allem auch ängstlich dahinlebten. Man tat am besten einfach *das*, was jeder tat und was einem gesagt wurde. Und *das*, was man schon immer tat. Primär aber *das*, wobei man sich am wenigsten Probleme einhandlen würde. Sich in allem brav unterordnen und stets gehorchen. Am sichersten war es, stets mit dem Strom der Masse zu schwimmen.

Ihre Gleichgültigkeit führte aber dazu, dass sich beinahe jeder Frebeme sagte: ›Wozu sich großartig irgendwelche Gedanken machen zum Leben und dessen tieferen Sinn? Wozu hinterfragen, was die großen und gar so studierten, gescheiten Herren und Frauen des Landes entscheiden? *Die* werden das schon wissen. Hauptsache ich habe meine Ruhe und bin gesund und werde reich und es geht mir gut. Was interessiert mich alles andere, ich könnte ja sowieso nichts ändern auf dieser Welt. Und wenn ich es versuchen würde – dann würden sie mich schon bald ausschließen aus ihrer Gemeinschaft.‹

Durch diese schweigende Masse, die kaum noch Kraft oder Rückgrat hatte und einfach nur überleben wollte, sich fügte, und alles widerstandslos mitmachte, hatte Tyrannos ein leichtes Handwerk alles noch schneller unter seine Kontrolle zu bringen.

Gebannt, wie das Kaninchen vor der Schlange, *warteten* viele Frebemen darauf, was da in Zukunft mit ihnen nun wirklich geschehen würde.

Die Frebemen haben tragischer Weise auch vergessen, dass *sie selbst* es waren, die diese Tyrannos-Regierung gewählt haben. Sämtliche Regierungsbeamte, Politiker und das Parlament sind ja in Wahrheit die Angestellten des Volkes. Das Volk ist es schließlich auch, welches diese bezahlt! Doch nun ist es so, dass sie diesen Macht-Missbrauch einfach geschehen lassen. Und sie dulden es, dass ihnen sämtliche Grund- und Freiheitsrechte von ihrer eigenen Regierung entzogen werden.

Sie lassen sich einsperren und bevormunden, entmündigen und versklaven, entrechten und demütigen. Lassen sich ihrer wertvollen menschlichen Grundrechte berauben. Längst schon ist aus einer Demokratie eine hässliche Diktatur geworden. Tyrannos hat sein Amt und seine

Position schändlich missbraucht.

Er installierte geschickt einen Kontrollstaat direkt vor den Augen der Bürger, welche inzwischen gefügige Untertanen geworden sind. ›Ein Leben ohne Menschenwürde ist ein Leben in Angst, Unterdrückung und Zwang.‹

Das Erschütternde dabei war, selbst *das* erkannten noch immer erst sehr wenige der Frebemen. Viele Bürger bedankten sich sogar noch für diesen Raub ihrer Freiheit. Und sie bekämpften die wenigen Leute, die hier noch Widerstand leisteten. Man sagt ja nicht umsonst: ›Die glücklichen und zufriedenen Sklaven, sind oft die erbittertsten Feinde der Freiheit‹. Und die *Massen* waren schon immer bereit für jede Art der Sklaverei.

Denn Tyrannos sorgte Schritt für Schritt, und rundum auch für eine einheitliche Denkweise und versuchte Versammlungen, Treffen und kritische Stimmen wo es nur ging zu unterbinden. Selbst in Kirchen durften keine Gottesdienste mehr stattfinden.

In einigen Kirchen, welche trotzdem Versammlungen ab hielten, wurden sogar betende Bürger ohne Maske, gewaltsam von den ›Hilfssheriffs‹ bis zur Polizeiwache und sogar zu Gericht gezerrt. Zahlreiche, systemtreue Kirchen unterstützten die Vereinheitlichung und den perfiden Freiheitsraub sogar noch bereitwillig. Der Großteil der sonst so kritisch denkenden Künstler schwieg, passte sich an, und hielt sicherheitshalber den Mund. Und viele andere übernahmen einfach gefügig die vorgegebene Meinung und Denkweise.

Alles was gegen die ›Empfehlungen‹ der GGO, das ist die Globale-Gesundheits-Organisation, verstoßen hatte, war nicht mehr zulässig und wurde nicht angehört. Denn diese war leider auch schon lange von den mächtigen Pharmariesen bestimmt. Es war, ganz egal *wie* stichhaltig hier die Argumente und Beweise auch gewesen sein mochten, sie waren somit auch ein Verstoß gegen Tyrannos Gesetze und seine ›Virusangst-Ideologie‹ - und damit unzulässig! Oh schöne neue Zensurwelt, zu der die permanente Löschung, Diffamierung und Vernichtung vieler kritischer Beiträge, Bücher und Informationen passte. Verbote, Verleumdungen, Einschränkungen, Restriktionen überall und an jeder Ecke! Eine *nie* dagewesene Atmosphäre der Unsicherheit und Angst entstand in vielen Frebemenherzen.

Der verbissene Herrscher verbot den Bewohnern Captas schließlich sogar das Haus zu verlassen, er wollte am liebsten all ihre Schritte, ja sogar ihre Gedanken kontrollieren. Man wurde in immer mehr alltäglichen Situationen des Lebens überwacht. Tyrannos war durch den von ihm neu eingerichteten Staat, immer mehr *allgegenwärtig*. Alles und jeder war registriert und stand unter Beobachtung. Und wer sich nicht an seine Vorgaben hielt, sollte bestraft werden. Nun die Angst und die Un-Einheit im Volk würden gewiss ihr Werk tun.

Was er brauchte um zu siegen und seine Ziele durch zu setzen, war das stille Schweigen der *Mehrheit*, und das hatte er, dachte der hinterhältige Tyrannos und sprach dabei zu sich selbst: ›Bald bin ich nicht nur *all-gegenwärtig,* sondern auch *all-mächtig*.‹

So wurden viele Bürger und die Frebemen ohne es zu bemerken, also mehr und mehr zu fürchterlich ichbezogenen und kalten, angstgeplagten Lebewesen. Der *Mehrheit* der Frebemen war die Auslöschung ihrer Identität und ihrer Würde als souveräner Mensch, regelrecht gleichgültig!

Andere meinten, ›wir können da nichts machen, um zu Leben werden wir hier wohl mitziehen und gehorchen müssen‹. Sie lebten zwar noch, aber auch wieder nicht. Sie waren gefügige, funktionierende Untertanen, sie taten den ganzen Tag das Gleiche. Sie hatten Angst, fügten sich, waren ›vorsichtig‹, mieden Kontakte und pflegten kaum noch Freundschaften. Die einen arbeiteten hart wie Sklaven um überhaupt über die Runden zu kommen, die anderen sammelten gierig Geld und noch mehr Geld, und das großteils nur für sich selbst. Sie überließen ihr Schicksal allesamt *anderen*, angeblich kompetenten Leuten, Politikern und Wissenschaftlern.

Eine konsequente Verfolgung von ›Abweichlern‹, wie anders und kritisch denkende Bürger gerne genannt wurden in Capta, stellte sicher, dass das Aufdecken von Widersprüchen, Verzerrungen und Halbwahrheiten sehr, sehr unbequem werden könnte. Denn allerorts hatte Tyrannos hörige freiwillige Helfer und Helferinnen. Immer mehr ›*normale*‹ Bürger, sahen sich als selbsternannte ›*Aufpasser*‹ ihrer Mitbürger. Ob nun auf der Straße, im Geschäft oder am Arbeitsplatz.

Nun, - das Erzeugen von Beklemmung und die Einschüchterung andersdenkender Bürger sind ja altbekannte Methoden totalitärer Systeme. Staatlich organisierte Angriffe auf die Meinungsäußerungsfreiheit haben ein hässliches Klima der Verunsicherung geschaffen, in dem sich viele Frebemen-Bürger aus dem gesellschaftlichen Dialog zurück zogen oder zur Gänze verabschiedeten, weil sie Ausgrenzung, Zurückweisung und Sanktionen mehr fürchteten als den Verlust der Autonomie und der persönlichen Freiheit.

Auch war vielen Frebemen die Zukunft ihrer Kinder gleichgültig geworden, beziehungsweise begriffen sie nicht, oder wollten nicht begreifen, *was* Tyrannos' perfide Maßnahmen *gegen* die Wahrheit und Gerechtigkeit, für die Zukunft ihrer Kinder bedeuten würde. Aber nicht nur durch Verbote, Ächtung und Strafandrohung sollten die Frebemen auf Linie gebracht werden, sondern durch ein System, dessen Aufgabe *darin* bestand, der Gesellschaft zu verordnen, *was* man im Leben überhaupt noch durfte und *was* nicht. *Wie* man zu denken hatte und *wie* eben nicht.

Manchmal wird die Wahrheit und ihre lebenswichtigen Auswirkungen einfach mit der Vergangenheit begraben! Nur wenige bemerkten, dass hier inzwischen etwas Gravierendes nicht stimmte.

Gefragt ist nun - die Bürger zu indoktrinieren,
so, dass sie andere mit Stolz nun denunzieren.
Die Grundrechte endgültig aufzuheben,
und damit zu gefährden unser aller Leben.

Diese unsagbaren, ja fatalen Menschenrechtsverletzungen, wurden also erschreckenderweise von vielen toleriert oder einfach widerstandslos hingenommen. Und von anderen sogar noch begrüßt.

Viertes Kapitel

Der Musterbürger

So wie es auch der unterwürfige Humiliter tat. Er ging folgsam in der vom Staat vorgegebenen und gewünschten Spur. War ein Musterbeispiel für einen braven, untertänigen und gehorsamen Bürger aus Capta. Er war ein kopfgesteuerter Frebeme, dessen Herz völlig verkümmert und vernachlässigt war. Er hat bereitwillig die Freiheit aufgegeben, nur um etwas an vermeintlicher Sicherheit für sich zu gewinnen, doch am Ende hat er beides verloren.

Freudlos und entseelt stand er Tag für Tag noch vor Sonnenaufgang bei hellem Mondschein auf, band sich untertänig die Maske über sein Gesicht, und eilte schnell und zielstrebig an seinen Arbeitsplatz, um im System zu ›dienen‹. Dort blieb er dann möglichst lange, um auch möglichst viel Geld zu erwirtschaften. So tat es auch seine Frau Mater. Ihre Tochter übergaben, oder sollte man besser sagen, ›opferten‹, sie schon als Kleinkind der ›treuen Fürsorge‹ und Kompetenz des Staates. Dafür gab es ja ausgebildete und studierte Pädagogen, die das wohl viel besser konnten, meinte er. Zeit für seine Frau und sein Kind hatte er ja eh kaum und er interessierte sich auch nicht wirklich für seine Familie und Mitmenschen. In beinahe jedem sah er eine mögliche Gefahr, eine Bedrohung und auch einen Konkurrenten.

Er hatte, so schien es, nur eines in seinem Kopf und seinem Herzen, er arbeitete verbissen und hart und war andauernd von dem Zwang getrieben, mehr und mehr zu haben und zu besitzen. Freude, Ruhe und inneren Frieden kannte er nicht mehr, denn er fürchtete ständig er könnte krank werden, oder jemand neben ihm könnte krank sein und er würde sich dann anstecken.

Auch fürchtete er, seine Mitarbeiter könnten besser sein und mehr verdienen als er und dann würde er irgendwann ersetzt werden. Und er würde schließlich zu den Schwachen und Außenseitern gehören. So war er also zudem auch noch von Eifersucht geplagt.

Oh er musste wachsam sein, er würde am besten treu und gehorsam alle Restriktionen, Vorgaben und Maßnahmen des diktatorischen Reiches befolgen. Auf gar keinen Fall wollte er ausgegrenzt werden und zu den Geächteten gehören. In nur kurzer Zeit hat er beinahe alle wahre Menschlichkeit verloren und wurde zu einem ›Getriebenen‹.

Wenn sich in der Masse doch noch der eine oder andere fand, der es wagte sich zu widersetzen, anders zu denken und die ›Gesellschaft in Gefahr zu bringen‹, wie es

Tyrannos nannte, wurde dieser schnell von treuen Frebemenuntertanen, wie es auch Humiliter einer war, denunziert und verraten.

Die ›Blockwart-Mentalität‹ hatte wieder Hochkonjunktur. Die strengen Ausgangsbeschränkungen aufgrund der Virus-Hysterie weckten die Gelüste vieler Denunzianten. Stolz meldete Humiliter alle Mitbürger, die sich noch immer nicht an Tyrannos Gebote und Vorschriften hielten. Solche ›gefährlichen Bürger‹ mussten schleunigst isoliert und beseitigt werden. Dies ist nur zu unser aller Besten, hieß es ständig. Dieser schändliche Verrat, geschah sogar in den Reihen der eigenen Familien und Freunde.

Ja - wohl das größte Gefängnis in dem viele Leute Leben, ist die Angst davor, was andere Leute von ihnen denken könnten. Schon alleine deshalb passten sich viele Bürger lieber an, und begingen sogar Verrat, um ja nicht aufzufallen. Sie wollten auf keinen Fall zum Außenseiter werden.

Nun war es aber so, dass nicht nur Andersdenkende verachtet und denunziert wurden, auch die Schwächeren und Armen waren sehr gering geachtet in Capta, genauso wie die Alten, die Kinder und die Ausländer und Fremden. Vor allem die Schwachen und Alten unter ihnen waren laut Tyrannos kaum zu etwas zu gebrauchen und nur unnützer Ballast zum Mitschleppen. Und solche Bürger wollte Tyrannos ebenso möglichst wenige haben im Lande. Sie sollten in großen ›*Sammelplätzen*‹ untergebracht werden, und so wenigstens nicht ständig zu sehen sein. Auch würde er, auf verschiedensten Wegen mit entsprechenden modernen ›Programmen‹ dafür sorgen, dass solch ein ›Ungeziefer‹, wie er es nannte, nicht überhand nahm.

Er würde die Zahl solcher Bürger kontrollieren und in einem gefahrlosen Rahmen halten. Schließlich sollte Capta ja das reichste und mächtigste Land der ganzen Welt werden. Und ja, es sollte letztendlich überhaupt nur noch *ein Land* geben – nämlich das einzigartige, reine und mächtige Reich Capta. Dort würde nur ein Gedankengut die Hirne der Frebemen erfüllen, nämlich das ihres ehrenwerten Gebieters.

Alle Versuche einiger unliebsamer und sehr unerwünschter ›Querulanten‹ und ›Selbstdenker‹, das Volk und die Bürger Captas auch mit anderen Meinungen und Informationen zu versorgen, wurden also schnell und geschickt unterbunden, sabotiert und wo es nur ging gelöscht und vernichtet.

Tyrannos stellte all die Bürger, welche widersprachen bloß. Wer sich von der herrschenden Virusangst nicht ergreifen lassen wollte, wurde als eine Gefahr und gar als Mörder dargestellt.

»Ha, ha - fünftausend und zweitausend macht siebentausend und noch zweitausend macht neuntausend.«

Ganz beschäftigt zählte Humiliter seine hart und sauer verdienten Münzen, als könnten diese seine innere Lehre auch nur im Geringsten auffüllen.

»Schon bald besitze ich einhunderttausend Taler«, dachte das rastlose und getriebene Männlein zufrieden, sah misstrauisch um sich, und ging hastig weiter, um mit möglichst niemanden reden zu müssen. Er begriff nicht im Entferntesten, *wie* gefangen und verloren das Leben seines Herzens schon war. Er war eine hässlich entstellte Schrumpfform der Menschlichkeit geworden.

Doch bei weitem nicht allen ging es wie dem gehorsamen, und *ach so braven* Untertanen Humiliter. Immer mehr Bürger wurden arbeitslos und mussten mit sehr, sehr wenig auskommen. Immer mehr kleine Betriebe litten enorm und gingen zu Grunde. Ganze Existenzen waren in kurzer Zeit vernichtet worden. Der Hunger begann, und zudem vermehrten sich aber im Lande durch die starke Isolation und die Kontaktverbote auch Einsamkeit, Depressionen, Hoffnungslosigkeit und Verzweiflung. Immer mehr Seelen verloren die Freude an ihrem Dasein. Tragödien in Familien und im Leben der Kinder stiegen rapide an. Alte Menschen waren plötzlich alleine, sie durften nicht mehr besucht werden. Kinder wurden immer trauriger, öffentliche Spielplätze wurden gesperrt, Feste wurden verboten oder aufgelöst, Kindergeburtstagsfeiern und sogar das miteinander Spielen wurde untersagt.

Selbst die kleinen Kinder wurden gezwungen sich demütigend hinter Masken zu verstecken und ihr Recht auf freies Atmen und ein offenes Gesicht und frohes Lächeln wurde ihnen einfach genommen. Niemand beschützte sie. Überall wurde das Leben, das offene Gespräch und die Freude abgeschnitten, oder eingedämmt. Auch war eine gelingende Kommunikation kaum noch möglich. Der Großteil der Verständigung geschieht ja nonverbal. Das Lachen, Gesichtsausdrücke, Mimik, alles war hinter der Maske verloren gegangen und eine gesunde Kommunikation war schon alleine deshalb nicht mehr möglich! Massive Entfremdung, Kälte und Distanziertheit unter den Frebemen waren die Folge.

Dies schien Tyrannos und seine Komplizen die sogenannten ›*Volksvertreter*‹, jedoch reichlich wenig zu interessieren. Im Gegenteil, dies war ja Teil des Plans. Immer mehr und noch mehr totalitäre Einschränkungen sollten die Frebemen erfahren müssen. So entstand also nicht nur Zorn, Wut, Uneinigkeit und Spaltung, unter den Frebemen, sondern auch eine unwahrscheinlich große Traurigkeit legte sich auf das ganze Land. Sie umschlang, wie eine gewaltige Riesenschlange mit ihren vielen Windungen, die Seelen der gefangenen Bürger Captas.

Nur wer den perfiden Maßnahmen Tyrannos Widerstand leistete, sich nicht mit ihm und seinen Restriktionen verband, blieb verschont und wurde nicht von diesen Symptomen ergriffen.

Zwar ging es in dem dunklen Land um Profit und Macht, aber es mussten im Namen der ›Pandemie‹ beinahe alle Geschäfte, Kleinbetriebe und Gasthäuser ihre Türen schließen. Einige erhielten anfangs zwar noch ein kleines ›Schweigegeld‹. Aber trotzdem führte diese zerstörerische Politik zum hoffnungslosen Bankrott vieler kleiner Geschäftsleute und kleiner Unternehmer. Diese wurden dadurch vielfach in großes Leid und Elend gestürzt.

So wurden durch diese Maßnahmen, im Gegensatz zu den kleinen Unternehmen aber die großen Firmenimperien in nur kurzer Zeit noch viel größer und reicher. Schnell vergrößerte sich dadurch jedoch auch die Kluft zwischen Arm und Reich im Lande. Die Unruhe, Unsicherheit und Spaltung wurde immer größer. Tyrannos und seine sogenannten ›Volksvertreter‹ zogen ihre Programme dennoch, wie von fremder Hand gesteuert, weiterhin achselzuckend durch.

In einer Welt, in der Tyrannos die Angst fix etablieren konnte, würden viele Frebemen sehr leicht zu steuern und zu manipulieren sein.

Wozu die Grundrechte in einem Grundgesetzt festgehalten und verpflichtend nieder geschrieben wurden, interessierte inzwischen kaum noch jemanden:

›Ein gesunder Staat war *verpflichtet* die Grundrechte zu beachten! Diese Grundrechte sollten die Menschen ja vor dem Staat *schützen*. Deshalb mussten *alle*, die im Staat arbeiteten, die Grundrechte genau beachten. *Kein* Gesetz durfte die Grundrechte verletzen! *Kein* Gesetz durfte etwas erlauben, das im Grundgesetz verboten war!

Nun, wie gesagt, nur wenige bemerkten, dass dies von Tyrannos Regierung schon lange nicht mehr beachtet wurde.

Fünftes Kapitel

Philomena

Es gab jedoch auch einige wenige starke Herzen, die sich trotz allem noch immer klar widersetzten. Die es wagten anders zu denken und natürlich auch anders zu leben. Unter ihnen das liebenswürdige Mädchen Philomena. Sie erblickte das Tageslicht im dunklen Zeitalter der Psema. Die Liebe zur Wahrheit und Gerechtigkeit war aber tief in ihr Herz geschrieben.

Sie war ein, zartes herzgesteuertes Geschöpf und wuchs wohl auch in Capta auf, jedoch weit draußen im ländlichen Gebiet Krymmenos, wo die Sonne noch nicht aufgehört hatte die Menschen zu erfreuen und ihre Wärme das Leben noch erblühen ließ.

Ihr Name bedeutet: ›Die Mutige.‹

Philomena war aber von Anbeginn an anders, als die meisten Frebemen-Kinder. Sie bemerkte dies freilich selbst auch bald. Sie sah irgendwie auch anders aus und fragte sich oftmals wieso dies wohl so sei. Das Mädchen war nämlich eines der wenigen Wesen in Capta, welches herzensorientiert war, und auch frei und unabhängig dachte und fühlte. Sie wusste nicht, dass sie gar kein Frebemen-Kind war. Sie war die siebente, und somit jüngste Tochter von Agapi und Thysia.

Irgendwie war alles anders in ihrem Leben. Sie wuchs am Land mit vielen Tieren auf. Den Begriff ›Kindergarten‹ kannte sie gar nicht. Denn in der Zeit in der die meisten Kinder schon früh im Kindergarten vom ›System‹ geprägt, erzogen und geformt wurden, war sie im Stall bei ihren geliebten Tieren den Schweinen, Kühen, Hasen, Katzen, Schafen, Ziegen, Hühnern und Gänsen. Diese mussten schließlich versorgt, geliebt und gefüttert werden.

Sie besaß kein Shadowphone, und ging auch nicht, wie die meisten anderen im Lande zur staatlichen Grund- oder Volksschule um dort unter der vom System vorgegebenen ›Aus-Bildung‹, geformt, oder sollte man besser sagen, verformt zu werden, denn ihr Hof lag sehr weit draußen am Land.

So wurde sie, wie auch schon ihre Geschwister vor ihr, von ihrer Mutter Agapi in behütender Umgebung, liebevoll unterwiesen und unterrichtet, und sie besuchte erst lange Zeit später die öffentliche Oberschule. Ihr Vater Thysia liebte seine Tochter sehr. Er lehrte sie allerlei handwerkliche Dinge und die Liebe zur Familie, die Liebe zur Natur, zu den Tieren und besonders zum Schöpfer allen Lebens und des Universums. Ebenso lehrte er Philomena viel über die Kraft des Glaubens und der Gedanken, über Vertrauen und über die Macht, welche in unseren Worten liegt.

»Achte darauf, *was* du redest und aussprichst Philomena, denn in deinen Worten liegt eine ungemein große Kraft«, meinte er oftmals. Den Rat des Vaters nahm das Mädchen gerne auf und an, denn es verstand, dass ihr Vater es gut mit ihr und ihrer Zukunft meinte.

Immerfort hatte das freundliche junge Mädchen ein fröhliches Lachen auf dem Gesicht, und lustig wippten ihre beiden Zöpfe auf und ab, wenn sie beschwingt am Hof umherlief. Philomena dachte und fühlte auch nicht wie die anderen und wie es sich angeblich *gehörte*. Sie hatte auch zu den meisten Dingen eine ganz andere Meinung. Es war so, als würde sie die Welt mit völlig anderen Augen sehen und verstehen.

Das Mädchen aber hatte eine weitere sehr seltene und besondere Gabe. Sie hatte nicht nur ein Herz für Tiere, sie besaß auch die Fähigkeit mit den Tieren sprechen zu können. Sie verstand also die Sprache der Tiere. Und so mancher dachte schon, dass Mädchen sei nicht ›ganz normal‹. Dies war wohl auch, noch mit ein Grund, dass Philomena zur Außenseiterin wurde.

Eines Tages saß Philomena auf ihrer großen Schaukel unter der alten Hofeiche, welche sie schon als kleines

Kind sehr liebte und ließ dabei im sanften Schwingen die Beine baumeln. Wie so oft dachte sie dort über viele Dinge nach und suchte nach Antworten. Plötzlich sprang sie herunter, lief zu ihrem Vater und stellte ihm eine wichtige Frage, während dieser gerade auf seinem Dreibeinhocker saß und im Stall die Kühe molk. Die Tiere klapperten, während sie genüsslich ihr Abendessen fraßen, mit ihren Ketten an den Stahlzäunen und es roch nach Heu, Stroh, Mist und frischer Milch.

»*Wieso* bin ich eigentlich auf diesen Planeten gekommen Papa, und weshalb gerade in dieser Zeit?«

Der kluge Mann saß lange da, atmete ruhig - und dachte nach. Dann sah er zu seiner Tochter auf und lächelte freundlich. Er dachte bei sich: ›Wie kann ich den Menschen das große Wunder unseres Daseins bewusst machen? *Wie* kann ich helfen, dass ihnen die Augen geöffnet würden, für das Wunder, das unbegreiflich große Wunder, *in* dem wir jeden Tag leben.‹

»Du fragst wieso du hier auf diesem Planeten bist? -, ich hoffe du hast ein wenig Zeit, ich will versuchen dir hier eine Antwort zu geben über unsere Berufung als Mensch und unseren Planeten auf dem wir wohnen.«

»Nun Philomena, du bist da, weil wir dich lieben und ›*Jemand*‹ muss sich wohl etwas ungemein Großartiges dabei gedacht haben, als du geboren und gerade uns anvertraut wurdest. Also frage doch den ›*Jemand*‹, den Schöpfer allen Seins. Ich will dir zu Beginn dazu aber etwas über unser Universum und unser Leben hier auf der Erde erzählen, hör gut zu:

...Im leeren unendlichen Raum, darin sind scheinbar zufällig umherschwirrend, winzige, unzählige Sterne, Planeten und Monde. Wir haben einigen von ihnen Namen gegeben. Einer davon scheint blau zu sein. Ein wohl sehr bemerkenswerter Planet, wir nennen ihn „*ERDE*“. Wir fliegen und fliegen in diesem unbekannten und weitgehend unerforschten, runden, blauen Raumschiff voller Rätsel und unbeantworteter Fragen. Ein Raumschiff voller Geheimnisse und Phänomene. Haben wir eine Fahrkarte? *Wem* verdanken wir diese kostenfreie und überaus geniale Fahrt?«

Der Vater machte eine Pause und dachte nach.

»*Wir*, die Raumfahrer des Schiffes, wovon nun auch du einer bist - *wir*, die angeblichen Herren dieses Schiffes, zumindest bezeichnen wir uns gerne als solche - wer sind wir aber wirklich? *Wer* sind wir auf diesem Schiff, wer kann uns das beantworten? Ich weiß nur, dass wir mit mehr als 100.000 km/h rasant durch dieses unendliche Weltall fliegen - und gleichzeitig leben wir hier wohlbehütet. Während sich unser Raumschiff mit immens hoher Geschwindigkeit durch dieses unendliche Universum bewegt. Anscheinend zufällig und ziellos - und doch hat es eine ihm klar vorgegebene Laufbahn. Auf ihm: Gemüse, Obst, Nahrung, zahlreiche große und kleine Tierarten, Getreide, Bäume, Blumen und allerlei wunderbare Köstlichkeiten und das große Wunder ›Wasser‹ - und - *wir*.«

»Ausgestattet wurden wir, die ›erleuchteten Raumfahrer‹, vom Schöpfer mit einem komplizierten und weitest gehend ebenso noch unerforschtem Denkapparat, den wir *Gehirn* nennen und mit einem Gewissen welches wir *Herz* nennen. Wir wissen heute, oder besser gesagt vermuten, dass die Speicherkapazität dieses Wissens-Apparates schier unendlich ist.

Viele der Handlungen, welche die ›Wissenden‹ heute setzen, lassen jedoch an der großen Intelligenz des Homo Sapiens zweifeln. Warum fügt der ›Mensch‹, welcher heute wohl keiner mehr ist, vielmehr ist er ein ›Frebeme‹ geworden, dem Raumschiff und auch seinen Artgenossen so viel Leid und Schaden zu? *Was* treibt ihn an? Wenn ich die Weisen frage, bekomme ich nur unbefriedigende Antworten. *Wer* hat ihn mit diesem gewaltigen Computer ausgerüstet? Wer hat ihm den Atem des Lebens eingehaucht? Wer hat ihn mit einem Herzen und Gewissen ausgestattet? Und wieso? Was und wer steht hinter all dem?«

Die Kühe im Stall muhten zufrieden und fraßen gemächlich ihr Heu. Vater saß am Melkschemel und streichelte dem Tier sanft über den Bauch, während Philomena im Schneidersitz neben ihnen mit fragendem Gesicht im Stroh saß.

»Ich höre mein Herz pochen und versuche zu verstehen was es mir sagen möchte.«

»Hör nur weiter zu, vielleicht wird so manche deiner Fragen beantwortet. Ich hoffe es.«

»Ja - gewiss Papa« antwortetet das offenherzige Mädchen interessiert.

Ihr Vater fuhr also fort:

»Doch waren wir mit viel Wichtigerem beschäftigt als über solche Fragen nachzudenken. *Mehr*, immer mehr wollen wir - unendlich hungrig - ja unersättlich sind wir Menschen und ein Leben in Zufriedenheit - ist den meisten von uns fremd geworden. In riesigen Städten leben wir -, gigantische Bauwerke, Apparate und Maschinen haben wir erschaffen und laufen fleißig und tätig von hier nach dort. Wir nehmen und nehmen und nehmen - was wir vom Erden-Schiff nur kriegen können. Ohne uns zu fragen, wie viel es wohl noch geben kann - und will, und wie lange. Ist das nicht eine wichtige Frage? Und die großen Herren und Wissenden des Landes geben nur unzureichende Antworten, und sie wollen nicht wirklich befriedigend antworten, sie können es auch gar nicht.«

»Ich weiß auf viele wichtige Fragen auch keine leicht erklärbare Antwort«, sprach Philomenas Vater weiter. »Ich weiß nur, dass wir es zugelassen haben, dass inzwischen Frebemen, wie es Tyrannos einer ist, die Macht über das Schiff und seine Raumfahrer ergriffen hat. Es gibt kaum noch wahre, wache und von liebe getragene Menschen auf unserem geplagten Planeten. Und besonders die Familie ist stark angeschlagen.«

»Ich will dir aber zuerst noch einiges über unser Raumschiff erzählen. Unser Schiff hat auch ein eigenes und wohl sehr ausgeklügeltes Schutzsystem gegen Meteoriten und kosmische Strahlungen, ständig dreht es sich während des Fluges auch um die eigene Achse«, fuhr ihr Vater fort.

»Alles unverkennbar genauestens berechnet. Was meinst du wohl, *wer* hat das Schiff mit einem so derart präzisen und klugen Schutzsystem ausgestattet, seit tausenden und abertausenden von Jahren? Und weshalb? WER ist der Kapitän dieses Schiffes und der gesamten Galaxie? Wo hat er gelernt so zu navigieren? Das Sonnensystem, in welchem unser riesiges Raumschiff dennoch nur noch ein Staubkorn ist, bewegt, beziehungsweise umkreist, in wiederum genauer Spur das Zentrum der Milchstraße. Mit mehr als 180 Millionen km/h bleibt das Schiff in unserem Sonnensystem immer klar auf Kurs.

»Das ist ja gewaltig und unvorstellbar und so großartig Papa. Unfassbar, die Welt und unser Leben ist eigentlich voller Wunder«, erkannte das kluge Mädchen.

»Ja - doch die Wunder hören beim genauen Hinsehen noch lange nicht auf mein Kind. Es gibt hier jeden Tag Faszinierendes und Neues zu entdecken.«

»Das Raumschiff ist zu dem auch noch sehr schön eingerichtet. Es führt alles mit, was das Herz eines Erden-Raumfahrers begehrt. Verschiedenste leckere Früchte, unzählige Arten von Blumen und Pflanzen, Tiere in ihrer Vielfalt beinahe ohne Ende, fliegende, laufende, kriechende, hüpfende, schwimmende, tauchende Lebewesen. Und diese sind wiederum in ihrer Aufgabe und Vermehrung wundersam fleißig und intelligent. Und obendrein mit an Bord, anziehende Mitmenschen des anderen Geschlechts.

Alle auf die Produktion und Gegenwart von Sauerstoff angewiesen. Ist genug davon vorhanden auf dem Schiff? Die Sauerstofffabrik des Schiffes leistet täglich Enormes. Riesige Wälder mit saftigen Bäumen produzieren jeden Tag Millionen Tonnen an kostbarem Sauerstoff und das

Plankton in den großen Ozeanen ebenso.

Und wir, wir zahlen keine Gebühr für den Sauerstoff, den wir jeden Tag in Unmengen verbrauchen. Sorgen wir, die ›Wissenden‹, für genügend Sauerstoff in der Zukunft? Was machen wir mit den Wäldern und Ozeanen?«

Philomena dachte betroffen nach, während Kater Animus es sich auf ihrem Schoß gemütlich machte und zufrieden schnurrte. Sie streichelte und liebkoste das gute Tier. Der Wind in den Laubbäumen am Hof war zu hören. Und das langsame, beruhigende dumpfe Läuten der Kuhglocken im Stall. In der Ferne hörte man auch einige Schafe blöken.

»Was ist die physische Welt und was die immaterielle Welt?« Es kam Philomena vor, als würde ihr Vater laut denken – und sie an seinen Gedanken einfach Teil haben lassen. So versuchte das wissbegierige Mädchen ihm zu folgen.

»Gibt es noch etwas anderes fragen sich viele. Ich bin Mensch, bin Seele, bin Geist, bin Energie - und Energie kann *nie mehr* verloren gehen und sie ist für immer da. Doch *was* ist eigentlich wirklich wichtig? Gedanken, Gefühle, Ideen, Materie? Aber was ist Materie? Die Physik und Wissenschaft hat uns gelehrt, dass die Atome die kleinsten Teilchen sind. Doch dann entdeckte man, dass das Atom aus einem Kern besteht, um den Elektronen kreisen wie die Planeten um die Sonne. Der Kern selbst besteht aus zwei Sorten von Teilchen, Protonen und Neutronen. Diese wiederum sind aus jeweils drei Quarks aufgebaut. Woraus besteht nun die Welt und welche Kräfte halten sie wirklich zusammen? Egal wie groß etwas ist: Alles in unserer Welt besteht aus kleinen Teilchen, die wiederum aus noch kleineren Bausteinen bestehen. Doch viel wichtiger ist die Frage, *was* bedeutet das alles?

Ich, der kleine Schwarzfahrer auf diesem großen runden Schiff, kann mit meinen Fingern Dinge fühlen, diese mit meinen Augen sehen und kann lieben, kann Schmerz fühlen, kann fühlen wenn ich traurig bin und andere traurig sind. Kann Glück und Freude fühlen. Kann Lachen und Weinen. *Wer* hat mich wohl mit all diesen wunderbaren Fähigkeiten aus gestattet? Und warum das alles?«

»Unerklärlich wird mir immer sein, dass *wir*, die wir meinen die Wissenden zu sein, lieber um Ideologien, Religionen, Theologien und wissenschaftliche Theorien und Thesen streiten und herum diskutieren, anstatt uns zu vereinen, den Hunger und das Morden auf dem Schiff gemeinsam zu beenden. Anstatt auf zu stehen und gemeinsam das Böse zu überwinden, die Aufrüstung von Kriegsgeräten zu stoppen und beenden. Anstatt gemeinsam die

Verseuchung der Ozeane zu beenden. Anstatt gemeinsam die Zerstörung der Regenwälder zu beenden. Anstatt uns gemeinsam gegen das derzeitige Angstregime zu vereinen. Wir sind also die ›moderne Zivilisation‹!? Wie modern, intelligent und fortgeschritten sind wir heute also, nach Jahrtausende langer Fahrt wirklich?« fragte er und sah seiner Tochter in die Augen.

»*Wir*, die wir nicht einmal einen Samen selbst erschaffen können, nicht einen Tropfen Wasser selbst machen können, nicht im Geringsten eine Ahnung haben wo das Universum beginnt und wo es endet. Wir, die wir unser eigenes Dasein nicht wirklich erklären können.«

»Und dann gibt es da noch die Liebe. Meines Erachtens wohl das Wichtigste und Größte. Nichts verbindet die Menschen am großen blauen Ball wohl mehr, als die Liebe. Und durch sie entstehen Familien. Und daraus wieder neues Leben, ein weiteres Wunder, nämlich die Kinder. Und wohl auch nichts verbindet uns mit dem Transzendenten und dem Schöpfer so sehr wie die Liebe. Sie hält uns am Leben, gibt uns Kraft, gibt uns Hoffnung und Mut. Solange wir diese in unserem Herzen bewahren, werden wir *immer* frei sein.

Auch in dieser Zeit, in der die wahre Liebe rundherum erkaltet. Und sie könnte wohl vieles ändern - ja alles ändern. Was ist Liebe eigentlich wirklich Philomena? Und weshalb wird sie von vielen Insassen des Schiffes inzwischen so bekämpft, ignoriert und gemieden? Viele Frebemen sind völlig orientierungslos und wollen den Weg der Liebe nicht mehr beschreiten. Weshalb wird sie von den einen so getreten und missachtet und von den anderen wiederum behütet?«

»*Wann* werden wir aufhören einander zu verletzen«, dachte Philomenas Vater laut...

»Für ›Jemand‹ in diesem Universum, der die Liebe selbst ist, bist du unverzichtbar! Du musst dich vor nichts fürchten Philomena. Du *bist* sicher und du *bist* frei. ›Jemand‹ kümmert sich und sorgt für dich! Vergiss das niemals! Niemals, hörst du! Du selbst bist ein Wunder – unser siebtes Wunder!«

»Ich liebe dich mein Kind. Sei stets gütig und barmherzig, liebe die Wahrheit und suche Freunde, welche ebenso die Wahrheit und Gerechtigkeit lieben. Achte also gut darauf, *wer* deine Freunde sind. Verweile nicht bei den überheblichen Verächtern und Spöttern. Mach niemals Leute zu deinen Freunden, welche die Wahrheit verachten, den Nächsten betrügen, das Böse lieben, und Schwache für gering achten.

Du bist ›anders‹, und dass du so bist ist *kein* Zufall! Vergiss nie den eigentlichen Zweck deines Lebens Philomena. Es geht um die Reifung deines Herzens, die Vervollkommnung deines Geistes. Wohl auch deshalb werden wir oft im Leben mit vielen Unvollkommenheiten konfrontiert. Die Frage ist, *was* wir daraus machen!«, sagte ihr Vater.

»Viele Menschen kämpfen heute einen schweren Kampf! Wir sprechen so viele unterschiedliche Sprachen - und doch gibt es *eine* Sprache, die wir alle verstehen, wir alle haben eine gemeinsame Muttersprache«, sagte er - und diese heißt Mitgefühl. Es ist die Herzenssprache die uns wieder heil machen kann. Nur -, *wann* werden wir diese Sprache endlich auch *gemeinsam* wieder sprechen? Ich denke wir müssen dazu beitragen, was wir nur können! Und *Freiheit* besteht vor allen Dingen darin, bedingungslos zu lieben und zu vergeben. Niemals ist sie aber Maßlosigkeit.

Also hab den Mut, komm und fliege!«, lächelte der nachdenkliche Vater freundlich, und hob seine Arme, als wäre er ein Vogel.

»Komm fliege mit mir«, rief Thysia seine junge Tochter, streckte die Arme nach ihr aus und die beiden tanzten vergnügt im Stall umher.

»Wir müssen als Familie unbedingt fest zusammen halten, füreinander da sein, einander unsere kleinen Unvollkommenheiten vergeben, und miteinander gegen das Unrecht aufstehen, welches in dieser Zeit vielen widerfährt«, fuhr Thysia fort.

»Wir müssen uns gemeinsam für das Gute und die Liebe einsetzen. Für Gerechtigkeit, Wahrheit, Frieden und Versöhnung. Aber, wir müssen auch Verantwortung übernehmen und den bösen, freiheitsberaubenden und todbringenden Maßnahmen in Capta klar und unmissverständlich Widerstand leisten, meine hübsche mutige Tochter. Natürlich zuerst im Geiste und im Herzen. Und wir können diese überwinden, mit dem Schwert der Wahrheit. Jedoch dürfen wir nicht seine Bürger verachten Philomena. Viele werden durch Liebe und Barmherzigkeit wieder erwachen. Andere durch das Erkennen der Wahrheit. Und sie werden wieder lernen, *selbst* Verantwortung zu übernehmen für ihr Leben und Handeln. Es wird uns oftmals unmöglich erscheinen. Denn für den Verstand sind überall nur Grenzen und Unmöglichkeiten, dem Herzen aber ist alles offen und alles möglich. Und Freiheit lässt sich nicht auf Dauer unterdrücken«, sprach ihr Vater.

Er schien nun fertig zu sein, es war sehr still. Nur noch die Geräusche der Tiere waren zu hören. Das Wiederkäuen der Kühe, das Rasseln ihrer Ketten, das blecherne Schellen einiger Kuhglocken, das meckern der Ziegen hinten im Stall.

»Ach ja«, meinte ihr Vater noch während sich eine

Katze um seine Beine schlängelte und nach Liebe suchte.

»Ich weiß mein Mädchen, dass du dich oft als Außenseiterin fühlst und nicht von allen gemocht wirst. Aber vergiss niemals: Du bist, wer du bist, Philomena! Die Schwalben fliegen in Schwärmen, aber die Adler fliegen alleine. Und wenn du ein Außenseiter bist, weil du Werte die heute nur noch wenig zu finden sind, wie Liebe, Ehrlichkeit, Loyalität, Charakterstärke, Mut, Treue, Verbindlichkeit, Dienstbarkeit, Zivilcourage, Maß und viele Andere mehr, in dir trägst und diese weiter gibst, dann sei stolz darauf ein Außenseiter zu sein! Hörst du? Sei stolz darauf! Wer die Wahrheit sagt, und auch noch in ihr lebt, wird dafür meist nicht geliebt! Schnell wird man dann verachtet und zum Außenseiter.

Anfangs werden sie dich einfach ignorieren und dich meiden. Dann -, wenn du beharrlich bist in deinem Handeln, spotten und lachen sie über dich. Unter Umständen, wenn sie sich zu sehr bedroht fühlen von dir, bekämpfen sie dich auch. Aber wenn du beharrlich auf dem Weg der Liebe bleibst Philomena, dann gewinnst letztendlich immer du. Was du hier benötigst ist innere Stärke mein Kind, ich weiß. Diese wächst aber nicht aus körperlicher Kraft und Größe. Sondern sie wächst aus einem klaren Herzen und einem unbeugsamen Willen.

Die Welt braucht aber ganz dringend solche Menschen. Sonst geht die Freiheit und Liebe zur Gänze verloren! Und diese zu erhalten, ist nur möglich, wenn wir beständig gegen den Strom in dieser heutzutage perfiden *Meinungsdiktatur* schwimmen.

Im Namen der vermeintlichen ›*Gesundheit*‹ hat Tyrannos nun also das freie Leben und die Liebe regelrecht *abgeschafft*. Und *danach* - schafft er dann für viele die Gesundheit ab! Nur begreift dies kaum jemand!«

»Ich werde das beherzigen«, meinte Philomena zugeneigt und kuschelte sich voll Vertrauen an ihren Vater.

»Du Papa, danke dass du für uns Kinder und für Mama immer da warst. Und danke, dass du Mama so lieb hast, ihr immer treu warst und verbindlich zu ihr und uns gestanden hast. Ich habe dir das nie gesagt, aber ich finde das so wunderbar. Ich werde mich bei euch immer sicher fühlen. Danke für dieses wunderbare Zuhause und starke Fundament für mein Leben!«

»Das freut mich sehr. Ich danke dir für deine wunderbaren Worte und dein offenes Herz. Ich liebe dich mein Mädchen. Der größte Erfolg und die größte Freude seid *ihr* alle für mich Philomena. Ihr - meine Kinder, eure Mama und meine Familie. Ich bin so stolz auf euch!«

All das beschäftigte das kluge Mädchen sehr. Sie bewahrte all diese Worte ihres Vaters tief im Herzen. Philomena dachte überhaupt viel nach, mehr als es für ein junges Mädchen ihres alters üblich war. »Doch was kann ich denn schon bewirken?«, fragte sie sich dennoch manchmal.

Wohl daher, wurde das Mädchen aber auch immer mehr zur Außenseiterin in ihrer Heimat. Weniger deswegen, weil sie körperlich sehr zart war, als vielmehr, weil sie sich die Dinge sehr genau ansah, vieles kritisch hinterfragte, und *nicht* bei den fürchterlichen, traurigen Aktivitäten mitmachte, die in Capta aber inzwischen nun mal fast schon jeder machte:

›Sich der Masse anpassen, nicht widersprechen, Angst zu haben, Maske im Gesicht tragen, Abstand zum Nächsten halten, einander nicht mehr umarmen, möglichst niemanden mehr berühren, auf Distanz gehen, sich nicht mehr offen in die Augen sehen, einander nicht mehr besuchen, sich hinter dicken Plexiglaswänden und Schildern verschanzen, sich und andere isolieren, sich ständigen staatlichen Tests unterziehen, sich subtile chemische Injektionen verabreichen lassen, und vieles an üblen Sachen mehr‹.

Philomena schrieb in ihr kleines Mutmachbüchlein einige der guten Worte welche ihr Vater zu ihr sagte:

Für ›Jemand‹ in diesem Universum bist du unverzichtbar! Du musst dich vor nichts fürchten Philomena. Du bist sicher, du bist wichtig. ›Jemand‹ kümmert sich und sorgt für dich! Vergiss das niemals!

»Danke«, hörte man das junge Mädchen flüstern und ihr Gesicht erstrahlte.

***

Und weil sie so sonderbar, anders und eine vermeintliche Gefahr in dieser von Selbstsucht und Angst geprägten Gesellschaft war, mochte sie auch kaum jemand ihres Alters leiden.

»He, aus dem Weg da«, riefen sie oft beim Einkaufen in der Stadt. »Hier bin jetzt *ich* und ich brauche diesen Platz, geh weg, halte gefälligst ordentlichen Abstand! Du dumme Göre hast hier nichts zu suchen!«, rief ihr Mitschüler Migrus abschätzig. Oder ein anderer meinte: »Was willst *du* denn da – wir brauchen dich hier nicht, und setz eine Maske auf! Meinst du denn du bist was Besseres, oder bist du blöd? Los, verschwinde endlich, und geh nach Hause, du bist eine wandelnde Gefahr für uns«, meinte ein Junge namens Grobian abweisend und gemein zu ihr und rief ihr noch einige ordinäre Worte nach. Die Sprache vieler Leute war sehr schmutzig und verletzend geworden. Und auch voller primitiver, gemeiner Inhalte und voll von hässlichen und vulgären Wortverstümmelungen. So wurde das figürlich zarte Mädchen ständig beschimpft, abgewiesen und ausgegrenzt. Alle bemerkten, dass Philomena anders war. Und dies lag nicht daran, dass sie keine Maske trug. Sie spürten ihre Andersartigkeit schon bevor sie überhaupt sprach.

Die Frebemen, konnten auf Grund des ständigen Tragens der Maske und der Angst vor irgendwelchen Viren, die sie krank machen könnten, und auch der Angst vor den Sanktionen und Strafen Tyrannos', dem Mitbürger nicht mehr offenherzig und frei in die Augen sehen. Sie erkannten sich auch kaum noch gegenseitig und waren blind für die Gefühle und Herzen ihres Nächsten. Die Empathie für solch ungemein wichtige Dinge, war verschwunden und den meisten völlig abhanden gekommen.

Viele liebten und achteten auch ihr totes Shadowphone, ihre unpersönlichen Kontakte in der ›*digitalen Welt*‹ mehr, als den lebenden Menschen, der ihnen gerade gegenüber saß oder stand.

Dieses, im wahrsten Sinne des Wortes ›fesselnde‹ Teil, war für viele zum ständigen Begleiter, ja beinahe zum besten Freund geworden. Das Shadowphone gab ihnen die *Illusion* von Freundschaften. Es erzeugte aber in Wahrheit nur Distanz. Es führte bei vielen ins Gegenteil - nämlich in Isolation und Einsamkeit.

Immer mehr Leute konnten einander nicht mehr offen und frei begegnen, waren gefühlskalt, distanziert und beziehungslos geworden.

Diese wunderbare Fähigkeit der offenen Nächstenliebe hatten sie inzwischen schon vielerorts verloren. Zumindest bei der Mehrheit der Frebemen war dies der Fall. Selbst das Wort ›*Freiheit*‹ kannte in Capta fast keiner mehr. Wichtige Begriffe wie Freiheit, Unabhängigkeit, Autonomie, Meinungsfreiheit, Menschenwürde, Geburtsrecht und Gleichberechtigung waren verpönt und verschwanden mehr und mehr.

Und dieses Gefühl, das Philomena den Frebemen durch ihr Anderssein und ihren Widerstand vermittelte, machte vielen in Wahrheit große Angst. Darum wurde sie von den meisten Frebemen abgelehnt, gemieden, ausgegrenzt oder gar denunziert und verleumdet. Tyrannos hatte dazu sogar eigene Webseiten errichten lassen, auf denen man seinen Nächsten anonym per Mausklick verpetzen konnte. Überall im Lande ließ er zu den zahlreichen freiwilligen Denunzianten, bezahlte *Kontrollorgane* aufstellen, welche für die Einhaltung all seiner Vorgaben zu sorgen hatten.

Philomena war zwar körperlich sehr zart und eher klein, doch hatte sie ein äußerst kluges und aufgewecktes Köpfchen mit einem mutigem aber auch sehr mitfühlendem Herzen.

Keiner wollte jedoch wegen einer Freundschaft mit ihr, in irgendwelche Schwierigkeiten kommen. Auch wenn der eine oder andere keine Angst vor irgendwelchen Viren oder Krankheiten hatte, es war einfach zu gefährlich mit jemanden wie Philomena zu verkehren. Sie war einfach *zu* sonderbar. Es war sicherer solche Mitbürger zu meiden. Auch die meisten Erwachsenen kamen mit ihr nicht wirklich gut zurecht.

Nun, - deshalb war Philomena viel und oft alleine, saß nachdenklich am Fensterbrett in ihrem Zimmer, sang dabei ein selbst erfundenes Lied in einer fremden, unglaublich schönen, magischen Melodie und träumte vor sich hin, während sie die Wolken beobachtete.
Sie sang:

»Geh nicht blind durchs Leben! Du bist ein Teil der Natur, und du darfst in der Natur und mit der Natur weben. Auf diesem Erd-Raumschiff auf welches du gesetzt! Alles wurde dir geschenkt, vieles zu dir gelenkt, die besten Dinge des Lebens sind kostenfrei für dich dabei! Geh nicht blind durchs Leben!«

Das Mädchen verbrachte ja tatsächlich auch eine Menge seiner Zeit in der Natur, sprach viel mit ihrem Schöpfer und tankte dort in der Stille, Kraft und Mut. Diese tägliche Zeit der Stille und Besinnung war ihr sehr kostbar geworden.

Sie dachte in ihrem Herzen: ›Wir müssen endlich wieder begreifen, wie sehr wir als Mensch entartet sind. Jeder Mensch ist ein einziges, gewaltiges Wunder -, und so viele sehen dies nicht mehr! Blind leben die Frebemen an ihrer wahren Berufung vorbei und gieren nach wertlosen, vergänglichen Dingen die sie *niemals* erfüllen können.‹

Philomena hatte aber einen Lieblingskater, den sie sehr liebte, der immer bei ihr war und sie in dunklen Stunden oft tröstete und ermutigte.

Immer wenn Philomena bei ihren Freunden den Tieren des Hofes war, fröhlich die Stallarbeit verrichtete und diese pflegte und fütterte, war auch ihr Kater namens Animus mit dabei. Animus aber war kein gewöhnlicher Kater, denn er konnte sprechen, mit *allen* Menschen, nicht nur mit Philomena, die ja mit *allen* Tieren sprechen konnte. Und er war dazu auch noch sehr klug. Was Philomena besonders an Animus schätzte, war seine große Zufriedenheit. Er war mutig, würde niemals seine Knie vor seinen Artgenossen beugen und war nicht infiziert vom Wahn, etwas besitzen zu müssen. Sein Vertrauen ins Leben hat sie oft schon ermutigt es ihm gleich zu tun.

Ihr treuer Freund bereitete ihr sehr viel Freude.

»Komm schon, Animus, wir steigen bis zur Spitze der großen alten Tanne!«, rief Philomena ihren kostbaren, rundlichen Freund.

»Ja, gerne, los, wir klettern um die Wette, wer schneller ganz oben ist«, rief dieser begeistert, denn er liebte es, auf Bäume zu klettern. Schnell wie der Wind sausten die beiden glücklichen Geschöpfe über den Hof zu ihrem beliebten Kletterziel.

Und schon bald saßen die zwei Freunde zusammen am obersten Wipfel des riesigen Baumes, welcher im Wind gleichmäßig hin und her wogte. Sie sahen in der Ferne das weite, große, unglückselige und farblose Land Capta. Von irgendwo her konnte man das Klopfen eines Spechtes hören. Philomena erkannte bald schon seine Morsezeichen.

»Verlier nicht den Mut kleine Philomena, hör immer auf dein Herz, dann wird alles gut«, war seine ermutigende Botschaft.

Sanft und kühl blies ihnen der Wind um die Ohren und brachte herrlich frische Luft mit sich. Dort oben, in den Wipfeln der Bäume, dachte Philomena oft über das Zeitalter nach in dem sie geboren wurde, weshalb sie gerade in *dieser* Zeit das Licht des Lebens erblickte und darüber, warum in Capta so viele Bürger von Angst gesteuert umher wandelten und das Leben somit für sie nur noch grau und eintönig war.

Wodurch die Bürger im Lande wohl aufgehört haben auf ihr Herz zu hören? Wodurch sie aufgehört haben kritisch und selbständig zu denken? Anderen beinahe willenlos ihr Schicksal überließen und schließlich alles kalt und freudlos geworden war? Kaum noch jemand hatte den Mut und die Charakterstärke auf zu stehen und zu widersprechen.

Philomena schrieb ein Gedicht nieder, sie betitelte es mit folgender Überschrift: ›*Gleichgültigkeit*‹

›Das ist ja nichts weiter als eine Maske. Das ist nichts weiter als ein kleiner Test. Das ist nichts weiter als ein Symbol. Das ist nichts weiter als ein wenig Abstand. Das ist nichts weiter als eine abgesagte Versammlung. Das sind nichts weiter als ein paar verängstigte Kinder. Das sind nichts weiter als ein paar zerbrochene Freundschaften. Das sind nichts weiter als Depressionen. Das sind nichts weiter als ein paar vereinsamte Alte. Das sind nichts weiter als ein paar Kontrollen. Das sind nichts weiter als ein paar verletzte Grundrechte. Das ist lediglich damit du wiederzum Arzt gehen kannst. Das ist lediglich damit du wieder in den Urlaub fahren kannst. Das ist nichts weiter als ein wenig Zensur. Das ist lediglich für ein paar Jahre. Das ist alles nur zu deinem Besten. Das ist lediglich eine Impfung. Das ist nichts weiter als deine FREIHEIT, die Tag für Tag kleiner wird und verschwindet, und du bemerkst es gar nicht.‹

»Du Animus, es ist wirklich schlimm, in unserem Land herrscht absolute Regierungswillkür! Der Frebemen-Bürger wird von Tyrannos unaufhaltsam und immer mehr bevormundet, entmündigt, erzogen, willenlos gemacht, entrechtet, bestraft, belogen, betrogen, beraubt und regelrecht über den Tisch gezogen.

Und es erschreckt mich sehr, dass die Mehrzahl der Frebemen dies einfach mit sich machen lässt und seine Boshaftigkeit nicht erkennt, oder diese nicht erkennen will. Lernen die Frebemen denn tatsächlich nichts aus der Geschichte? Er führt die Leute im wahrsten Sinne des Wortes ›hinters Licht!‹.

Ich glaube die größte Angst der Frebemen ist *die* Angst, die sie *voreinander* haben. Das traurige ist, dass sehr viel Böses und Zerstörerisches von Leuten gemacht wird, welche sich niemals klar zwischen Gut und Böse entschieden haben. Animus, glaube nicht vorschnell was dir aufgetischt wird, hinterfrage alles, denke stets selbst und achte auch immer *darauf* was dein Herz dir sagt!«

»Ja, das alles macht auch mich sehr betroffen, was ist hier nur geschehen mit den Frebemen?«, meinte ihr treuer Freund Animus und er legte seine weiche Pfote, sanft auf Philomenas zarte Hand.

»Ach Animus, je kaputter die Welt da draußen ist, desto heiler muss sie hier zu Hause bei uns sein. Wir müssen *alles* tun um die Liebe und Wärme zu erhalten!«

Sechstes Kapitel

Die Eule Sofos

Eines Tages traf das Mädchen eine große, eigenartige Eule namens Sofos. Die Eule wohnte auf einem Hügel in einer riesigen alten Linde, welche ihre Äste breit in alle Richtungen streckte. Ihr mächtiger Stamm von über drei Metern Durchmesser, gab dem Baum halt und bot vielen Tieren Sicherheit und Unterschlupf. Darunter war auch die Wohnung Sofos. Philomena wusste sofort, dass sie ein kluges, erfahrenes und weises Wesen war. Es war an einem warmen und föhnigen Nachmittag. Der laue Wind strich über die Wiesen und ließ diese silbrig glänzen und wie fließendes Wasser erscheinen.

Sofos - ihr Name bedeutet ›die Weise‹, hatte eine positive und sympathische Ausstrahlung. Auch sie war wie Philomena eine Außenseiterin in Capta. Denn nur wenige verstanden, was der alte Vogel sagte und meinte. Sofos war freundlich, und sprach gütig und klar zu dem kleinen Mädchen.

Beeindruckt stand Philomena vor der alten Eule und starrte sie wohl ziemlich verwundert an.

»Na, was denkst du?« riss der prächtige Vogel das Mädchen aus den Gedanken und sah ihr tief in die Augen.

»Du siehst einerseits wunderbar, aber andererseits auch sonderbar aus«, stellte Philomena fest.

»So, und warum?«, fragte Sofos.

»Weil du irgendwie genauso *anders* aussiehst, wie ich es tu.«

»Mhm!«, brummte die Eule, wobei ein kurzes, freundliches Lächeln über ihr altes, verwittertes Gesicht huschte.

»Und was hast du sonst noch bemerkt?«

»Schlafen denn Eulen tagsüber nicht?«

»Nun, nicht alle wie du siehst. Aber du bist gewiss nicht gekommen um mir diese Frage zu stellen.

»Nein, das stimmt. Seit wann sind denn eigentlich alle so unterwürfig und hörig, so grimmig, angsterfüllt und traurig? Ich meine, *was* ist passiert mit den Frebemen?«, fragte sie den alten Vogel, während sie im Schatten der Linde auf einem moosigen Baumstumpf Platz nahm, und ihr dabei zahlreiche Schmetterlinge Gesellschaft leisteten und aufgeregt um sie herumflatterten.

»All das wurde im Grunde nur deshalb möglich, weil die *Angst* regierte anstatt der *Liebe*! Seit es in Capta kein autonomes und freies Denken mehr gab, und die Frebemen ihren Verstand *über* ihr Herz gestellt haben, seit dem nahm auch die Liebe immer mehr ab. Aber auch seit dem viele aufgehört haben, selbst Verantwortung zu übernehmen für ihr Leben und Handeln!«, antwortete der weiße Vogel.

»Äh, kein was mehr gibt?«

Es war Philomena etwas unangenehm, dass sie nicht alles Verstand was die Eule zu ihr sagte. Diese jedoch tat so, als wäre es ganz normal, darüber klar Bescheid zu wissen. Aber woher sollte das junge Mädchen auch die vielen neuen Wörter kennen und wissen was diese alle zu bedeuten haben. Zuerst sprach ihr Vater so viel Neues und Unbekanntes zu ihr, und nun auch noch Sofos.

So fragte sie nochmals etwas verunsichert. »Es gibt kein auto-was mehr?«

»Na, kein autonomes Denken – kein unabhängiges, freies Denken des Einzelnen. Und gerade *das* ist es, was unser wahres Leben und Sein ausmacht. So verloren die Bürger Captas nach und nach ihre Freiheit und ihre Selbständigkeit.«

»Was bedeutet *Freiheit* nun wirklich?«

»Freiheit ist vorerst eigentlich bloß die Beschreibung für ein ›Nicht-Gefangensein‹ im örtlichen Sinne. Aber Freiheit ist in Wahrheit noch viel mehr, musst du wissen. Es ist ein Zustand des Glücks unseres ureigensten Wesens und hat sehr viel mit unserem Herzen zu tun! Wenn du es verstanden und im Herzen verinnerlicht hast, kannst du frei sein, selbst wenn sie dich ins Gefängnis werfen! Die wahre Freiheit hat viele wunderbare Abstufungen und Tönungen, die das Leben zu etwas ganz Besonderem und Einzigartigem gemacht haben. Verstehst du, was ich meine?«

»Hm, ja -, ich glaube schon. Doch erzähl bitte mehr.«

»Freiheit muss innerlich mit dem Herzen wahrgenommen, gesehen, aber auch mit der Seele gefühlt und verstanden werden. Weißt du Philomena um wirklich zu leben, muss man sie spüren und gewissermaßen in sich gänzlich aufnehmen – nur haben die Frebemen diese Fähigkeit schon fast ganz verloren.

Sie sind zwar mehr oder weniger *frei* geboren, doch heute? Sieh nur genau hin, überall liegen sie in Ketten. Ihre angebliche Freiheit ist nur eine ›*Scheinfreiheit*‹. Sie denken sie wären frei nur weil sie nicht im Gefängnis sitzen. Aber das ist nicht wahr!«

»Sie sind eintönig und gleichförmig alle leblos und grau geworden. Fremdbestimmt, unterwürfig, unkritisch und angepasst. Ihre Stärke haben sie verloren, als sie ihr selbständiges Denken aufgaben und den Medien, Zeitungen, Monitoren und Mainstreambotschaften mehr Glauben schenkten, als ihrem eigenen Herzen. Nicht nur äußerlich, sondern vor allem eben auch in ihrem ganzen

Denken und Handeln wurden sie schwach. Bis auf einige wenige«, meinte die Eule ernst.

»Sie tragen die Liebe zur Freiheit nicht mehr in ihrem innersten Herzen. Denn die wahre Freiheit des Herzens ist mit dem natürlichen Auge erst mal gar nicht zu sehen. Diese Ungebundenheit und unendliche Freiheit kannst du nur mit dem Herzen erfassen und erleben. In ihr ist weder Angst, noch Unterwürfigkeit. Doch ohne *Liebe*, ist diese Freiheit gar nicht erst möglich. Aber dazu, muss natürlich Licht in deinem Herzen sein. Das bedeutet also keine Finsternis, kein Hass, keine Bitterkeit, keine Unvergebung, kein Neid, keine Eifersucht. Damals - vor langer, langer Zeit, als es noch vollkommen anders war in Capta, hieß unser Land auch noch ganz anders, es hat Libertas geheißen.«

»Ja wirklich, *Libertas*? Das klingt aber schön und so kraftvoll«, meinte das Mädchen interessiert und vertrauensvoll. Es tat Philomena sehr gut, mit dem freundlichen Vogel über all diese Dinge zu sprechen.

»Ja, es bedeutet ganz einfach ›Freiheit‹«.

»Oh, wie herrlich, warum heißt es denn nun nicht mehr so? Und wieso hört man nirgendwo davon? Niemand hat mir bisher davon erzählt!«

»Ja, seit Tyrannos herrscht, hat er dem Land auch den neuen Namen ›*Capta*‹ gegeben. Capta heißt nämlich nichts anderes als ›Gefangen‹. Und wer gefangen ist, *den* kann man auch gut kontrollieren.

Und das ist es, was er erreichen wollte. Und er hat es auch schon beinahe ganz geschafft. Alle Bücher, Bilder und Erinnerungen über Libertas hat er verbrennen lassen. Und wenn es dennoch welche gab hat er sie durch die Kraft der Massenmedien verunglimpft und denunziert. Und die alten Leute, die noch davon wussten, sind inzwischen fast alle verstorben. Wer noch immer von dieser Freiheit und Reinheit des Lebens wusste und öffentlich über sie sprach, wurde einfach mit Geldstrafen zum Schweigen gebracht. Und reichte dies nicht, wurde er verhaftet und in den Kerker geworfen und so endgültig zur Funkstille gebracht.

Zudem war es so, dass auch immer mehr Mit-Frebemen einen angriffen und verachteten, wenn doch noch jemand vom vergangenen Leben und von Libertas und von der Freiheit und Liebe, welche dort herrschte, sprach. Oft wurde man dann sogar von eigenen Familienangehörigen gehasst und ausgegrenzt.«

»Seine Operation ›*Ex-Odem*‹, begann mit dem äußerst perfiden Angriff auf das freie und ungehinderte Atmen des Menschen. Frag nur mal meine Freundin ›Mystiko‹, die weiß hier noch weit besser Bescheid als ich, sie ist eine erfahrene Therapeutin und Atemtrainerin. Seit vielen Jahren schon hilft sie Tier und Mensch. Komm Mystiko, bitte erkläre Philomena doch ein wenig über das Geheimnis des freien und ungehinderten Atmens.«

Mystiko, eine kleine Sperlingkauzdame, kam aus ihrer Höhle, welche sich ein Stockwerk über Sofos' Höhle befand, hervorgekrochen und berichtete:

»Hallo Philomena, ich erzähle dir dazu gerne Einiges, wenn du dies möchtest und es dich interessiert.«

»Aber ja - sehr gerne, bitte erzähl mir darüber.«

»Nun Philomena, ich hoffe du weißt, du bist *einzigartig* und *unersetzlich*, das freie Atmen aber ist ein unveräußerlicher Besitz eines jeden souveränen Menschen und Tieres! Ein menschliches und tierliches Grundrecht, welches wir uns niemals und von niemandem wegnehmen lassen dürfen! Je freier man atmet, desto mehr lebt man. Die Luft zum Atmen kann und darf dir niemand nehmen – es sei denn du lässt dir dieses kostbare von Gott geschenkte Recht einfach rauben.

Für Mensch und Tier hängt vom Atmen und dem Atem *alles* ab. Der Odem des Lebens ist heilig und unantastbar. Diesen in irgendeiner Weise einzuschränken, ist gegen jegliche Menschenwürde und Tierwürde! Eine abscheuliche Menschenrechtsverletzung! Der Atem ist ein Geschenk, kostenlos – wie die meisten Dinge, die wirklich wichtig sind im Leben.

Der Atem und das Atmen ist die Brücke, die das Leben mit dem Bewusstsein verbindet, die Brücke, die deinen Körper mit deinen Gedanken verbindet. Und dies muss ungehindert und ohne Einschränkung geschehen. Im Atmen und im Atem liegen eine Menge großer Geheimnisse verborgen. Unser Atem ist ein ganz besonderes Mysterium. Er ist immer da. Vom ersten Moment unseres Lebens hier auf dieser Erde. Mit ihm beginnt unser Leben außerhalb des Mutterleibs. Und mit dem letzten Atemzug endet unser Leben hier auf dieser Erde. Wir sind im Atem sogar immer mit etwas und ›Jemand‹ verbunden, der größer ist als alles, was wir uns vorstellen können. Wir sind verbunden mit der Schöpfung und dem Schöpfer selbst. Verbunden mit dem ›Jemand‹ und dem Universum, welcher uns dauerhaft versorgt wie über eine Nabelschnur. Zudem ist es so, dass die permanente, zu geringe Sauerstoffzufuhr dem Gehirn auf lange Zeit enormen Schaden zu fügt!

Und man darf auch nicht vergessen, wir sind ja Seelen- und Beziehungswesen! Erschaffen durch die Liebe, in der Liebe und für die Liebe. Und diese Masken und das Verstecken unserer Gesichter, bewirken gerade auch in den Kinderseelen einen großen und bleibenden Schaden. Sie machen beziehungslos, entfremden uns voneinander, machen uns gefühlskalt und unempathisch, verwirren, und verhindern eine gesunde Kommunikation und somit eine gesunde Entwicklung der Kinder.

Also lass dir ja nie und von niemandem dieses Grundrecht rauben oder es beschmutzen! Lass dir von niemanden einreden du bräuchtest eine Maske um gesund zu bleiben. Denn genau das Gegenteil ist der Fall, behinderter Atem und das Einatmen verbrauchter Luft macht unkonzentriert, müde und krank!«, sprach und erklärte Mystiko.

»Aber was wenn meine Kameraden mich deswegen ausschließen oder beschimpfen, nur weil ich keine Maske im Gesicht trage und weiterhin *frei* atmen möchte?«, fragte Philomena nachdenklich.

»*Du selbst* musst es wollen Philomena!« Und zwar genauso stark wie deine Lunge die reine Luft zum Atmen will. Hörst du, so stark wie deine Lunge die Luft zum Atmen will! Alles was du *willst*, ist auf der anderen Seite der Angst! Es ist wichtig, dass du dies verstehst!

Sei stets mutig und entschlossen. Freiheit ist nicht nur ein Privileg, sondern sie ist auch eine Aufgabe! Lass dich also durch nichts einschüchtern. Und hab keine Angst, – vor nichts und niemanden. Widerstehe dem Bösen. Denn ›Jemand‹ ist immer bei dir und schützt dich vor versteckten Gefahren. Und die wirkliche Liebe, ist auch der Odem der Ewigkeit.

Du verstehst also, wer, und welche Kräfte, hier den Atem, und das damit verbundene Grundrecht, der persönlichen Unantastbarkeit und Freiheit eines Lebewesens, beschmutzen möchte. Tyrannos weiß außerdem ganz genau, wenn jemand seine Atmung beherrscht, beherrschst er auch seinen Geist.

Sieh auch in allem was geschieht stets ganz genau hin! Denn Gutes kann *niemals* aus Lüge, Betrug und Gewalt entstehen«, meinte die Kauzdame noch.

»Aber gerade hier werden unzählige Frebemen belogen, betrogen und vielen wird Gewalt angetan!«

Tyrannus will sie unbedingt unmündig und unaufgeklärt halten, denn sonst würden sie ihm gefährlich werden. Er würde die Macht und die Kontrolle verlieren.

Diese wahrlich *entmündigten* Frebemen, schauen auch andauernd auf die angeblichen ›Tatsachen‹. Auf die schwierigen Umstände und Probleme die sie täglich umgeben - und glauben dann, sie wären diesen machtlos ausgeliefert. Aber das ist nicht so! Sie blicken auf die Unvollkommenheiten und ihre Gedanken kreisen ständig nur um diese. Doch würden sie glauben, sie könnten diese überwinden, dann würden sie beginnen anders zu denken und vieles, ja sehr vieles würde sich auflösen. Auch dieses Wissen ging verloren, wurde den Bürgern geraubt und machte sie schwach und abhängig.

Freie Bürger aber, sind immer eine Gefahr für ihn.

Zu leben bedeutet zu wandeln. Und zu wandeln birgt immer auch Risiken. Doch sollten wir deshalb etwa aufhören zu leben? Aufhören Großes und Wunderbares zu erwarten? Uns deshalb versklaven und entrechten lassen? Uns nehmen lassen was das Leben überhaupt erst ausmacht? Nämlich frei zu sein!«

»Nein gewiss nicht! Niemals! Ich verstehe dich sehr gut, danke Mystiko, danke für deinen kostbaren Rat.«

Philomena viel ein kleines Gebet ein, welches ihr Großvater oft leise vor sich dahin murmelte:

Atme DU tief in mir,
damit ich atme in DIR.
Lebe DU ganz durch mich,
damit ich lebe durch DICH.

Also sprach nun die alte Eule Sofos wieder weiter:

»So begann Tyrannos schreckliche Verordnungen zu erlassen, welche den Menschen eine freie Atmung verweigern und sie auch voneinander entfremden sollten. Er schrieb eine Maskenpflicht im ganzen Lande vor, welche den Menschen und seine freie Atmung beschränkte, schwächte, beschmutzte und ihn entmündigte. Ja ihn regelrecht entwürdigte und demütigte. Tyrannos setzte ein Zeichen, ein Symbol der Knechtschaft und Entmündigung. Doch dies sollte erst der Beginn sein!« meinte Sofos ernst. Durch gezielte Desinformation, sollte den Frebemen noch weit mehr genommen werden.

»Er wollte mittels der inszenierten Pandemie, das ganze Land und schließlich den gesamten Erdkreis unter seine bösartige Macht, Kontrolle und seinen umgekehrten Gedankeneinfluss der Angst bringen. Er wollte alles ganz einheitlich, farblos und damit auch leblos und gleichförmig machen. Im Laufe der Zeit würde die ständige Angst und Verwirrung das Volk wohl gefügig machen, und deren eigenständiges Denken schließlich zur Gänze lähmen. Er verabscheute die Freiheit, die Vielfalt und Verschiedenartigkeit des Lebens und der unterschiedlichen Menschen.

Immer mehr wurden die Frebemen in den Bann aus Macht, Gier, Geiz, Egoismus, Selbstsucht und schließlich Angst gezogen. Sie bemerkten nicht, wie unfrei, gefangen und eigentlich arm sie trotz ihres vielen Geldes und Wohlstandes wurden. Zuerst wollte er alle Menschen gleich machen, dann verängstigen und schließlich mehr und mehr ihr Denken schablonenhaft vereinheitlichen. Und letztendlich sollten viele von ihnen durch die ständige Angst im Lande tatsächlich krank werden, ja sie würden an Lebenswillen verlieren. Somit würden viele arbeitslos werden, verarmen, sterben und somit aussortiert werden.

›Du brauchst mehr und noch mehr, was du hast, ist bei weitem nicht genug! Du musst besser sein und noch besser, du musst schöner sein und noch schöner, du musst reicher sein, du musst schneller sein, du musst klüger sein als alle anderen. Aber vor allem musst du dich fürchten und dich schützen vor der Krankheit die dein Mitbürger in sich tragen könnte. Halte bloß Abstand und meide jedwede Nähe, dachten schon viele verängstigt und getrieben.‹

So wie man war und fühlte, war es eben nie genug und recht, und ein jeder war eine potentielle Gefahr für den Nächsten. So ging es zuerst in nur einigen Köpfen, aber dann glaubten diese traurigen Unwahrheiten bedauerlicherweise immer mehr Frebemen ... Und damit konnte sich dann das ganze törichte Schwarz-Weiß-Denken leicht und schnell verbreiten.

Durch die ständigen Maßnahmen Tyrannos entstand also andererseits auch eine Armut und Arbeitslosigkeit unter vielen Bürgern. Ein Notstand der ganz bewusst produziert wurde.

Alles in allem also ein guter Nährboden für eine Diktatur, und dieser Boden wurde somit geschickt vorbereitet«

»Wer Augen hat zu sehen der sehe, und wer Ohren hat zu hören, der höre,« sprach die Eule ermahnend.

»Tyrannos hat viele weitere Pläne«, erzählte die Eule der aufmerksamen Philomena innerlich bewegt weiter.

»Es sollen sogar unsere Gedanken kontrolliert und gezielt gesteuert werden. Nicht nur durch die ständige einseitige Berichterstattung der Medien rundherum und ununterbrochen, sondern auch durch das Eingreifen *in* unseren Körper.«

»Es durfte natürlich auch nur *eine* Meinung geben zum Thema Viruserkrankungen! Leute die hier trotz allem noch Widerspruch leisteten oder sich nicht eingliederten, sollten sogar markiert und gekennzeichnet werden. Dies alles war ein fürchterlicher Verstoß gegen sämtliche menschliche Grundrechte und Freiheitsrechte.

Aber dies alles kümmerte Tyrannos reichlich wenig! Die Mehrheit war wie gesagt schnell gewillt, den Massenmedien ihren Glauben zu schenken. Und diese hatten zu dieser Zeit ein leichtes Handwerk. Man recherchierte nicht mehr, drang nicht an die eigentlichen Daten und Dokumente vor, an die echten Quellen diverser Informationen, sondern schrieb einfach ›fertig aufbereitete‹ Meldungen ab. Diese angeblichen echten Neuigkeiten wurden unreflektiert weiterverbreitet. Neue Realitäten wurden von Tyrannos Medienriesen geschaffen, durch billige Quantität anstatt durch fundierte und zeitaufwendige Qualität. Es gab ein riesiges Heer von gekauften Journalisten, die leichtgläubig alles kopierten und weiterverbreiteten, was sie in den Regierungserklärungen, Presseagenturen und sogenannten Leitmedien vorfanden. Die Quantität und Allgegenwart von permanenten Fehlinformationen prägte so im Laufe der Zeit selbst die kritischeren Bürger. Das gilt für Lügen wie für Wahrheiten. Die Welt wurde regelrecht überschwemmt mit diesen Fehlinformationen.

Es gab kaum noch Zeitschriften, Fernsehsendungen oder Artikel die wahrheitsgemäß berichteten. Und mit jeder geglaubten Lüge verschwanden in jedem einzelnen Menschen-Herzen mehr und mehr auch die Freiheit und Freude und damit die schöne Vielfalt des Lebens in Capta. Bis zu guter Letzt fast das ganze Land nur noch eintönig und völlig farblos und grau war. Alles Bunte, Schöne und Lebendige war verschwunden, verstorben und aus dem Lande vertrieben. Auch alle Beeinträchtigten und Andersartigen waren fort.

Tyrannos und sein bösartiges ›System‹, hasste alles Schwache, er hasste Kranke, Beeinträchtigte und Behinderte, ebenso Kinder und alte Leute!

Und so wurden die Frebemen schließlich in unzähligen Kümmernissen und Ängsten *gefangen*! Viele von ihnen dachten auch sie wären völlig alleine in einer kalten und gleichgültigen Welt. Doch das war nicht wahr!

Viele konnten und wollten einfach nicht glauben, dass sie tatsächlich belogen wurden. Lieber nahmen sie den Raub ihrer Freiheits-, Geburts- und Grundrechte hin, als zu glauben das System in dem sie lebten und die Absichten Tyrannos seien arglistig.

Sie haben über eine lange Zeit einer perfiden Lüge und Täuschung geglaubt. Und letztendlich haben sie ihr Herz getötet, um den Schmerz nicht mehr so stark zu spüren. Das machte sie natürlich zu kalten, egoistischen und unbarmherzigen Wesen.

Nun ist es schließlich so weit, dass die Frebemen, die heute existieren, beinahe alle schon glauben, dies sei ein ganz normaler Zustand. Tyrannos war es schon fast zur Gänze gelungen, eine ›Neue Normalität‹ aufzurichten!«

Den Zustand und die Erfahrung echten Glücklich-Seins, wahrer, tiefer Freude und inneren Friedens, tiefer Liebe und Hingabe und stark machendem Vertrauens, kannten nur noch sehr wenige im Lande.

»Kaum noch jemand kennt die Freiheit wirklich. Und kaum jemand interessiert sich für die unglaubliche Vielfalt, Kraft und Möglichkeit des glücklichen Lebens, welches die wahre Freiheit mit sich bringt. Für die meisten Bürger Captas ist selbst das Wort ›*Freiheit*‹ inzwischen ein absolutes Fremdwort geworden. Dieser traurige bedrückende Zustand ist aber ganz und gar nicht normal! Oh nein – wir sollten normalerweise frei, glücklich, lebendig, und auch vielfältig in unserem Denken und Handeln sein. Und ganz einfach froh, bunt und verschieden in unserer Art und unserem Aussehen! Weißt du, was die größte Freiheit ist?«, fragte die Eule das Mädchen.

»Die größte Freiheit, die es überhaupt gibt, ist es, zu lieben und zu geben. Und das ist letztlich auch unsere Bestimmung! Doch wir Libertaner wurden immer bedrückter. Wenn wir das, was wir immer mehr glaubten, auch noch taten, was ja unweigerlich geschehen musste, dann wurde es ganz schlimm. Wir haben mehr und mehr aufgehört zu teilen und zu lieben. Aufgehört barmherzig und mitfühlend zu sein. Die Hilfesuchenden ließen wir nicht mehr herein in unser Haus und auch nicht in unser Land, wenn sie Zuflucht und Beistand brauchten, vor lauter Angst wir müssten von unserem Überfluss etwas weggeben und diesen mit anderen teilen.«

Philomena standen die Tränen in den Augen. Sie war sehr traurig und betroffen über das was die Eule ihr berichtete.

»Den Armen und Hungernden verschlossen wir unser

Herz, den Andersartigen und Andersdenkenden gingen wir aus dem Weg und mieden sie. Die beeinträchtigten und alten Mitmenschen schloss man mehr und mehr aus der Gesellschaft aus. Jeder war nur noch auf seinen eigenen Vorteil bedacht, jeder strebte gierig für sich selbst. Die Gesichter hinter Masken versteckt, interessierte sich keiner mehr wirklich für den anderen. Wir wurden immer misstrauischer und abweisender unseren Mitmenschen gegenüber. Was Vertrauen bedeutete, wussten wir ebenso wenig wie wir wussten, was Freiheit ist.

Und wir begriffen schließlich nicht mehr, dass Freiheit ohne Liebe und Opferbereitschaft gar *nicht möglich war*. So verschwand also mehr und mehr das Wunder der Freiheit und des freien Denkens und damit das wirkliche Leben und die wahre Freiheit im Lande. Auch der Begriff ›Freiheit‹ verschwand mehr und mehr.

Gegenseitige Hochachtung, Rücksichtnahme, Opferbereitschaft, wahres Interesse und *Zeit füreinander*, all dies wurde immer seltener.«

»Oh, wie furchtbar traurig und wie schrecklich«, meinte Philomena betrübt. Sie versuchte zu verstehen, weshalb *wahre Freiheit* vielen Leuten solche Angst bereitete.

»Traurig -, ja das ist es Mädchen! Dadurch aber, dass die schwächeren und kranken und die alten und behinderten Menschen weggesperrt und von der Gesellschaft, so gut es ging, isoliert und ausgeschlossen wurden, verloren wir die großartige Chance und Möglichkeit, innerlich zu reifen und zu wachsen. Der Raum Barmherzigkeit zu üben wurde immer kleiner. In der Farblosigkeit dieses kalten Lebens haben wir aber etwas sehr Wichtiges nicht gesehen: *Wie sehr* wir diese ›*andersartigen*‹ Menschen selbst brauchen, um nicht zu erkalten und zu erstarren. Denn wenn wir die Nächstenliebe nicht *praktizieren*, verschwindet das Licht, und damit die Freude und die Wärme im Leben mehr und mehr. Und gerade *diese* Menschen sind es oft, die uns durch ihre Erfahrungen sehr viel lehren könnten und viel weiterzugeben hätten!

Wir müssen aber wissen, das Einzige das uns immer bleibt - ist das was wir verschenken. Umso mehr du gibst, umso mehr bekommst du. Denn da draußen gibt es sehr viele Leute die durcheinander sind und aus der Bahn geworfen oder entgleist. Enttäuschte und verängstigte Seelen, verletzte Ehepaare, kaputte Familien, unglückliche Kinder, die mit den Pfeilen des Lebens nicht, oder nur sehr schwer fertig wurden. Und nur die Liebe kann diese wieder heilen und aufrichten!

Dinge und Zusammenhänge zu verstehen ist wichtig Philomena, aber vergiss nie: ›Erkenntnis bläht auf, Liebe aber baut auf!‹

Und du weißt, ich spreche nicht von einer Liebe die

zu allem widerstandslos *JA* sagt. Sondern von einer Liebe die stark ist, und wenn notwendig, auch *NEIN* sagen kann. Eine Liebe, welche nicht den eigenen Vorteil sucht. Eine Liebe, die barmherzig ist, aber auch Rückgrat und Mut hat. Die nicht den Weg des geringsten Widerstandes sucht. Eine Liebe, welche Wahrheit und Recht liebt und so zum Leben und damit in die Freiheit führt.

Philomena fielen dazu plötzlich einige Worte ihres Vaters ein:

›Wer sein Leben nur für sich selbst gewinnen will, der wird es verlieren. Wer es aber verliert um der Wahrheit, Gerechtigkeit und Liebe willen, der wird es gewinnen!‹

›Die Aufgabe eines Bürgerrechtlers ist es, kritisch zu sein und zu provozieren! Und wir werden *so lange* provozieren, bis sie irgendwann reagieren und die unmenschlichen und ungerechten Gesetze ändern!‹

›Wenn irgendwo Ungerechtigkeit herrscht - bin ich immer für den Widerstand gewesen. Aber gewaltlos!‹*

Siebtes Kapitel

Der Auftrag

Einige Zeit schwiegen beide. Man hörte nur den Wind durch die hohen Bäume im Wald wehen. Mehrere Äste knarrten dabei gleichmäßig vor sich hin und hoben und senkten sich immer wieder. Das war irgendwie beruhigend. Als hätten sie betroffen zugehört, ließen sie manche ihrer Blätter wie Tränen fallen, dass man meinen könnte, sie würden weinen. Ein paar der Bäume sahen aber auch aus als wollten sie einen packen und rütteln und zurufen: ›Lasst das nicht weiter einfach geschehen. Unternimm endlich etwas! Steh auf! Wach auf!‹

»Aber *wie* können wir denn wieder zurück kommen, ins Leben der Freiheit, und dieser Einfachheit von der du sprichst und in deren Glück und Vielfalt? *Wie* kann Capta diese wunderbare Freiheit wiedererlangen und auch seinen bedeutungsvollen Namen ›Libertas‹?«, fragte das Mädchen besorgt und interessiert.

»Ja, weißt du, Philomena, solange wir einfach alles mit uns machen lassen, werden sie auch alles mit uns tun. Wir sind freie Geschöpfe! Die wahre und größte Revolution ist, wenn wir tatsächlich Liebe untereinander haben! Denn die Liebe ist die größte Kraft im Universum, und *nur sie*, überwindet letztlich alles Böse. Und hinter dieser Liebe steht - du weißt schon ...« Sofos zwinkerte Philomena freundlich zu. Du wirst auf deinem Weg noch vieles lernen Mädchen.

»Wir müssen Herzen finden und diese gewinnen, für die Liebe und Freiheit und deren ureigenen Sinn. Menschen, die Licht in ihrem Herzen Raum geben und sich nicht vor Veränderung, Zusammenschluss und Vereinigung untereinander fürchten. Aufgeklärte und mündige Menschen, die bereit wären, alles miteinander zu teilen und ganz *füreinander* da wären«, sagte Sofos.

»Und diese wiederum könnten dann weitere andere Frebemen anstecken und ihnen von dieser Liebe erzählen.«

»Ja, aber wie denn?«

»Nun ja, wozu hast du denn einen Mund? Was denkst du, wozu uns die Sprache gegeben ist und warum ich dir diese Geschichte überhaupt erzähle? Sprechen musst natürlich *du* mit den Frebemen und ihnen klarmachen, dass sie wieder etwas anderes in ihr Herz hinein lassen müssen, um wirklich lebendig und glücklich zu werden. Philomena, *du* musst *darüber* reden, was schon lange in deinem Herzen geboren und herangewachsen ist. Du trägst etwas und ›Jemand‹ in deinem Herzen, den die

Frebemen nicht kennen, beziehungsweise nicht mehr kennen. Du musst versuchen die Herzen der Frebemen zu befreien, damit sie wieder in der wahren Liebe leben können! *Leben*, hörst du, nicht vegetieren. Leben, frei wie ein Schmetterling. Du weißt ja Philomena, welche Bedeutung der Schmetterling hat. Wir staunen so oft über die Schönheit des Schmetterlings, aber erkennen die Veränderungen so selten an, durch die er gehen musste, um so schön und frei zu werden.«

»Sie müssen wieder verstehen lernen, dass das selbstsüchtige Gieren nach Macht, Ehre, Ansehen, Geld, Schönheit und Reichtum in nichts anderes, als ins absolut farblose Nicht-Lebendig-Sein geführt hat, in den Tod des Herzens also. Und das genau *diese* verkehrte Gesinnung, die kleinste aber wichtigste Zelle, welche wir Familie nennen, irgendwann als unwert da stehen ließ. Nach dem Schönsten zu trachten, und dieses zu bewahren war plötzlich nicht mehr wichtig. Die großartige Aufgabe ›Vater‹ und ›Mutter‹ zu sein, war in dieser verdrehten Gesellschaft nun nur noch als gering oder oftmals lästig geachtet. Wer für seine Familie wirklich da war, wurde belächelt.

Weißt du, Philomena, die Gefangenschaft, Unfreiheit und Ängstlichkeit, welche heute vielerorts zu finden ist, ist im Grunde eine Art Verirrung der Frebemen, so wie auch die Bosheit und der Egoismus vieler. Die Leute ließen sich auf Grund der Angst isolieren, ließen sich trennen und ihrer Rechte als freie Menschen berauben und wurden immer unmündiger. Nur weil sie der Angst so viel Macht und Raum gaben, konnte dies geschehen. Sie haben den Begriff ›Vertrauen‹, genauso verloren, wie auch die Freiheit selbst. Und man braucht meistens Hilfe, wenn man sich verirrt hat, das ist alles.

Ich denke sehr viele Frebemen wollen grundsätzlich gerecht und frei sein und haben eigentlich ein gutes Herz und auch ein hohes soziales Bewusstsein. Viele tragen noch immer den Samen des Lichtes in sich. Tief in ihrem Inneren wissen sie, dass sie zu etwas weit Größerem berufen sind als sich von Tyrannos Täuschung, Indoktrination Werbe- und Medienzwang das selbständige Denken rauben zu lassen.

Sie haben die Freiheit und auch die Wärme aber großteils verloren und aufgegeben, weil sie es *selbst* zuließen. Ja, *sie* ließen es zu, dass ihnen jemand vorgab und einredete, dass sie nur dann jemand Besonderes wären, wenn sie viel Geld hätten, reich wären, und schön, und gesund, und stark. Medien und Werbung haben hier ihren Teil dazu beigetragen: Immer das Beste *haben*, und noch mehr *haben*, immer mit dem Strom schwimmen, nur ja kein Außenseiter werden. Sie ließen es zu, dass herz- und gewissenlose Frebemen sie manipulierten und ihr Land ins Unglück regierten. So glaubten tatsächlich immer mehr Frebemen, dass ihr Wert, ihr Glück und auch ihre Sicherheit, von all diesen äußeren Dingen abhinge. Sie ließen sich auch einreden, sie hätten sich plötzlich vor Krankheiten, Viren und Bakterien zu fürchten, mit denen die Menschheit aber schon immer leben musste, und sie müssten nun einander meiden und dürften sich nicht mehr umarmen.

Sie ließen sich einsperren, isolieren und immer mehr verängstigen. Viele hatten sogar Angst vor den eigenen Familienmitgliedern. Angst – Angst – Angst! So glaubten tatsächlich immer mehr Frebemen, dass ihr Leben und ihr Glück, von all dem abhinge. Die Angst bestimmte nun ihr Leben.«

»Dass es aber die Liebe und Freiheit sind, die ihnen zu wahrem Reichtum und Leben und letztlich auch zu Gesundheit verhelfen, das musst *DU* ihnen wieder klarmachen – nur ist das ein Reichtum des Herzens, ein innerer Reichtum, der nicht materiell ist, verstehst du? Da ist noch viel mehr als das, was wir sehen und berühren können, es gibt noch weit, weit mehr im Leben!

Ohne dieser Liebe verliert das Leben einfach alle Kraft, alle Klarheit und allen Sinn und damit auch alle Schönheit und Freude. Ohne ihr, stirbt auch die Kreativität, der Mut und die Selbständigkeit. Ohne ihr, gibt es auch keine wahre Freiheit. Aber auch Liebe muss man lernen, sich für sie öffnen und sie dann stets bewahren. Und das Geheimnis ist, in allem zu fragen *was* würde die Liebe tun! Wenn du keine Liebe im Herzen hast, dann hast du in Wahrheit nämlich gar nichts! Keine Träume, keine Geschichte gar nichts! Weißt du - wir sind nicht allein in diesem Universum Philomena. ›Jemand‹ hält trotz allem, alles in der Hand, vergiss das nie! Und dieser ›Jemand‹ spricht zu uns in unser Herz und oftmals auch durch das was uns im Leben passiert... Und wenn wir in dieser Liebe sind, hat die Angst keine Macht und keinen Raum mehr! Diese Liebe überwindet alles Trennende und alles was uns je unfrei gemacht hat. Sie ermöglicht Versöhnung mit allen Menschen, und dies wäre für unzählige Frebemen Heilung ihrer Herzen und Rettung ihres Lebens.«

»›*Revolution*‹, Philomena, beginnt tief im Inneren des Menschen, im Herzen, und die wahre Revolution, die tatsächlich alles ändern wird, ist: Wenn wir Liebe untereinander haben!«

»Oh ja, das klingt ja soooo wunderbar, das kann ich alles gut verstehen. Du sprichst mir wirklich aus dem Herzen, Sofos!«, meinte Philomena zugetan und begeistert. Denn sie erinnerte sich auch sehr gut an all die Worte ihres Vaters.

»Sei also zuversichtlich, dass sich alles dem Lichte zuwendet und die Dunkelheit im Lande wieder verschwindet. Ja, alle Scharlatane werden entlarvt, und eine große Umstrukturierung in Capta und auf Erden wird stattfinden. Diese wird jedoch ganz anders ausfallen, als es auf den verschiedenen Medien Tyrannos' vorhergesagt wurde«, sprach Sofos ermutigend und auch mahnend.

»Aber du musst auch wissen, es werden gewiss nicht alle mitmachen, dir gerne Recht geben und mit dir gehen, ganz im Gegenteil, so mancher wird dich dafür ablehnen und angreifen, für das was du da vorhast. Für dein Widersprechen und deine Behauptungen über die Freiheit, das Licht und über die Liebe, das wirkliche Leben und das Lebendig-Sein. Wer die Wahrheit sagt wird dafür oft gehasst!

Du darfst nur nie aufgeben und nicht den Mut verlieren, wenn sie dich dafür verachten, meiden oder sogar ausstoßen.«

»Hm, ja Sofos -, mach ich«, sagte Philomena und nickte verständig.

»Etwas aber musst du unbedingt noch wissen, Philomena: Tyrannos wird seine Untertannen die Frebemen *niemals* einfach so freilassen! Würde er das tun, hätte er keine Macht mehr. Und *Macht* ist sein innerstes Streben. *Nur* Herzen, welche ausgerichtet sind auf Liebe, Barmherzigkeit, aber auch Wahrheit, werden aus seinem Machtbereich heraustreten können. Die Liebe und die Freiheit sind viel stärker, als die starre und tote Angst und Gefangenschaft.

Wirkliche Liebe ist unzerstörbar und kennt genau deshalb, keine Angst! Die Angst hat nur so viel Macht, weil sie so viel Platz tief in den Herzen und Köpfen der Frebemen eingenommen hat. Du musst stets an die wunderbare Kraft der Liebe glauben! Das ureigene Wesen der Liebe ist *MUT*! Angst liebe Philomena, ist nicht in der Liebe! Die Liebe, kennt keine Angst! Die unendliche Vielfalt der Liebe und deren Furchtlosigkeit lässt überall das Leben neu erblühen und macht es wertvoll. Denn wer die Kraft der Liebe in sich trägt, wird niemals untergehen, vergiss das nicht!

Dein Herz ist frei, Philomena, habe nur den Mut, ihm zu folgen, um deine Bestimmung und das Leben in Freiheit zu finden. Habe den Mut und folge deinen Träumen, hör auf dein Herz und lass dich niemals im Leben von irgendeiner Angst leiten. Denke nicht, du bist zu jung oder zu gering, oder du schaffst das nicht! Konzentriere dich im Leben nicht auf die Dinge die du *nicht* kannst, sondern auf das *was du kannst*, und das ist eine ganze Menge!

Und lass dir ja von niemanden einreden du könntest

das nicht schaffen. Du darfst nie an den ganzen Weg auf einmal denken, verstehst du? Denke immer nur an den nächsten Schritt und an die nächste Aufgabe. Dann wirst du irgendwann bemerken, dass du den ganzen Weg gegangen bist.«

»Ja liebe Eule, das will ich tun. Aber denkst du tatsächlich *ich* könnte hier etwas bewegen und erreichen? Ich meine, ich bin doch noch so jung, ich bräuchte wenigstens etwas Hilfe eines erfahrenen, älteren und guten Menschen.«

»Gewiss Philomena, das stimmt - du bist jung, jedoch hier geht's nicht um das Alter, sondern um das Herz. ›*Jemand*‹ in diesem Universum hat dein Herz gesehen. Geh aber zu Minister ›Klein‹, dieser ist nicht nur ein Herzensmensch, er ist auch ein erfahrener Arzt und besitzt die Gabe der Heilung. Auch hat er die Fähigkeit die Geister und Herzen zu *unterscheiden*. Er hat schon vielen Menschen und Frebemen geholfen und er hat auch zahlreiche Ärzte ausgebildet. Er wird verstehen können was du ihm zu berichten hast.«

»Ja -, aber wie kann ich ...? He, Sofos, wo bist du plötzlich hin verschwunden? Soooooofos«, rief Philomena laut.

»Weshalb gerade ich? Ich meine -, es gibt gewiss weit bessere als mich! Wo bist du denn auf einmal?«

Aber sie war plötzlich nirgendwo mehr aufzufinden.

»Hm, wohin ist die alte Eule nur so unversehens verschwunden? Ich wollte sie doch noch so vieles fragen.« Nur ihre freundliche Stimme konnte das Mädchen noch immer in Gedanken hören:

»Dein Herz ist frei«, hat sie gesagt.«

Und sie meinte:

»Habe den Mut, ihm zu folgen.«

Und sie sagte auch:

»Es gibt eine Bestimmung in deinem Leben.«

»Das muss ich gleich in mein Büchlein notieren«:

›Dein Herz ist frei, habe den Mut, ihm zu folgen. Es gibt eine Bestimmung in deinem Leben. Und wer die Kraft der Liebe in sich trägt, wird niemals untergehen!‹
Philomena spürte, wie großes Glück ihr Herz erfüllte.

Achtes Kapitel

In der Schule

Nun -, die mutige Philomena aber dachte viel nach über das, was die gute Eule zu ihr gesagt hatte.

»Hm -, reden soll ich, sie überzeugen und das will ich gerne tun. Bloß wie mache ich das? Es glaubt mir ja doch niemand und wie soll ich alleine so eine schwierige Aufgabe überhaupt bewältigen? Wer bin ich schon? Nur ein junges Mädchen, aber ach ja, Sofos sagte doch, ich sollte nicht zu gering von mir denken. Und auch mein Vater meinte, ich bin niemals alleine, ›*Jemand*‹ ist immer bei mir. Nun, ich werde das schon schaffen.«

So machte sich das Mädchen mit teils wunderbaren, aber anderenteils auch schweren Gedanken auf den Weg nach Hause, half ihren Eltern die Arbeit am Hof zu verrichten, und legte sich abends schon bald ins Bett, in dem sich Animus bereits breitgemacht hatte. Sie wollte erst mal ausruhen und träumen. So vieles bewegte sie und ging ihr durch den Kopf und durchs Herz.

Bald schon schlief sie ein und träumte von einem riesigen, wunderbaren und freien Land. Sie lag in ihrem Traum glücklich entspannt am Ufer eines Baches und genoss das Plätschern des Wassers und die Geräusche der Grillen und Zikaden. Die Luft war erfüllt vom Geruch des Sommers, vom Heu und dem Duft des Föhrenharzes. Die Erde war angenehm weich, braun und warm. Auf den Feldern standen kleine Heuschober. Im Hintergrund waren breite niedrige Bergrücken zu erkennen.

Da rief plötzlich etwas nach ihr, es schien von den Grenzen der Felder her zu kommen. Philomena richtete sich auf um zu sehen *wer* oder was hier rief. Sie konnte jedoch niemanden erkennen. Sie stand auf und versuchte dem Ruf zu folgen. Es war, als wollte sie etwas Warmes und Lebendiges locken. Als wollte jemand ihr begegnen.

Sie ging weiter und kam nach einer Weile am Rand eines riesigen Maisfeldes an. Gleichmäßig wogten die vielen Pflanzen im Wind sanft hin und her. Die Spitzen der Blüten glänzten weich und silbrig im Sonnenschein.

›Das verwüstete und tote Land soll wieder gepflügt und fruchtbar werden‹, rief jemand. Da wurden aus den Maispflanzen plötzlich Menschen. Ganz unterschiedliche Menschen, viele, unendlich viele Menschen aller Rassen und Hautfarben, die im Gleichklang hin und her wogten. Dazu noch Tiere aller Art, die friedlich und ohne Angst bei ihnen waren. Sie sah glückliche, unterschiedlichste

Menschen und Tiere, diese schienen in Eintracht miteinander zu leben, ergänzten einander und waren *füreinander* da. Sie dienten einander mit großer Freude.

Als sie aufwachte, war ein unglaubliches Glücksgefühl in ihrem Herzen. Sie erzählte den Traum gleich ganz begeistert ihrem pelzigen kleinen Freund.

»Guten Morgen Animus, weißt du was ich heute wunderbares geträumt habe? Du wirst es nicht glauben, ich habe von Maispflanzen geträumt, welche plötzlich zu Menschen wurden. Es waren verschiedenste Menschen. Und diese Menschen hatten ganz unterschiedliche Hautfarben und waren unterschiedlichster Herkunft. Und jetzt kommt es -, alle waren sie in *Eintracht* zusammen! Es gab keine Eifersucht, kein Übervorteilen und keine Angst voreinander, kannst du dir das vorstellen, Animus?«

Animus schüttelte nur verblüfft den Kopf.

»Ich träumte von schwarzen, gelben, roten und weißen Menschen, sie lebten alle in Einheit zusammen, obschon sie ganz unterschiedlich waren. Nicht nur in ihrem Aussehen waren sie verschieden, weißt du. Sie waren auch in ihrem Denken, ihren Meinungen und in ihren Ansichten unterschiedlich. Doch anstatt, zu streiten oder einander zu beherrschen, ergänzten sie sich in ihrer Vielfalt und Unterschiedlichkeit. Sie waren *innerlich* im Herzen aber einmütigen Sinnes. Niemand hatte boshafte oder gierige Absichten. Es war alles voller Farbe und Licht und so herrlich lebendig und von großer Freude erfüllt. Sie alle hatten ihr Herz der Liebe geöffnet.

Auch die Tiere waren überall willkommen und geliebt. Es wurde keinem Lebewesen ein Leid zugefügt, weder Mensch noch Tier. Kannst du dir so etwas vorstellen, Animus? Es war einfach unbeschreiblich schön, es lässt sich mit Worten kaum beschreiben!«

»Nein, Philomena, das kann ich mir nicht vorstellen, aber es klingt gaaaanz, ganz wunderbar«, miaute Animus hingerissen. Und schon kuschelte er sich noch näher an seine geliebte Freundin Philomena.

Gleich am nächsten Tag in der Schule wollte Philomena beginnen ihren Kameraden und vor allem auch den Lehrern davon zu berichten.

»Ja ich mach's - alle müssen es wissen«, dachte Philomena und war ganz außer sich. Wenn die Frebemen dies hören würden, würde dies Glück und Heilung für unzählige unter ihnen bedeuten. Philomena war ganz gebannt vor Begeisterung. Sie konnte es kaum erwarten die wunderbare Nachricht zu überbringen.

»Lieber Herr Lehrer, ich muss Ihnen unbedingt etwas sehr Wichtiges sagen.« meinte Philomena mit strahlendem Gesicht.

»Nun denn, dann rede schnell, denn wir müssen heute noch viel lernen und wollen ja nicht unnötig Zeit verlieren, denn Zeit ist Geld und Geld ist unser kostbarstes Gut, wie du weißt! Und gute Noten sind hier wohl genauso wichtig und unabdingbar, damit du später viel von dem kostbaren Geld verdienen kannst!«, ermahnte der Lehrer das Kind vorher noch einschüchternd mit ernstem Blick und seinem langen Zeigefinger.

›Angst machen und Notendruck erzeugen‹, dies waren wohl seine Hauptwerkzeuge erschien es Philomena oft. Der herrische Lehrer richtete seine durchfeuchtete Schutzmaske zurecht, so dass nur noch seine skeptischen Augen zu sehen waren.

»Herr Lehrer«, begann Philomena dennoch mutig.

»Ich habe vor einiger Zeit eine alte Eule namens Sofos getroffen«, sprach sie arglos und begeistert weiter.

»Und diese hat mir von der schöpferischen Kraft der Liebe erzählt und von der phantastischen Freiheit, welche daraus erwachsen könnte. Und dass es dort wo die Liebe regiert, keine Angst mehr gibt. Sie sprach auch davon, wie heilend Vergebung und Versöhnung ist und dass wir dadurch, zu wahrer innerer Freiheit finden würden. Dass wir diese Freiheit unbedingt alle brauchen, um wirklich glücklich und lebendig zu sein. Und dass die Freiheit...«

»Was redest du denn da bloß für einen Unsinn?«, unterbrach der Lehrer die kleine Philomena schroff.

»Das Wort ›Freiheit‹ finde ich in keinem einzigen Schulbuch und auch in keinem Lexikon. ›Freiheit‹, so etwas gibt es überhaupt nicht! Und Liebe, die ist für Träumer, aber nicht für erfolgreiche Frebemen! Und wozu sollten diese Dinge auch gut sein? Und jetzt setz dich sofort wieder hin und störe nicht den Unterricht!«

»Aber, aber ...«

»Setz dich sofort wieder, habe ich gesagt, sonst melde ich dein störendes Benehmen beim Direktor. Ständig fällst du schlecht auf, nicht mehr lange und du bekommst schon wieder eine negative Note von mir und obendrein auch noch einen Schulverweis, wenn du so weitermachst. Ich will jetzt nichts mehr hören. Und wie oft muss ich noch zu dir sagen, dass du eine Maske vor deinem Gesicht tragen sollst!«

Enttäuscht setzte sie sich also wieder hin und schnell wischte sich das Mädchen die große Träne weg, die gerade über ihre linke Wange kullern wollte.

In der Pause wollte Philomena es aber nochmals versuchen. Sie nahm ihren ganzen Mut zusammen und fing vor ihren Kameraden an zu sprechen, was sie in ihrem Herzen bewegte.

»Ich möchte euch gerne etwas ganz Wichtiges sagen. Ich habe vor kurzem die Eule Sofos getroffen, ein wunderbares und sehr kluges Tier. Und diese hat mir von einem Land und einer Zeit erzählt, in der die Frebemen richtig frei und glücklich waren. Überall waren die Leute miteinander befreundet. Es herrschte Freude und Herrlichkeit und...«

»Aha, was ganz, gaaanz Wichtiges soll das also sein«, unterbrach Malus, ein maskierter Mitschüler verächtlich Philomena.

»Sieh lieber zu, dass du ordentlich Abstand von mir hältst«, drohte er.

»Wo ist denn überhaupt deine Maske? Und besorg dir endlich mal ein ›Shadowphone‹, so wie jeder, damit du Bescheid weißt was wirklich wichtig ist, du Hinterwäldlerin. Du lebst ja noch im letzten Jahrtausend und weißt gar nichts, du dumme Träumerin.«

»Hahaha, was meinst du denn mit ›glücklich‹ überhaupt? Das Wort kenne ich ja nicht einmal«, meinte er abschätzig zu ihr.

»Sag mal, was redest du denn da für einen absoluten Blödsinn, Philomena? Weißt du, was wirklich wichtig ist, damit das Leben richtig großartig und auch cool ist? Das neueste Shadowphone zu besitzen. Dass man viele ›Likes‹ auf den sozialen Netzwerken im Internet erhält. Überhaupt die besten Dinge zu haben und tolle Markenklamotten. Dass man Erfolg und vor allem gute Noten hat, und reich ist und schön und natürlich auch stark und gesund! Denn dann kann man auch immer der Beste sein, der Schnellste sein, viel leisten und viel Geld verdienen und Ansehen und Bewunderung erlangen. Tja, und dann hat man auch viele Freunde. Ja,- dann geht's einem auch richtig gut! Los, jetzt verschwinde hier endlich du naive Träumerin, aber schnell, sonst steckst du mich noch mit irgendwas an!«, beschimpfte er Philomena verächtlich und schubste sie weg, ohne auch nur im Geringsten darüber nachzudenken, *was* das Mädchen ihren Mitschülern hatte sagen wollen.

»Hmm, ich verstehe es einfach nicht. Wieso möchte denn gar keiner etwas hören, von der Liebe und der wunderbaren Freiheit und Fülle des Lebens, die es einmal unter uns gab. Es scheint niemanden zu interessieren, dass wir getäuscht worden sind und die Freiheit und Liebe verloren haben. Ja, dass sie uns regelrecht gestohlen wurden. Die wahre Freiheit macht vielen wohl auch Angst, deshalb passen sie sich lieber an und lassen sich führen wie Schafe,« dachte Philomena betrübt.

»Hm, es ist wohl viel einfacher die Menschen zu täuschen, als sie zu überzeugen, dass sie getäuscht wurden. Es zählt auf dieser Welt für viele oft nur noch Ruhm, Ansehen, Eitelkeit, Selbstsucht und Geld. Das Gute, die Freiheit und das Leben in Bescheidenheit, Wahrheit und Gerechtigkeit wird allzu oft schlecht gemacht und es wird voll Selbstgerechtigkeit ausgelacht.«

»Es ist wirklich eine verkehrte Welt«, dachte Philomena. »Das Kostbarste wird heute für gering geachtet, und das tatsächlich Unwichtige und Wertlose, wird als wertvoll und erstrebenswert hin gestellt. Wirklich Gutes nennt man heute böse, und Böses wird als gut bezeichnet.«

Philomena sah einmal mehr, dass Kinder in der Schule Tyrannos allzu oft umgeformt, und passend für's System regelrecht *zurecht gepresst* wurden. ›*Schule*‹ war für Tyrannos sehr wichtig, darum forderte er auch per Gesetz ein, dass die Kinder schon in sehr früher Kindheit von ihren Eltern weg, in seine Pflichtschulen und Pflichtkindergärten gebracht werden mussten. ›Leistung‹, Noten, Ergebnisse und Wettbewerb, waren dort stets das Wichtigste.

Auch gab er ganz klar vor, *was* hier gelehrt und vermittelt wurde, und *wie* man zu denken hatte. Und durch Be-Notung wurde man euch be-WERTet! Der Wert einer Person lag nicht mehr in seiner Persönlichkeit und seinem wahren Selbst, sondern in dem was man dort leistete. Kaum noch jemand gewährte den Kindern sich in ihrem wahren Sein zu offenbaren, und sich nach ihren Talenten und Fähigkeiten ohne Angst, Not und Be-Notung zu entwickeln.

So wurden die Unterdrückten, nicht selten selbst wieder zu Unterdrückern.

Und ›Familie‹, diese war Tyrannos ein besonderer Dorn und Anstoß, sie erschwerte es ihm, die kleinen Bürger unter seine Kontrolle und unter seinen Einfluss zu bringen. Darum arbeitete er unter anderem auch daran, dass Eltern nicht mehr Eltern genannt werden sollten, sondern unpersönlich und jederzeit austauschbar nur noch: ›Erziehungsberechtigte‹. Durch die möglichst frühe Pflichtschule, konnte er so seinen gewünschten Einfluss rechtzeitig in den Hirnen und Herzen der Kleinsten etablieren.

Das Aufziehen der Kinder wollte zum größten Teil Tyrannos übernehmen. Und zahlreiche Frebemen waren damit einverstanden und begrüßten dies auch noch. Sie tauschten diese überaus wertvolle und große Aufgabe, leichtfertig gegen irgendwelche andere berufliche Tätigkeiten. Tyrannus hatte es nach jahrelanger Arbeit seiner Medienmacht, auch hier geschafft, dass Denken der Frebemen zu manipulieren! Immer mehr Frebemen sahen die kostbare Aufgabe als Mutter und Vater, inzwischen als minderwertig und lästig an. Diese Aufgabe konnten ja die ausgebildeten ›Pädagogen‹ weit besser, glaubten sie oder redeten sie sich ein. Viel wichtiger war vielen Leuten heut zu Tage der Erfolg, das Geld und die Anerkennung im Beruf.

Das alles war natürlich sehr schlimm und es bedrückte Philomena.

»Wir verhalten uns viel zu oft wie machtlose Würmer, doch sind wir dazu geboren, ein freier, himmlischer Schmetterling zu werden. Die Frebemen müssen endlich wieder erkennen *wer* sie wirklich sind«, sprach das Mädchen zu sich selbst.

Während sie sich niedergeschlagen auf den Heimweg machte, klopfte ihr da ein Junge, der eine rote Baskenmütze trug und lustige Sommersprossen um seine Nase hatte, auf die Schulter.

»He, Philomena, ich habe alles mit angehört was du dem Malus sagen wolltest.«

»Huch«, erschrak sich Philomena, »wer bist denn du?«

»Mein Name ist Pius Peregrinus, aber sie nennen mich alle einfach ›Pius‹«, meinte der Kleine. »Weißt du, ich konnte es zuerst auch nicht glauben, was du da alles behauptet hast. Ich fand es ehrlich gesagt anfangs auch völlig verrückt. Doch habe ich es dann einfach versucht.«

»Wie, *was* hast du versucht?«

»Ich glaube ich habe dich verstanden, ich habe mich der Liebe geöffnet, so wie du es sagtest. Ich ging zu einem Schulkameraden hin, der mich schon lange hänselt und verachtet, nur weil ich nicht von hier bin und weil ich Sommersprossen im Gesicht habe. Stets war er darum bemüht, mich auszulachen, zu verspotten, zu ärgern oder im Sport schneller und besser zu sein als ich. Da habe ich dann ganz was Verrücktes getan, ich habe ihm einfach den Vorrang gegeben, habe ihn gewinnen lassen und ihm dann auch noch freundlich gratuliert. Und das Wunderbare daran ist, ich habe mich danach einfach unwahrscheinlich gut gefühlt.«

»Ja - wirklich?«

»Ja, obwohl er mich für völlig blöd hielt und mich dann auch noch gemein beschimpfte. Das wunderbare aber ist, dass es mir ganz egal war – also es machte mir einfach nichts aus. Denn so gut und so frei habe ich mich schon lange nicht mehr gefühlt. Es ist wahr, *vergeben* muss man nur einmal, Groll haben hingeben für immer, Tag, für Tag, für Tag. Um ehrlich zu sein, so gut habe ich mich überhaupt noch nie gefühlt«, lachte Pius vergnügt.

»*So* fühlt sich also die Freiheit des Herzens an. Auf seine gemeine Bemerkung habe ich dann einfach nicht reagiert. Das heißt, ich habe eigentlich schon reagiert, aber nicht mit meinen Fäusten, auch nicht mit hässlichen Worten, sondern mit meinem Herzen«, meinte Pius ganz glücklich.

Pius begriff zum ersten mal *wer* er wirklich war, und er erkannte langsam sein grenzenloses Potential und seine wahre Berufung als Mensch.

»Weißt du, Philomena, früher dachte ich immer, ich könnte Konflikte oder einen Streit nur *so* lösen, indem ich beweise, dass ich der Stärkere bin. Meist tat ich das mit meinen Fäusten oder auch mit scharfen und feindseligen Worten und Argumenten. Ich dachte, dies sei der einzige Weg, um zu überleben. Ich glaube nun aber, dass ich etwas verstanden habe. Wir müssen und können, andere Wege und Formen finden, Konflikte im Leben zu bewältigen, und es gibt andere Wege, ich habe es ja gerade selbst erlebt!«, lächelte Pius.

Pius war glücklich. Zum ersten Mal konnte auch er sehen und erkennen, dass die Liebe wirklich lebt und Wunder vollbringen kann. Das sie frei macht und die größte Wirklichkeit überhaupt ist! Er hat sein Herz für diese Liebe geöffnet, sie zugelassen, ihr geglaubt und erfuhr gleich an sich selbst deren wundersame Kraft. Er begriff sehr schnell, dass da ›*Jemand*‹ viel größerer hinter dieser wunderbaren Liebe stand. Und diese Liebe viel mächtiger war, als die Angst es jemals sein könnte. Er begriff, dass es die Angst war, welche ihn in der Vergangenheit gefangen hielt und zu einem unfreien und unglücklichen Wesen gemacht hatte. Und hinter dieser Angst stand in Wahrheit tiefe Trauer und ein großer Schmerz. Schmerz über viele Enttäuschungen des Lebens. Oft brach dies dann in Form von Gehässigkeit aus ihm heraus und er griff sein Gegenüber mit gemeinen Worten an. Das Glück, welches er aber jetzt in seinem innersten, tiefsten Herzen spürte, begann ihn zu heilen …

»Welche Abenteuer werde ich wohl noch erleben, und wohin werden mich meine neue Erfahrungen wohl noch führen?«, fragte er sich in Gedanken.

»Wie konnte das alles überhaupt geschehen in unserem Land? Ich meine diese große Kälte, die Angst, die Kontrolle, die Unterwürfigkeit und der ganze Materialismus?«, fragte er Philomena.

»Ich denke vermutlich auch deshalb, weil viele Mütter und Väter, nicht, oder nicht mehr, *dafür* gesorgt haben, dass ihre Kinder aufgeklärt sind und aus ihnen mutige, mündige, verantwortungsbewusste Menschen der Liebe werden. Sie haben sie nicht gelehrt, in all ihrem Handeln nach der Liebe und deren Ursprung zu trachten. Wie sollten sie auch, da viele selbst oftmals blind, beschäftigt und unwissend durchs Leben gingen. Sie haben ihre Kinder geboren, doch haben sie diese nicht oder kaum solch wichtige Werte gelehrt. Sie ließen lieber *fremde Leute* ihre Kinder erziehen. Ließen diese sie belehren über Recht und Unrecht, über tiefe Werte und Wahrheiten und die Dinge, die im Leben wirklich erstrebenswert sind. So wurden oftmals verantwortungslose, schwache Erwachsene aus ihnen. Denn diese ›fremden Lehrer‹ haben dies unterlassen.

Die Interessen Tyrannos sind natürlich stets *gegen* jede wirkliche Aufklärung und gegen Freiheit. Und erst recht gegen die Liebe!

Alles ist nur äußerer *Schein* bei ihm. Er wollte unter allen Umständen vermeiden, dass die Bürger und die Gesellschaft diesbezüglich aufgeklärt werden. Denn solcher Herzen würde er sich nicht bemächtigen können.

Also hielt er sie neben der ›Virusangst‹ auch *beschäftigt*, mit materialistischen und niedrigen Dingen. Und diese konnten sie natürlich nicht befriedigen. Immer blieb eine Leere übrig und hielt sie gefangen. Die wahre Liebe aber lässt sich weder manipulieren noch einsperren, sie führt immer in die Freiheit! Aber kaum noch jemand begreift dies heutzutage. Fragt man die Frebemen heute nach dieser reinen und starken Liebe, stellt sich oft ein seltsames Gefühl der Beschämung ein. Oder man wird belächelt.«

»Ich vertsehe«, meinte Pius.

»Ja, diese Eule, von der du da geredet hast, die hatte wohl Recht, du *musst* einfach unbedingt allen Frebemen von der Vielfalt und Kraft der Liebe und Freiheit erzählen! Ihnen begreiflich machen, dass nur *diese* sie in die wahre Freiheit führen kann. Wenn *diese* Liebe Einzug in den Herzen der Frebemen finden würde, würde die Freiheit und das Glück das ganze Land erfüllen. Kann ich dir dabei helfen? Können wir das *gemeinsam* tun? Biiiiitte Philomena!«

»Du willst mir tatsächlich helfen?«, fragte das Mädchen überrascht und etwas zaghaft.

»Ja bitte, lass mich dein Gefährte und Gehilfe sein. Lass mich mit dir kommen.«

»Hm -, okay, ja, ist gut, wir haben aber keine Zeit zu verlieren. Wir treffen uns gleich morgen bei der alten Brücke am Stadttor, um halb sechs bei Sonnenaufgang.«

»Ja, um halb sechs, geht klar«, erwiderte Pius ganz froh. Zum ersten Mal gehörte er dazu, so richtig dazu! Und er wurde gebraucht. Philomena hatte ihn als ihren Freund und Gehilfen angenommen. Zum ersten Mal, fühlte sich Pius so richtig glücklich und frei!

Philomena wollte keine Zeit verlieren, kaum war sie zu Hause angekommen, packte sie schon das Wichtigste an Verpflegung ein und steckte die notwendigste Ausrüstung für die Reise in ihren Rucksack. Etwas Brot und Wasser, ein Messer, Olivenöl, Bohnen, Salz, einen Kompass, eine Lupe und allerlei Krimskrams, den sie für wichtig erachtete. Darunter auch ihr ›Mutmachbüchlein‹ für schwere Stunden. Und etwas Platz ließ sie natürlich noch übrig. Der war für ihren Kater Animus, falls er müde werden würde.

»Na, komm schon, Animus, mach dich fertig, wir werden eine große Reise machen. Ich spüre tief in meinem Herzen das ich das tun *muss*!«

»Ja -, wohin denn?«, maunzte Animus und band auch schon fleißig seinen kleinen Rucksack zusammen.

»Wir machen uns auf den Weg und erzählen den Frebemen von der Freiheit und der Kraft der Liebe, die ›*Jemand*‹ uns geschenkt hat. Ich werde ihnen erzählen, welche Kraft und Heilung in dieser Liebe verborgen liegt, und *du* musst mir dabei helfen. Ich muss es einfach tun! Erst durch die Eule Sofos wurde mir klar *wer* ich bin und *was* mein Auftrag ist!

Gleich morgen früh ziehen wir los. Irgendwo gibt es gewiss jemanden, dessen Herz offen ist und der mich hören will. Zuerst werden wir aber nach Spes gehen, den weißen Fluss überqueren und Minister Klein davon erzählen und ihn um seine Hilfe und Unterstützung bitten.

Sein Name steht hoffentlich nicht umsonst für *KL*ugheit und *EIN*sicht ...

Sofos verriet mir, dass Minister Klein in vielen Dingen Rat wüsste und dass er ein gutes Herz hätte. Die Liebe zu Wahrheit und Gerechtigkeit zeichnen ihn angeblich aus. Ich denke *gemeinsam* werden wir viel stärker sein als alleine.«

Neuntes Kapitel

Die Volksversammlung

Tyrannos, König und Machthaber von ganz Capta, hörte aber schon bald von dem Vorhaben Philomenas und Pius'. Seine ›Draben‹ waren zuverlässige Spione und stets war er gut informiert. Er war darüber fürchterlich empört und aufgebracht.

»Was für ein Mädchen ist das? Das gefällt mir ganz und gar nicht! Wir müssen alle Frebemen, die den Unsinn glauben, den diese verrückte Philomena hier verbreitet, schnellstens ins Gefängnis bringen. Solche Querdenker sind gefährlich, passen nicht in mein System, und sie verbreiten unter uns nur dumme, gefährliche Gedanken und außerdem auch noch Viren und Krankheiten. Sie gefährden uns alle! Schleunigst müssen diese Leute in Gewahrsam gebracht werden!«, befahl der Herrscher zornig.

Wütend und mit rotem Kopf, marschierte er in seinem mit Gold gepflasterten Palast auf und ab und stampfte dabei immer wieder energisch mit dem linken Fuß auf den Boden.

»Hurra!«, riefen Tyrannos Anhänger begeistert.

»Es lebe König Tyrannos. Seine genialen Worte und Gedanken sollen für immer bestehen bleiben«, riefen sie ergeben und unterwürfig.

»Seht also zu, dass ihr mir die kleine, vorwitzige Philomena und diesen Bengel Pius schnellstens verhaftet und herbringt. Wir müssen sie unbedingt für immer ins tiefste Verlies werfen und dem ganzen Unsinn ein Ende bereiten. Und ruft Rancor, meinen obersten Heerführer, rasch zu mir. Nun macht schon, schnell habe ich gesagt, bewegt euch doch, wofür bezahle ich euch denn!«, rief Tyrannos ungeduldig und autoritär herum.

Rancor, ein stattlicher und gefährlicher General der genauso wenig Erbarmen kannte wie sein Diktator, war schon bald anwesend.

»Hier bin ich, mein Herr, wie befinden sich Eure Hoheit heute?«, fragte Rancor schmeichlerisch und salutierte in strammer Haltung vor Tyrannos.

»Rancor, es verbreitet sich im Lande eine schlimme und ganz fürchterliche Lüge. Ich brauche deine Erfahrung und deine Fähigkeiten als großer Schlachtenlenker und mächtiger Krieger.

Ein junges Mädchen namens Philomena und ihr Komplize, ein Junge, der auf den Namen Pius hört, und ihr dummer Kater ziehen irgendwo im Lande umher und erzählen von der *Freiheit* und deren Auswirkung auf das Leben aller Bürger. Dabei habe ich dieses Wort ausdrücklich verboten und aus allen Büchern streichen lassen. *Niemand* im Lande darf dieses Wort mehr aussprechen! Niemand sage ich! Es gibt keine Freiheit! Ich kann das Wort nicht mehr hören!

Wir müssen die beiden also unverzüglich und schnellstens zum Schweigen bringen, bevor sie noch mehr Unheil im Lande Capta anrichten. Diese beiden Unruhestifter sind eine große Gefahr für Capta, hörst du, eine große Gefahr! Sie beugen sich nicht, gehorchen nicht, hinterfragen zu viel und verbreiten gefährliches Gedankengut.
Das alles gefällt mir ganz und gar nicht! Also los, beweg dich, mach die Truppen mobil und verhafte sie schleunigst!«, befahl Tyrannos.

»Sie sind schon so gut wie hinter Schloss und Riegel!«, meinte Rancor selbstsicher. Und er grinste zufrieden vor sich hin, denn damit hätte er seine nächste Beförderung wieder einmal so gut wie in der Tasche.

»Alle Frebemen sollen sich versammeln! Alle meine Unterta..., äh, das gesamte Volk soll indoktri... äh, unterwiesen und auch auf seinen Gesundheitszustand untersucht und getestet werden. Die Frebemen sollen schnellstmöglich daran gewöhnt werden, bei jedem Schritt in die Öffentlichkeit ihren Gesundheitsstatus vorzuweisen. Es soll für sie schließlich zur täglichen Normalität werden, dass wir sie überall kontrollie…, äh, ich meine, wir auf ihre Gesundheit achten! So wird das bald eine Selbstverständlichkeit sein, und auch niemanden wird es befremdend erscheinen«, befahl Tyrannos daraufhin hämisch grinsend, und diktatorisch seiner ergebenen und verängstigten Polizei und seinen Soldaten. »Aber schnell!«

»Jawohl mein Herr!«, antworteten diese fügsam und unterwürfig. Sehr viele Frebemen waren völlig abhängig und auch indoktriniert vom System. Gefangen in ihrer Angst sahen sie jeden der frei von Angst war, leider sehr schnell als Feind und Bedrohung an.

Tyrannos hielt viel von seiner militärischen Macht und deren Stärke, welche sich über die große Zahl seiner Soldaten und Kriegsgeräte ausdrückte. Übte er dadurch doch solch umgreifende Kontrolle über die Welt aus. Er hielt sich für klug, aber ›militärische Intelligenz‹ ist immer ein Widerspruch in sich. Dies konnte der Herrscher aber natürlich nicht erfassen. Tyrannos wusste aber, dass seine Soldaten nicht wirklich *dachten*. Sie *gehorchten* nur. Denn wenn seine Soldaten nachdächten, gäben sie dann ihr Leben für ihn? Dies war wohl sehr unwahrscheinlich!

Alles in seinem Reich war letztlich auf Vernichtung

ausgerichtet! Die Zerstörung vieler einzelner Schicksale und auch der gesamten Wirtschaft zeichneten sich zusehends ab. Dies waren wohl mehr als *klare Vorboten*, dennoch begriffen die meisten nicht, *was* er hier vor hatte. Eine ›Virus-Diktatur‹ unter seinem alleinigen Machteinfluss.

»Die Frebemen müssen unbedingt in dem Glauben gehalten werden, dass ein Leben ohne uns gar nicht möglich wäre!«, flüsterte er einem seiner Berater ins Ohr.

Eine Woche später, war am großen Platz in der Hauptstadt Vincula ein lautes Stimmengewirr zu hören, als sich hier schließlich viele Tausende gehorsam versammelt hatten. Da schlug die Uhr von Tyrannos Turm hart und schwer. Eine ungute und bedrohliche Stimmung lag an diesem sonnenleeren Tag in der Luft.

Das Volk wurde ruhig, als Tyrannos gebieterisch die Hand hob. Die Lust am Kommandieren war ihm regelrecht ins Gesicht geschrieben. Und der König begann streng und energisch mit seiner mahnenden und manipuliativen Propagandaansprache. Effektvoll redete er auf die Masse ein:

»Ihr Bürger von Capta müsst wissen, dass es neuerdings im Lande einige ganz schlimme Unruhestifter gibt, welche die Gesundheit vieler Bürger und auch die Existenz und Zukunft des Staates massiv gefährden. Sie reden von Freiheit und Liebe, von wunderbarem Glück und Lebendigsein, von der Freiheit, eine eigene Meinung haben zu müssen, und lauter solchem Unsinn. Wo ich doch ausdrücklich verboten habe das Wort Freiheit zu benützen! »Aaaarrr!«, wütend stampfte Tyrannos wieder mit seinem Fuß und wurde tiefrot.

»Glaubt ihnen ja nicht, sage ich euch, wer sie beherbergt oder ihnen Glauben schenkt, wird unverzüglich mit ihnen in den Kerker geworfen. Und vergesst nicht, was wirklich das Wichtigste ist im funktionierenden und erfolgreichen Staat Capta. Zuerst natürlich der *Gehorsam*! Was die *Mehrheit* und *Masse* tut, dies ist immer das Richtige! Und seid immer und überall auf der Hut vor dem Virus! Schützt euch und haltet voneinander Abstand! Tragt eure Masken über eurem Gesicht! Besucht einander nicht! Meidet jegliche Kontakte!

Und natürlich -, achtet auch stets darauf viel zu erwirtschaften, mehr zu arbeiten und vor allem schneller und besser und effektiver zu sein in euren Leistungen, denn dann, und nur dann, wird das ganze Land noch reicher und schlagkräftiger sein als alle Länder dieser Welt. Und es wird uns immer besser und besser gehen. Denn nur Reichtum und ein guter Platz durch gute Leistungen in meinem System, machen zufrieden und geben wahre Sicherheit!«, meinte Tyrannos verbissen und diktatorisch, versuchte dabei aber möglichst väterlich und gutmütig auszusehen. Stumm und ergeben hörte das Volk der üblen und perfiden Rede zu. Und ganz in der Nähe konnte man das schrille Gekreische, einiger seiner hässlichen Krähen hören.

›Demokratie‹ klang zwar schön, war aber inzwischen Vergangenheit. Täglich wurde dieser Begriff ausgehöhlt. Ständig wurden die Frebemen bedrängt, *das* zu denken, was Tyrannos Monster-Massenmedien vorgaben.

Beständig und immer wieder, wiederholte der Diktator die wichtigsten Inhalte seiner Ansprache. Damit die Worte regelrecht in die Köpfe der Bürger Captas hineingehämmert wurden.

Wenn auch viele seiner Behauptungen und Maßnahmen noch so widersprüchlich und widersinnig waren, *dennoch* unterwarfen sich die Frebemen gefügig. Nicht wenige unter ihnen aber bauten durch die Angst vor Tyrannos‘ Regierung, seinen Maßnahmen, und den Strafen, eine Mauer von Kälte und Distanz um sich auf und litten aber schrecklich unter ihrer Isolation.

»Ein guter Frebeme gehorcht in allem, hält Abstand, trägt seine Maske, meidet Kontakte und Freundschaften, trachtet nach Geld, ist stets untertänig und kooperativ und sucht fortwährend das Beste für Capta und seinen König! Und er hinterfragt niemals, *niemals* sage ich, die großartigen Entscheidungen seines Herrschers! Jeder

der nicht gehorcht wird bestraft!«

Dies betonte er immer wieder und wieder mit erhobener Faust und angsteinflößendem Blick. Eine eigenartig dunkle Stimmung drang in die Seelen der Frebemen.

Und freilich wollte niemand ein schlechter Bürger Captas sein. Auch wollte niemand gerne ein Außenseiter sein. Also taten die ›*braven Bürger*‹ nichts anderes, als sich ständig gegenseitig zu beobachten, zu bewerten oder auch zu denunzieren. Wer willig allen Vorgaben gehorchte, war natürlich angesehener, als jemand der widersprach und eine andere Meinung hatte. Wer mehr Geld und Reichtum hatte, der war schnell auch der bessere Bürger Captas. Wer schöner und stärker war, der war ein höher entwickelter Frebeme und genoss somit auch mehr Ansehen im Lande und vor dem König. Und wer von Rang und Namen war, hatte in Tyrannos kaltem System viele Vorteile. Zudem gab es auch Belohnungen *dafür*, wenn man seine Mitbürger und Nachbarn bei Tyrannos Regierung anzeigte.

In einem Land welches auf Leistung, Effizienz, Profit und Kontrolle ausgerichtet war, waren Leute welche *zu* eigenständig dachten, alles hinterfragten was die Regierenden entschieden und nicht ›*systemkonform*‹ lebten, einfach nicht gerne gesehen.

Zehntes Kapitel

Der Weg

Der Himmel war bewölkt und die Luft kühlte empfindlich ab. Ein schwarzer Schatten war kurz am Wegrand zu sehen und verschwand schnell wieder hinter dem nächsten Baum. Da schlich sich ein buckeliges Tier langsam an drei unschuldige kleine Wanderer heran.

»Na - wohin denn so eilig?«, fragte eine streunende Hyäne mit zerrupftem Fell tückisch die drei mutigen kleinen Wanderer, welche sich erst vor Kurzem auf den Weg gemacht hatten.

»Wer bist du, und weshalb möchtest du das wissen?«, meinte Philomena achtsam.

»Ich bin ›Narr‹, die Hyäne, und möchte euch gerne helfen.« Narr war aber in Wahrheit ein hinterhältiger und verlogener Spitzel und Kundschafter von Tyrannos.

»Wir sind unterwegs nach Spes.«

»Ach ja, und was wollt ihr da?«, kreischte Narr mit schriller, fordernder Stimme.

»Wir wollen Minister Klein vom Reich der Freiheit erzählen und vom Glück, das in ihr verborgen liegt. Kennst du denn den genauen Weg dorthin?«

»Aber ja, natürlich, selbstverständlich kenn ich den und sehr gerne helfe ich euch auch weiter«, säuselte Narr übertrieben freundlich.

»Bald schon kommt ein Wegweiser, haltet euch dann immer auf der Hauptstraße die in Richtung ›Reichtum und Gesundheit‹ weist, so werdet ihr gewiss ans rechte Ziel gelangen. Verlasst niemals diesen Weg, nicht umsonst ist er so gut gepflastert.«

Die Kinder trauten dem krummen Tier aber nicht recht, sagten jedoch nichts.

»Danke für deine Hilfe, wir werden den rechten Weg gewiss finden.«

Hämisch grinsend schlich die Hyäne wieder weiter, um ihrem Herrn Tyrannos hündisch und ergeben Nachricht zu überbringen, über den Aufenthaltsort der drei angeblichen Landesverräter.

Nachdem die kleine Philomena, der Kater Animus und ihr neuer Freund Pius schon ein gutes Stück über Berge und Wiesen, über Sand und Steine gewandert waren, fanden sie endlich eine große, breite Straße mit einer Gabelung. Der Weg teilte sich in drei verschiedene Richtungen. Und tatsächlich stand da auch ein großer Wegweiser. Ganz oben auf dem Mast des Wegweisers, welcher drei Schilder trug, die in drei Richtungen wiesen, saß ein zerfranster Aasgeier und zeigte hektisch in Richtung ›Reichtum und Gesundheit‹. Es standen aber drei unterschiedliche Orte mit eigenartigen Doppelnamen auf den Schildern: ›Reichtum und Gesundheit‹, ›Wissen und Macht‹ und ›Zufriedenheit und Glück‹.

Auf dem Schild, das in Richtung ›Zufriedenheit und Glück‹ wies, waren die Buchstaben kaum noch zu erkennen. Es sah so aus, als hätte jemand versucht die Bezeichnung weg zu kratzen. Wenn man jedoch ganz genau hinsah, sah man auf ihm einen wunderschönen Schmetterling sitzen, und dieser wies leise in Richtung ›Zufriedenheit und Glück‹.

»Welchen Weg sollen wir wohl einschlagen? Den, den Narr uns empfohlen hat?«, fragte Pius Philomena.

»Nun ja, ich denke, wir werden besser *den* Weg, welcher in Richtung ›Zufriedenheit und Glück‹ weist einschlagen. Gewiss wird dieser uns auch zu den richtigen Menschen führen.«

»Aber schau mal, Philomena, der Weg den du da gehen willst, der ist ja ganz steinig und fürchterlich ungemütlich und auch ganz verwachsen von Dornenhecken und stacheligen Pflanzen, den hat ja kaum jemand benutzt. Wäre es denn nicht viel einfacher und klüger, einen der beiden anderen Wege zu nehmen? Diese sind schön und gut gepflastert. Und darauf würden wir auch viel schneller vorankommen und könnten dann noch Zeit und Energie sparen. Vielleicht hat die Hyäne ja recht gehabt?«

»Mein lieber Pius, vermutlich wäre es schon einfacher, da hast du gewiss Recht, doch ich fürchte du benutzt hier zu sehr deinen Kopf und zu wenig dein Herz, wir würden dann ans falsche Ziel kommen. Und was würde uns das dann letztlich nutzen? Was sagt dein Herz Pius? Lerne *darauf* zu hören «

»Hm, wenn ich so in mich reinhöre und genau acht gebe auf die Bedeutung der Namen auf den Schildern, dann ist ›Zufriedenheit‹ und ›Glück‹ gewiss die beste Wahl, du hast sicher Recht Philomena.«

So wanderten unsere drei Abenteurer also den kaum benutzten steinigen Weg entlang. Am Wegrand gab es allerlei verschiedenste Blümlein und Kräuter, die stolz ihre Blüten zeigten und zum Teil mehr als einen halben Meter hoch, ihre Köpfe zum Himmel streckten. Und man konnte überall das schrille Zirpen der Grillen hören. Es war aber nicht einfach und schon gar nicht angenehm, denn es gab auch viele Disteln und sehr spitze, giftige Dornen, die ihnen sehr unliebsam den Weg versperrten.

»Autsch sind diese Steine hier aber spitz«, meinte Pius, dem vom ständigen Runtergucken nun nicht nur die Füße, sondern auch schon der Nacken wehtat. Auch plagte die Hitze die mutigen kleinen Wanderer sehr. Und nicht viel später hörte man ein lautes »Miauuuu.«

Animus jaulte ganz schrecklich auf, weil er gerade von einer spitzen Distel gestochen worden war.

»Autsch, autsch, das tut aber weh!« Umständlich zog er einen kleinen giftigen Dorn aus seiner weichen Pfote.

»Ach, Philomena, ich weiß nicht so recht, ob deine Entscheidung tatsächlich klug war, dieser Weg gefällt mir aber gar nicht gut«, jammerte Animus, leckte seine Pfote und ließ dabei verzagt die Ohren hängen.

»Meine lieben Freunde, bitte seid weiterhin so tapfer und haltet durch, wir müssen unbedingt diesen Minister Klein finden, er hätte gewiss genügend Einfluss und Bürger, die auf ihn hören, um den schrecklichen Tyrannos vom Thron zu stürzen und seinem Reich und Einfluss ein Ende zu setzen«, meinte Philomena, während sie mit ihrem Wanderstock geschickt die Dornen zur Seite schlug.

»Und ich bin mir sicher, er hat auch eine Lösung für die Zukunft. So Animus, schau her, hier kannst du gut weiter gehen, geh genau hinter mir, so werden dich keine Dornen mehr stechen.«

»Oh - danke meine liebe Philomena.«

»Vorausgesetzt, er glaubt auch an die Wirkung der Liebe und an die gewaltige Kraft der Freiheit. Kaum noch wo findet man jemanden der die Freiheit wirklich schätzt. Die größten Werte haben heute beinahe keinen Wert mehr.«, meinte Pius etwas zweifelnd.

»Viele wichtige politische Führer und Offiziere hören auf ihn. Wenn *er* uns glaubt, und versteht wovon wir sprechen, wird alles gut, da bin ich mir sicher. Dann könnten wir wieder Bücher drucken lassen, die vom wahren Leben, der wundersamen Kraft der Liebe, und der Mannigfaltigkeit der Freiheit sprechen und lehren. Und es würde in den Schulen auch wieder von den wichtigen, grundsätzlichen Werten des Lebens gelehrt und erzählt. Und auch davon wie wichtig die Nächstenliebe, die Barmherzigkeit und Vergebung ist, und dass wir uns vor nichts und niemanden fürchten müssen.«

»Oder die Schule und das ständige Bewerten der Kinder durch Noten würde es gar nicht mehr geben... wer weiß, vielleicht kann man dann sogar wieder ganz frei lernen. Und diese ständig bedrückende Not durch die Not-en würde endlich weg und vorbei sein.«

»Oh ja, und Capta würde endlich wieder lebendig, bunt, frei und vielseitig sein.«

»Ja und vor allem erfüllt von Freude!«

»Und es würde dann wieder Libertas heißen«, meinte Animus wieder ganz beflügelt.

Glücklich und motiviert umarmten sich unsere drei Freunde innig und tanzten im Kreis.

»Ja, und stell dir vor, es könnte jeder das tun was er gerne möchte, das, was seine wahren Talente sind, und den Beruf erlernen, der wirklich zu ihm passt, ohne dafür geringgeschätzt, verachtet oder ausgeschlossen zu werden, weil es dem Capta-Reich vielleicht nicht genügend dienlich wäre. Ja, und es wäre auch ganz egal, wo man herkommt oder wie man aussieht, man würde respektiert und geachtet werden, egal ob man viel oder weniger leisten und verdienen kann.

Und überhaupt, es wäre alles nicht mehr nur auf Leistung und materiellen Gewinn ausgerichtet, sondern vielmehr auf die Herzen der Menschen«, träumten die jungen Visionäre.

»Ja, wenn Freiheit und Liebe in allen Herzen wieder Platz hätten, dann wären *diese* Werte richtungsweisend! Freundschaft, Nächstenliebe, Mitgefühl und Lebendigsein wären die weitaus größeren Gewinne, als Gold und Silber. ›*Geld*‹ würden wir gar nicht mehr brauchen, denn wir würden einander, ein jeder mit seiner Gabe und seiner Fähigkeit dienen und helfen. Niemand würde den anderen noch beneiden oder ihn bestehlen. Ein jeder würde die unumstößlichen Gesetzmäßigkeiten des Lebens von *Saat und Ernte* verstehen, diese im Herzen tragen und auf sie achten. Wer *stiehlt* der wird bestohlen, wer *gibt* dem wird gegeben!

Und *das* wäre wieder wahrer Reichtum.«

»Du hast Recht, in Wahrheit ist ja genug für alle da! Es ist nur nicht genug da für die Gier und für den Neid. Es gibt nämlich kein Genug für die Gier! Die besten Dinge im Leben sind ja sowieso kostenfrei. Denn die schönsten und wichtigsten Dinge kann man mit Geld gar nicht erst erwerben.«

»Genau, so wie unsere Freundschaft zum Beispiel.«

Da vernahmen die jungen Wanderer ein ungewöhnliches Rascheln und Knacksen am Boden. Eine eigenartig längliche und unangenehm riechende Pflanze mit vielen Ästen, die aussahen wie Seitenarme die einen gleich packen und fesseln wollten, kroch schlingend unter dem dichten Gestrüpp hervor. Ihr Kopf war so groß wie der, der Kinder, das Maul der stinkenden fleischfressenden Pflanze war riesig, und in ihrer Länge überragte sie die Kinder um fast einen Meter.

»Ihr wollt also zu Minister Klein?«, meinte Circum, die Schlingpflanze.

»Wer sagt das? Woher weißt du das?«

»Nun ich weiß es eben. Wisst ihr denn überhaupt, *was* man sich über den alles erzählt? Alle Leute sagen er sei ein Taugenichts, der dem Reich nicht wirklich dienlich ist. Er sei ein miserabler Arzt und Politiker, der nicht ins System von Capta passt. Er wolle sich nicht so recht unterordnen und anpassen. Ich habe gehört, er denkt anders über das Reich Capta, als unser ehrenwerter König Tyrannos. Man sagt sogar, er sei auch Virologe und Wissenschaftler, habe zahlreiche Bücher geschrieben und habe aber eine ganz andere Meinung als unser ehrwürdiger Herrscher, er sei eine Gefahr für Capta. Und nicht nur *das*, ich habe persönlich Dinge gehört über ihn, also ich sage euch, diese Dinge wollt ihr gar nicht wissen.«

Die Kinder standen erschrocken und eng beisammen, als Circum über ihren Köpfen das Maul weit aufriss und mit einschüchternder Stimme und zusammengekniffenen Augen weiter sprach und von oben herab auf sie einredete.

»Also wenn ihr mich fragt, so rebellische, ungehorsame Andersdenker sind in der Tat eine Bedrohung für den Frieden und die Sicherheit im Lande. Was meint dieser Minister Klein denn, was glaubt er eigentlich wer er ist, meint er denn, er würde die Mehrheit die Tyrannos so umfangreich und gewissenhaft manipuliert, - äh informiert hat - wollte ich natürlich sagen, einfach umstimmen. Niemand würde auf ihn hören.«

Und mit jedem ihrer stinkenden, manipulativen Worte umgarnte Circum die drei jungen Menschen mehr und mehr.

»Dieser Taugenichts sage ich euch, der will die Leute nur verzaubern und die Herrschaft an sich reißen. Mich würde es nicht wundern, wenn sich herausstellt, dass er ein ganz übler Verräter ist. Unser Wohlstand und Reichtum ist durch ihn bedroht. Und vor allem unsere Gesundheit ist in Gefahr! Er soll sogar behauptet haben, dass das Tragen der Masken und die überaus hilfreiche Quarantäne ein Unsinn wären. Wo uns diese Masken im Gesicht doch alle beschützen und am Leben erhalten. Man sollte ihn schnellstens seines Amtes entheben, diesen Spinner und Nichtsnutz, bevor er noch beginnt so manchen treuen und untergebenen Frebemen aufzuhetzen. Es ist überaus gefährlich, Leute dazu zu bringen, die wichtigen und schützenden Maßnahmen Tyrannos' anzuzweifeln oder seine Worte in irgend einer Weise zu hinterfragen. Er behauptet doch tatsächlich das Virus, welches uns schließlich alle in fürchterliche Lebensgefahr bringt, sei angeblich gar nicht so gefährlich«, säuselte die falschzüngige und stinkende Pflanze.

»Er hat nur schlechte und unberechenbare Absichten, der bringt Spaltung unters Volk, nur Schlechtes führt er im Schilde, sage ich euch, nur Schlechtes.«

»Ach ja, und *wer* sagt das alles? Du sagtest doch gerade noch, niemand würde auf ihn hören. Wovor fürchtest du dich also?«, fragte Philomena scharf zurück. Längst hatte das verständige Mädchen begriffen, wessen ›*Geistes Kind*‹ Circum war.

»Na alle sagen das, das sagt jeder, wirklich jeder!«, meinte Circum und setzte ein unschuldiges Gesicht auf.

»Es interessiert mich aber nicht, was die Leute reden

und angeblich alle sagen! Ich habe von ihm hingegen nur Gutes gehört. Ich gebe nichts auf dein oder solcher Leute Gerede und Getratsche! Lass uns also in Frieden und geh uns endlich aus dem Weg! Ich will von deinen Lügen, Verdrehungen und Vorurteilen nichts mehr hören!«

»Aber Mädchen, wieso so unfreundlich? Ich hab's ja nur gut gemeint, ich habe euch gewarnt. Ihr werdet schon noch sehen«, säuselte die Schlingpflanze weiter.

»Lass uns in Ruhe und verschwinde endlich! Scher dich weg!«, widerstand Philomena der listigen Schlingpflanze nun so heftig und scharf, dass sich die Pflanze wieder unter dem Gebüsch verkroch aus dem sie hinterhältig hervor geschlurft kam.

»Bei einigen Gruppen von Frebemen und Lebewesen muss man heute besonders vorsichtig sein. Sie singen ergeben genau *das* Lied, welches Tyrannos ihnen eingeimpft hat!«, meinte Philomena aufgebracht und nachdenklich.

»Hört stets ganz genau hin, *was* diese sagen, und traut niemals vorschnell all dem was sie heute von sich geben. Gebt acht bei Tyrannos Politikern, Journalisten, Meinungsforschern, und bei seinen Kundschaftern wie den Krähen oder solch widerlichen Pflanzen wie dieser Circum, welche sich ihm schon ganz verschrieben haben.

Verzeiht mir bitte meinen Zynismus, aber was die

Welt heute braucht sind ›*Querdenker*‹ und nicht solche ›*Leerdenker*‹!«

»Ja gewiss, das werden wir, und du hast absolut Recht, aber - autsch, Philomena, autsch meine Füße tun schon so schrecklich weh von den vielen, spitzen Steinen und Dornen. Ich glaube ich habe inzwischen sogar Blasen an den Füßen. Sieh nur, die sind ganz schön groß.« Pius zog seinen Schuh aus, und zeigte den schmerzenden Fuß seiner Freundin.

»Ich dachte nicht, dass unsere Reise *so* beschwerlich werden würde. Haben wir denn noch einen sehr weiten Weg vor uns?«

Das Mädchen sah ihrem Freund freundlich und mitfühlend in die Augen. Sie fragte sich, ob sie ihm wohl nicht zu viel zugemutet habe.

»Sei nur tapfer, mein lieber Freund Pius, und hab immer das Ziel vor Augen, du darfst einfach nicht auf den steinigen Weg sehen und nicht auf die vielen negativen Stimmen hören, sondern du musst auf die Freude und Herrlichkeit sehen, welche wir anderen Menschen bringen können. Und denke an das Glück, welches wir alle mit der Freiheit und Unabhängigkeit endlich wieder erlangen würden! Du bist *so* wichtig für unser kleines Team und für diesen Auftrag!«, ermutigte das Mädchen ihren Freund.

»Miauuu!«, mauzte nun auch noch Animus laut, dass es nicht zu überhören war.

»Ich habe schon solchen Hunger.«

»Hm, lasst uns noch eine Weile marschieren und dann machen wir bald eine Pause. Ok?«

»Brrrruml, brrrruuuuml!«, machte es da plötzlich fürchterlich laut, so das alle erschraken.

»Was war das, habt ihr das eben auch gehört?«

»Das war mein Magen«, meinte Animus verlegen.

»Nun gut, ich sehe schon, wir werden dort vorne unter der alten Eiche für heute unser Lager aufschlagen und uns etwas Warmes zu essen machen. Das wird uns allen guttun und uns wieder kräftigen. Pius kannst du bitte Holz und Reisig fürs Feuer holen?«

»Ja, mach ich gerne, bin sofort wieder da.« Der Hunger trieb ihn an, auch möglichst schnell etwas trockenes Holz zu finden.

»Und Animus, du kannst mir beim Auspacken und Zubereiten der Suppe helfen.«

»Au ja, fein«, maunzte Animus freudig und begann die entsprechenden Zutaten schon eifrig herauszusuchen.

Elftes Kapitel

Am Lagerfeuer

Das Feuer brannte gemütlich vor sich hin und auf ihm hatte Philomena einen Topf mit leckeren Bohnen zugerichtet. Schnell breitete sich der wunderbare Duft unter ihnen aus und der Wind trug ihn in alle Richtungen. Die Suppe war ein wenig zu gut gewürzt, denn Animus rutschte etwas zu viel Salz in den Topf. Beim Essen war er wohl begabter als beim Kochen.

Unsere drei Kameraden saßen erschöpft und nachdenklich rund ums wärmende und knisternde Lagerfeuer. Das flackernde Licht des Feuers erleuchtete die nachdenklichen Gesichter der jungen Gefährten. Ganz in der Nähe konnte man das beruhigende Gequake einiger Frösche hören. Die friedvolle Abendstimmung war wohltuend und entspannend. Die Rast tat ihnen allen sichtlich gut. In dieser besinnlichen Stille hing ein jeder seinen Gedanken und Träumen nach.

»Mhh, riecht das aber schon lecker, ich kann es kaum noch erwarten.« Pius sog den Duft der Bohnen und Gewürze tief ein. Er sah über das Feuer hinweg Philomena nachdenklich in die Augen.

»Weißt du, Philomena, ich bin ja sooo froh und glücklich, dass wir Freunde geworden sind. Wirklich, durch dich hat sich mein Leben radikal zum Guten verändert. Ohne dich fühlt sich mein Dasein regelrecht unvollständig an, du bist etwas ganz Besonderes! Und ich empfinde sehr viel für dich!«, meinte er von Dank erfüllt und sah dem Mädchen tief in die Augen.

»Ich bin auch froh, Pius«, sagte das Mädchen mit einem überaus süßen und bezaubernden Lächeln. Pius beugte sich zu ihr hinüber und gab ihr einen Kuss auf die Wange. Philomena errötete ein wenig.

»Ich weiß gar nicht wie ich es alleine mit Animus geschafft hätte. Wir brauchen dich unbedingt mit dabei und ich mag dich sehr. Außer Animus hatte ich noch nie einen so guten Freund wie dich!«, meinte Philomena etwas verlegen und ebenso mit Dankbarkeit erfüllt.

»Wenn wir unseren Auftrag erfüllt haben, dann könnten…«

»He, ihr drei«, rief eine laute und schrille Stimme aus dem Unterholz hinter ihnen plötzlich hervor. Unsere Freunde erschraken, denn mit Besuch hatten sie hier nicht gerechnet.

»Was macht ihr da, darf ich mich zu euch setzen?«, fragte dieser dumpf hinter seiner hässlichen und völlig durchfeuchteten Maske. Und ohne auf eine Antwort zu warten, setzte er sich auch schon frech und respektlos zu ihnen. Kaum war zu erkennen welche Absicht der Fremde hatte, denn seine Gesichtssprache war hinter der Maske verdeckt.

»Ich habe eure leckere Mahlzeit gerochen, und dachte mir da komm ich ja noch gerade rechtzeitig.«

»Ach ja? Ich bin Philomena, und das sind meine beiden Freunde Animus und Pius«, stellte das Mädchen sich trotzdem freundlich vor.

»Ich heiße ›Malus-Greifzu‹. Habt ihr noch einen Teller Suppe für mich? Sagt, wo wollt ihr denn hin und was sucht ihr hier draußen überhaupt?«

»Wir wollen zum…«, wollte Pius schon auskunftsbereit erzählen, doch Philomena unterbrach ihn noch schnell.

»*Warum* möchtest du das denn wissen?«, begegnete sie ihm stattdessen mit einer Gegenfrage.

»Nun, vielleicht einfach, weil ich neugierig bin, oder vielleicht kann ich euch ja auch helfen?«, meinte er.

»Wo willst *du* denn hin?«, fragte Philomena.

»Ich? Ich ziehe natürlich nach Vincula, um dort mehr Gold und Geld zu erwirtschaften und meinen Reichtum tüchtig zu vermehren. Tyrannos sei Dank, kann ich in dieser Zeit nun vielleicht ganz groß herauskommen.«

»Ach ja, und *wozu* willst du denn noch mehr Gold und Geld erwirtschaften? Hast du denn noch nicht genug?«

»Genug? Hm, nein, man kann *nie* genug haben und man darf nie zufrieden sein! Was hätte das Leben und Dasein denn für einen Sinn, wenn man nicht damit beschäftigt wäre, seinen Reichtum stets zu vermehren? Und was hätte man denn für Sicherheiten im Leben? Denkt nur auf was man dann alles verzichten müsste! Mit meinem vielen Geld wiederum, genieße ich ja auch viel mehr Ansehen unter den Leuten. Und ich habe dadurch auch viele Freunde.«

»Ach ja, meinst du wirklich ›Greifzu‹? Darf ich dich etwas fragen, hast du schon mal was von der Freiheit gehört? Von einem eigenverantwortlichen und bescheidenen Leben in Liebe und Freiheit, welches genügsam ist und sich für den Nächsten einsetzt. Einem Leben in dem du weder fremdbestimmt bist, noch geplagt von Geld- und Erfolgsgier?«, fragte Philomena ihn.

»In dieser Freiheit und ihrer Vielfalt ist die Kraft des Lebens verborgen. Und wahrhaftiger Reichtum ist, ein freier Geist und ein gutes Gewissen.«

»Aber - ich bin doch nicht geplagt! Und Freiheit? Nein – wozu? Noch nie von ihr gehört, kann also nichts all zu Wichtiges sein. Und wofür auch, ich habe doch alles!«

»Nun, du könntest deine Zeit zum Bespiel ja ebenso gut für Beziehungen mit deinen Mitmenschen verwenden und um tiefe Freundschaften aufzubauen. Um eine Familie zu gründen und diese zu lieben. Und Schwächeren und Armen und Kranken könntest du dann mit deinem Geld helfen... Es gäbe so vieles, was du tun und damit bewirken könntest. Es könnte dich sehr erfüllen, und wahrhaft frei und glücklich machen.«

»Ich bin doch frei und glücklich? Ich tu das was ich will. Oder etwa nicht?«

»Nun wenn du dies als Freiheit bezeichnest, dann bist du wohl ›frei‹. Du bist nämlich frei, Gesetzen und Verordnungen zu gehorchen, denen du niemals zustimmen konntest! Du bist frei, unter Bedingungen zu leben, welche du niemals selbst gewählt hast! Frei ein Leben zu leben, welches andere für dich wollen.«

»Nur zur Erinnerung Greifzu, ein ›Virus‹ musste dafür herhalten, dass alles geschlossen wurde und bereits unzählige Menschen ihrer Existenzgrundlagen beraubt wurden – und viele nun Gefahr laufen alles zu verlieren, was sie jahrzehntelang über Generationen aufgebaut haben.«

Er sah Philomena verblüfft und mit verkleinerten Augen an. Ganz kurz brachten ihn die Worte des Mädchens ins Wanken und zum Nachdenken.

»Sieh genau hin Greifzu«, meinte Philomena betroffen über die Verstocktheit ihres Gastes.

»Tyrannos möchte, dass wir nicht *mehr* sind, als eine funktionierende Maschine! Ein Maschine, die für ihn arbeitet! Möglichst ohne Herz und ohne Willen. Dazu möchte er am liebsten in unser Gehirn eingreifen, um uns zu steuern und zu kontrollieren. Er und sein System versuchen uns überall zu hetzen und anzutreiben. Bei ihm geht es niemals ums Herz, und um ein glückliches Leben, sondern nur um Zweckmäßigkeit und Leistung! Das beginnt schon in der Schule, mit dem Erzeugen von Notendruck und Notenangst! Immer mehr und mehr, muss es sein. Doch die Wahrheit ist: Das NIE zu wenig ist, was bereits genügt!«

»Verstehst du dieses große Geheimnis? Aber er, Tyrannos, kennt kein ›GENUG‹! Dieses Wort gibt es bei ihm genauso wenig wie den Begriff ›Freiheit‹. Und genau das ist das Verderben der Frebemen und das große Unglück Captas'! Denn wer kein ›Genug‹ kennt, nicht zufrieden ist mit dem, was er hat, der wäre auch nicht zufrieden mit dem, was er haben möchte. Darum beutet er Mensch und Natur aus.«

Es war still, nur das Knistern des Feuers war zu hören. Greifzu überlegte.

»Ach was -, was redest du für dummes Zeug? Und wofür sollte das alles gut sein? Und wovon sollte ich dann wohl leben? Von Luft und Liebe, oder was denkst du? Du bist ja vielleicht blauäugig. So einfach ist das nun auch wieder nicht! Und wenn ich nicht arbeite und Geld verdiene und mein Gold stets vermehre, wie soll dann überhaupt das Land etwas aufbauen und in seiner Kraft und Macht bestehen können? Wenn jeder so denkt wie ihr – was sollte dann aus Capta und unseren Regierenden wohl werden? Und die Armen von denen du sprachst, die gibt es meiner Meinung nach, sowieso nur *deshalb*, weil sie nicht arbeiten wollen! Und die Schwachen und Kranken, ja, die sind das nächste Problem. Aber für dieses ›Problem‹ hat Tyrannos schon entsprechende *Programme* entworfen! Genauso wie für die Alten! Die dürfen natürlich auf keinen Fall Überhand nehmen!«, betonte der aufdringliche und besserwisserische Besucher hoffärtig und anmaßend und plapperte die Worte Tyrannos' leichtfertig nach. Er verstand rein gar nichts, von der wertvollen Botschaft Philomenas'.

»Und überhaupt, wenn man den Vorschriften unseres erfahrenen und belesenen Diktators nicht klar Folge leisten würde, alle neuen Verordnungen und Maßnahmen einhalten, hart arbeiten und nach mehr Geld streben, dann würde man sich alsbald allerlei Probleme einhandeln. Tyrannos weiß schon wie man die Unterta...- äh das Volk zum äh -, Erfolg führt.«

»Ich sagte nicht, du sollst *nichts* arbeiten. Ich meinte bloß, dass es irgendwann auch *genug* ist und man seine Energie und Zeit doch auch für andere Dinge und vor allem für andere Personen einsetzen kann, als nur ständig für den eigenen materiellen Besitz und *sich selbst*. Es gibt auch noch andere und weitaus wichtigere Ziele. Sich für *diese* einzusetzen ist ebenso Arbeit und sehr erfüllend. Wir dürfen nicht immer nur denken, *was wir wollen*, wir müssen auch denken, *was wir sollen*.

Alleine schon, ›*Abstand*‹ unter Kindern und Menschen zu erzwingen, ist schlichtweg ein Verbrechen! Eine zerstörerische Maßnahme welche über diverse ›Monster Medien‹ versucht wird zu erreichen. So verlieren die Leute nicht nur ihre Menschlichkeit, ihre Grundrechte und Würde, sondern auch noch ihr Herz!

Die Würde des Menschen ist absolut *unantastbar*. Sie zu achten und zu schützen ist normalerweise die *Verpflichtung* aller staatlichen Gewalt. Nun wird diese aber wie wir wissen keineswegs geachtet!«

»Ach ja? Ich weiß nicht recht, du verwirrst mich mit deinem ganzen Gerede von Herz, Freiheit, Beziehungen, Verantwortung, Würde, eigenständigem Denken und Liebe, Philomena. Wenn es tatsächlich so wichtig wäre, hätte ich wohl schon in der Schule mehr davon gelernt.

Ich habe sogar die Universität besucht, doch all das wurde nirgendwo gelehrt. *Wo* finde ich die Worte von denen du redest? Und was meinst du denn, willst du dein Leben etwa selbst in die Hand nehmen oder was? Wir *müssen* doch regiert und geführt werden. Das war schon immer so. Willst du es etwa selbst besser wissen, als unsere klugen Regierungsbeamten und der ehrenwerte Tyrannos es tun? Die wissen schon was sie machen.

Ich muss jetzt auf alle Fälle wieder weiter. Ich, äh, habe wie gesagt noch viele wichtige Dinge zu erledigen«, meinte Malus-Greifzu und wischte sichtlich nervös an seinem seinem Shadowphone herum. Und so schnell, wie er gekommen war, war er auch wieder verschwunden.

Es war still, die Nacht war kühl und klar. Pius und Animus waren inzwischen eingeschlafen und lagen eng umschlungen beieinander. Philomena lag in eine warme Decke eingewickelt am Feuer, packte ihr Büchlein aus, dachte nach und schrieb nieder:

›Wessen Brot du isst, dessen Lied singst du.‹
Es ist für den Frebemen wohl sehr schwer, seine Abhängigkeit zu erkennen und sich aus seiner Unmündigkeit und Gefangenschaft zu befreien. Er hat sie schon regelrecht lieb gewonnen.

Sie sah zum Sternenhimmel auf, überlegte weiter und schrieb schließlich ein Gedicht:

Nach den wichtigsten Werten zu trachten,
welche unser Leben in Wahrheit erhalten,

darauf müssen wir wieder achten,
und schützen unsere Kinder und Alten.
Gedanken welche uns wieder glücklich machen,
dass wir wieder frei und ungezwungen lachen,
dies ist für viele kein begehrenswertes Ziel mehr,
und so auch nur zu denken, fällt ihnen all zu schwer.
Ja, in allen Dingen nach echter Freiheit und Liebe zu
trachten, scheint für viele minderwertig,
oder ist für sie zu verachten.

»Hm, hinter dem Regime des Tyrannos‘, hockt ein gefesseltes Monster, welches Menschen frisst und *Geld* wohl unbedingt als das wertvollste Gut des Frebemen bezeichnen möchte! So lange die Frebemen diesen Betrug nicht begreifen, wird sich wohl kaum etwas ändern«, meinte Philomena zu sich selbst.

Zwölftes Kapitel

Der Anpasser

Es ging auf den nächsten Morgen zu, die Sonne kroch langsam hinter dem weit entfernten Hügel hervor und färbte den Himmel orange-rosa. Die Wiesen waren noch nass und glänzten silbrig vom Raureif, als sich die Wege unserer drei Freunde, mit denen von ›Debilis Adapto‹ kreuzten. Er war ein recht kluger Kerl, welcher sehr wohl kritisch dachte, über das was in Capta zu dieser Zeit vor sich ging. Er versuchte aber so gut es ging, sich aus allem raus zu halten, als ginge ihn das alles nichts an was gerade geschah. So versuchte er sich möglichst unauffällig zu verhalten und wenn es sein musste sich einzufügen. Er schien dennoch ein vertrauenswürdiger Bursche zu sein. Und sie kamen auch schon bald miteinander ins Gespräch.

»Seid gegrüßt ihr drei, ich heiße Debilis Adapto.

»Wohin des Weges schon so früh morgens, wenn man fragen darf?«

»Hallo, ich bin Philomena, und das sind meine Freunde Pius und Animus, wir sind unterwegs zu Minister

Klein, um mit ihm einen Weg zu finden, um Tyrannos Vorhaben zu stoppen. Die Frebemen sind gefangen und von einem ›Angst-Virus‹ regelrecht befallen, und sie müssen wieder von der Freiheit und Liebe erfahren welche sie inzwischen verloren haben.«

»Ach was, das ist jetzt aber wirklich übertrieben. Was heißt hier, ›verloren‹ und ›gefangen‹? Ich hab gar nichts verloren, zumindest nicht besonders viel, und gefangen bin ich auch nicht, wie ihr seht. Wie anmaßend von euch so etwas zu behaupten! Ich pass mich ganz einfach an und komme so auch ganz gut durch. Ich halte zwar nicht besonders viel von dem System und dessen Machenschaften und den in der Tat widersinnigen Maßnahmen Tyrannos'. Nun - aber was solls', man muss heutzutage auch kompromissbereit sein. Ich denke anpassen ist da der beste Weg. Ich mach äußerlich zwar mit, innerlich aber nicht, so kann ich leben und werde auch respektiert. Und ich bin mir sicher, schon bald wird wieder alles beim Alten sein. Man muss immer optimistisch bleiben.«

»Nun das denkst du vielleicht. Optimistisch, ja - da hast du recht Adapto, aber nicht naiv. Gewiss aber werden *Minderheiten* und *Andersdenkende* in Tyrannos System weder respektiert noch akzeptiert, und sie werden schon gar nicht als gleichwertig geachtet. Niemals wird er tolerieren, dass Leute in seinem System sich nicht ganz seiner Idee und seinem Vorhaben unterordnen. Es wird noch viel enger werden, und das sage ich nicht weil ich pessimistisch bin. Irgendwann musst auch du dich entscheiden. Das mit dem ›Anpassen‹, wird dich auf lange Frist nicht durchtragen.«

Philomena brachte Adapto aber zum Nachdenken. »Hm, denkst du wirklich ich komm so nicht durch? Aber wieso? Tyrannos weiß doch nicht *wie* ich wirklich denke. Und somit bin ich keine Gefahr für sein System, wenn ich mich einfach immer gut anpasse.«

»Lieber Adapto. Ich verstehe dich wirklich gut, jedoch glaube ich nicht, dass du deine Ruhe und dein friedliches Leben weiterhin haben wirst, wenn du einfach schweigend alle Maßnahmen mitträgst und alles ›schön brav‹ einhältst, dich fügst und schweigend mitmachst, bei dem was Tyrannos vorgibt. Auch wenn du es nur äußerlich tust und innerlich anders denkst. Zumindest wirst du so niemals wirklich glücklich und frei sein! Du wirst zwar ›am Leben sein‹, falls du stark und nützlich genug bist für seine Zwecke, jedoch wirst du nicht wirklich ›*leben*‹.«

»Nein, *so* kannst du niemals glücklich und frei werden«, bestätigten auch Animus und Pius, Philomenas Worte.

»Glaube nicht, dass du dann einfach in Ruhe gelassen

wirst. Er wird kontinuierlich, neue Schritte und Maßnahmen setzen, und wird versuchen alle zu versklaven und ihrer wahren Berufung zu berauben. Er will die Frebemen, ihres Menschseins bestehlen, will ihnen ihre Freude und ihr Leben rauben. Er will ihnen ihr wahres, autonomes und souveränes Leben und Glück als menschliches Wesen nehmen. Gewiss wirst du noch weiter ›*leben*‹, doch *was* ist das dann für eine Existenz? Was wird das für ein Leben sein? Ein entmenschlichtes Sklavendasein, welches mit echtem Leben nichts mehr zu tun hat! Das Leben deines Herzens hast du dann verloren.

Tyrannos will ein globales, technokratisches Reich unter Polizeikontrolle errichten. In diesem Polizeistaat will *er* die absolute Kontrolle über *jedes* Individuum haben. Und um da zu ›leben‹, musst du ein Rädchen sein in seiner großen Maschine. Und da musst du natürlich ganz nach *seinem* Willen ›funktionieren‹. Er will jedoch nicht nur unser Leben alleine, er will unser Innerstes, unser Herz. Immer mehr Frebemen werden dann rufen:

›*Wann* bekommen wir endlich unser Leben zurück‹, und sie werden sich auch fragen:

›*Wie* konnte das alles geschehen?‹«

»Sieh doch nur Adapto«, meinte nun Animus.

»Wie viele der Behauptungen und Maßnahmen Tyrannos‘ absolut widersprüchlich und auch zerstörerisch sind. Wie viele Frebemen und Einzelschicksale, wie viele Seelen, aufgrund der widersinnigen Maßnahmen, inzwischen enormen Schaden erlitten haben. Dennoch unterwerfen sich viele Frebemen noch immer gefügig. Aber umso mehr Leute sich einfach anpassen und schweigend mitmachen, umso größer wird hier der Schaden sein! Umso stärker auch die Macht des Bösen. Es muss einmal ganz klar gesagt werden: ›Es sind schlechte und böse Leute die hier schlichtweg das Falsche tun!‹

Obschon ›Meinungs- und Redefreiheit‹, das größte Gut und auch selbstverständlich in einer Demokratie ist, und das freie Atmen zu unveräußerlichbaren Menschenrechten gehört - scheinen immer mehr Leute die perfiden Maßnahmen der Regierung willenlos und „brav“ hinzunehmen. Und Tyrannos hat inzwischen sogar die Verfassung abgeschafft im Namen des Notstandes, den er wiederum bewusst herbei geführt hat, doch den Notstand wird er ganz sicher nicht abschaffen.

Die Verfassung hat uns garantiert, dass nicht abermals eine Diktatur errichtet werden kann. Nun, er hat die Verfassung wie gesagt einfach abgeschafft, und kann nun tun und lassen was er will. Kein Gesetz kann je höher sein als die Wahrheit! Schritt um Schritt installiert er aber nun absolut menschenunwürdige und zerstörerische Gesetze auf der Grundlage von Lügen und Täuschungen!«

»Ja mag sein, aber was solls’. Ich meine, ihr drei seid

mir wirklich sympathisch! Doch was ihr sagt beunruhigt und ängstigt mich irgendwie zu sehr. Und das gefällt mir nicht. Aber ich glaube nicht, dass ihr da wirklich Recht habt. Ich meine, das wäre doch der absolute Wahnsinn!«, meinte Adapto inzwischen etwas verunsichert.

»Aber, da ist noch jemand! ›*Jemand*‹, der viel größer ist als all das Unheil,« fuhr Philomena fort.

»›*Jemand*‹ der uns bedingungslos liebt! Und genau *diese* Liebe, will auch unser Herz erreichen. Und das ist der einzige wirkliche Ausweg aus dieser geplanten Gefangenschaft und Weltdiktatur. ›*Jemand*‹, der selbst die Freiheit *IST*, und der viel größer und stärker ist als dieses perfide System, möchte auch unser Herz. Doch nicht mit Gewalt und Zwang auch nicht durch Manipulation, Angst oder Druck. Sondern freiwillig – es ist eine Herzenssache. Auch will dieser ›*Jemand*‹ uns weder besitzen noch will er uns manipulieren. Und wenn wir uns *ihm* öffnen, dann liegt die Freiheit in unserem innersten Herzen. Sie ist nicht im Geringsten an die äußerliche Welt gebunden. Und *diese Freiheit* und Liebe wird dich zu einem Überwinder machen!«

»Es ist Zeit aufzuwachen Adapto!«, schaltete sich nun auch Pius dazu.

»Sich zu besinnen und Verantwortung für uns und unsere Mitmenschen zu übernehmen. Lass dich nicht von Tyrannos täuschen, aber auch nicht von ihm verängstigen. Hab den Mut und vertraue dieser Liebe und ihren Auswirkungen. Auch wenn du dadurch möglicherweise einige deiner Freunde verlierst, musst du wissen, du bist auf diesem Weg gewiss nicht alleine! Mag sein, dass die eine oder andere Tür sich in deinem Leben dann schließt, doch würden neue Türen für dich aufgehen, von denen du bisher nichts wusstest!«

»Komm doch mit uns und hilf uns hier auf zu stehen und gemeinsam Widerstand zu leisten. Unsere Kinder werden uns sonst eines Tages fragen, *wie* konntet ihr hier einfach nur tatenlos zusehen? Begleite uns doch auf unserem Weg, wir könnten die Hilfe und den Schutz eines klugen Vertrauten sehr gut gebrauchen.

Es gibt da eine drei ›G‹-Regel. Eine Art Richtschnur in dieser Zeit. Kennst du diese?«, fragte ihn Pius.

»Ich bin GELIEBT!«

»Ich bin GLÜCKLICH!«

»Ich bin *nicht* GEHORSAM!«

»Versteh ich nicht. Aber ja, ist gut, ich werde über eure Worte *nachdenken* Pius, *das* tu ich gewiss - versprochen. Jedoch mitkommen, oh nein, das ist mir ganz ehrlich, einfach zu gefährlich. Ich würde dafür sicher von vielen Leuten verachtet werden und mir eine Menge an Problemen einhandeln. Ich habe im Übrigen ja auch noch meine Arbeit, welche ich erledigen muss. Und ich brauche Zeit für mich selbst. Außerdem bringt das alles sicher nichts. Daran was nun geschieht, kann man einfach nichts mehr ändern. Wir werden uns ganz einfach daran gewöhnen müssen. Und wie gesagt, *so* schlimm wird es schon nicht werden.«

»Schon gut, alles klar, wie schade. Aber wenn du in der Tat denkst, Abenteuer und Wagnisse wie diese sind gefährlich lieber Debilis, dann versuch es weiterhin mit Anpassen, Routine, Mitmachen und Ausblenden, *diese* Mischung ist ganz sicher tödlich!«, meinten Philomena, Pius und Animus.

»Ach was ihr Schwarzmaler - nun denn, macht's gut!«

»Du auch.«

So ging also jeder seines Weges. Und Philomena notierte wieder ein paar Worte in ihr Büchlein. Ihr fiel ein weiteres Gedicht ein und sie gab ihm den Namen ›Angst‹:

Angst hat um sich gegriffen,
hat uns den klaren Verstand weggeschliffen.
Keine Maske zu tragen,
wer kann das heute nun noch wagen.

Angst hat uns den Verstand vernebelt,
und unser logisches Denken wohl ausgehebelt.

Was hier vor uns passiert - ist für viele längst klar,
Nur wollen wir es nicht halten für wahr.

Angst vor etwas Unsichtbaren,
dem wir schnell - naiv wie wir waren,
unseren ganzen Glauben schenkten,
und uns damit ins Unglück lenkten.

»Hm, ich glaube nichts macht uns feiger und auch gewissenloser als der Wunsch, *ja* stets von *allen* Menschen geachtet und geliebt zu werden und ja nirgendwo anzuecken. Was wir vielmehr brauchen sind mutige Menschen die ›*echt und authentisch*‹ sind!«, dachte Philomena.

Sie las in ihrem Büchlein noch ein Wort Mahatma Gandhis, welches sie schon vor langer Zeit dort aufgeschrieben hatte:

›Wenn ich verzweifelt bin, dann sag ich mir immer und immer wieder: Der Weg der Liebe und der Wahrheit hat in der Geschichte immer gesiegt!‹

Dreizehntes Kapitel

Zum starken Bären

Etliche Tage waren vergangen und unsere drei mutigen Abenteurer bemerkten, dass ihre Rucksäcke schon um vieles leichter geworden waren. Ihre Lebensmittelvorräte waren schon fast ganz zur Neige gegangen und Nachschub war dringend von Nöten, denn auch in der Natur hatten sie in letzter Zeit nicht viel an Essbarem gefunden.

Philomena durchwühlte ihren Rucksack, doch außer ein paar leeren Dosen und einigen vertrockneten Brotkrümeln, war da nichts mehr Energiespendendes zu finden.

»In meinem Rucksack herrscht die gähnende Leere, lasst uns im nächsten Gasthaus einkehren, eine kräftige Mahlzeit zu uns nehmen und uns ordentlich mit weiterem Proviant für die Reise eindecken.«

»Wir könnten aber auch in einem Kaufhaus alles Nötige besorgen«, meinte Animus, dann verlieren wir nicht so viel Zeit.

»Ja Animus, das könnten wir grundsätzlich schon,

aber ohne gültigem Impfpass lassen die niemanden mehr etwas einkaufen. Und den hat keiner von uns.«

»Ach ja, ich vergesse immer die neuen überaus ›hilfreichen Gesetze‹ Tyrannos. Ich erinnere mich noch, als es überall geheißen hat: ›Die *Impfung* sei völlig freiwillig und *niemand* würde hier benachteiligt werden, es sei für jeden eine völlig zwanglose Entscheidung‹. Immer wieder hat es geheißen: ›Die Regierung sei da, um dem Volk zu dienen‹«.

»Ha -, das ich nicht lache, es klingt zwar heftig, aber wir leben wirklich in einem Land der Lügen und Verdrehungen. Tyrannos hat somit also tatsächlich bald eine Zweiklassen-Gesellschaft errichtet. Das ganze Spektakel hatte natürlich *niemals* etwas mit ›*Gesundheit*‹ zu tun. Vielmehr war es ein finsteres, politisch abgekartetes Spiel«, meinte Pius traurig und betroffen.

»Ja, das ist leider wahr, aber es gibt dennoch immer einen Weg, vergiss das nicht! Wir werden aber sicher noch irgendwo ein Wirtshaus finden welches uns aufnimmt, vertraut mir. Nicht alle Wirte lassen sich von Tyrannos diktieren und alle Grundrechte nehmen«.

»Ja, du hast sicher Recht, das ist ein guter Vorschlag Philomena.«

»Ich bin sehr traurig darüber, dass so viele Frebemen tatsächlich glauben, der Giftcocktail Tyrannos würde sie befreien, ihnen auch nur *irgendeine* Sicherheit bieten, und ihnen ihr ›altes Leben‹ zurückgeben. Ich fürchte genau das Gegenteil wird der Fall sein!«

»Ja, die Sklaven von heute werden nicht mit Peitschen, sondern mit *Ängsten* gemacht und angetrieben. Aber eines ist trotz allem sicher, jede auch noch so böse Regierung hat ihr Ablaufdatum!«.

»Hoffentlich finden wir bald den Minister Klein«.

»Gewiss werden wir das. Und gewiss werden wir gemeinsam mit ihm das Recht und die Freiheit wieder aufrichten.«

Schon bald waren in der Ferne die Umrisse eines Gebäudes zu erkennen. Als sie näher kamen, war es ein uriges Wirtshaus mit kunstvoll geschmiedetem Schild am Eingang, mit der Aufschrift: ›Herzlich willkommen im Gasthaus, zum starken Bären‹.

»Da vorne ist unsere Rettung«, meinte Animus erfreut.

»Oh fein, bin ich froh, endlich!«

»Du denkst wohl auch nur ans Essen was Animus?«, meinte Pius scherzhaft.

»Nun ja Pius, du weißt ja, man kann nicht gut denken, nicht gut lieben und nicht gut schlafen, wenn man nicht gut gegessen hat. Und jeder hat so seine Fähigkeiten, der eine kann gut backen der andere gut kochen, und ich -, ich kann gut essen«, zwinkerte ihm der runde Kater schmunzelnd zu und streichelte dabei seinen Bauch.

»Alles klar Animus, ich freu mich ja auch schon.«

Als sie vor der Haustür des Gasthauses standen, war da aber noch ein weniger erfreuliches Schild zu lesen, darauf stand: ›Wir haben wegen der um sich greifenden Pandemie geschlossen!‹

»Oh nein, das kann jetzt nicht sein, schon wieder so eine sinnlose und zerstörerische Maßnahme. Lasst es uns trotzdem versuchen und anklopfen.«

Alsbald öffnete der Wirt, ein freundlicher, etwas untersetzter Herr mit Nickelbrille und Schnauzbart die Haustür, und bat die Gesandten offenen Herzens in sein Haus einzutreten.

»Oh danke, wir dachten schon wir bekämen hier nichts zu essen.«

»Aber nein, nicht doch, herzlich gerne bewirte ich euch. Das hässliche Lügen-Schild muss ich leider an der Haustür haben, denn die Regierung Tyrannos' kontrolliert uns, und er erlaubt uns Gastwirten nicht mehr, den Leuten Kost und Obdach anzubieten. Doch ohne mich, ich bin ein freier Mensch und wer an meine Tür klopft, *den* werde ich gewiss nicht abweisen. *Niemand* wird mir verbieten, praktische Nächstenliebe zu üben! Und *niemand* wird mir die Nähe und den Kontakt zu meinen Freunden und Mitmenschen verweigern! Kommt nur mit mir, ich habe im Hinterhaus noch eine schöne Gaststube die keiner so einfach finden kann.«

Die tapferen Streiter folgten dem Wirt durch einen langen Gang, und er öffnete dann mitten in einer Wand, eine verborgene, fast unsichtbare Tür.

»Die wollen uns mit jedem Schritt und jeder Maßnahme, mehr und mehr entmündigen und von sich abhängig machen. Über unsere Köpfe hinweg werden hier Erlässe und Gesetze gemacht, zu denen wir niemals zugestimmt haben und es gewiss auch nicht hätten. Ich jedenfalls ganz sicher nicht, das kann ich euch sagen! Aber diese verdrehten ›Erlässe‹ interessieren mich reichlich wenig, denn wo sollen sich die Leute denn sonst noch treffen, sich stärken und wo sich miteinander austauschen über Gott und die Welt. Kirchen, Vereine, Schulen, Spiel- und Sportplätze, öffentliche Gebäude, alles lässt er zusperren. Viele meiner Kollegen sind am Verzweifeln. Wir Wirte sind ja nicht nur da, um Essen und Obdach anzubieten, sondern vor allem auch, um den Leuten einen Raum zu geben, sich ungezwungen auszutauschen, miteinander Zeit zu verbringen, zu reden, ihre Meinungen und Ansichten kundzutun, über das was gerade in unserem so kalt und dunkel gewordenen Land geschieht.«

Der Wirt sah seine Gäste betroffen an und sprach weiter.

»Ja, Tyrannos weiß das sehr wohl, darum will er es

auch verhindern, dass sich die Leute noch irgendwo für längere Zeit treffen. Ob in Wirtshäusern, in Vereinen, in Kirchen... Seine größte Furcht ist, wenn sich Menschen gemeinsam stark machen, und beginnen zusammen zu schließen. Leider schlafen ja noch immer allzu viele Frebemen, lassen sich weiterhin entmündigen und wollen nicht wahr haben was hier geschieht. Viele sind bezüglich dem was man heute als ›*gut*‹ bezeichnet, auch erschreckend naiv. Und andere sind von ihren eigenen Ängsten und Dämonen geplagt und projizieren diese nun leider auf die Wirklichkeit und somit auf die Gesellschaft.«

»Ja, wirklich - leider«, meinte auch Philomena.

»Sie bemerken gar nicht, *was* hier direkt vor ihren Augen *tatsächlich* aufgerichtet wird.«

»Nun, Tyrannos arbeitet sehr gekonnt mit Manipulation, Zuckerbrot und Peitsche! Er untersagt einerseits unter Strafandrohung soziale Kontakte, dann lässt er gnädiger Weise wieder Treffen und Veranstaltungen zu und verteilt Almosen. Doch alles immer nur unter seiner perfiden Kontrolle, und seinen abgebrühten ›Tests‹ und ›Schutzmaßnahmen‹, wie er diese nennt.«

»Erschreckenderweise, behandelt er die Leute wie kleine unmündige Kinder, welche selbständig und autonom, nichts mehr tun oder lassen können und dürfen!«

»Und letztlich werden die Leute vieles nur noch dürfen, wenn sie sich sein vorgeschriebenes *Impfserum* verabreichen haben lassen. Und es ist unglaublich, aber die Masse der Bevölkerung ist ihm *dafür* auch noch dankbar und meint sie würde dadurch ›frei‹. Jegliches normale Leben und Sein, ganz egal ob Treffen, Einkauf, Schule, Bildung, Arbeit oder Freizeit, steht inzwischen unter seiner absoluten Überwachung, Reglementierung und Kontrolle!

Ich weiß, ich rede schon wieder viel zu viel. Aber bitte, setzt euch nur, meine lieben Kinder, und euer liebenswerter Kater natürlich auch. Ich hoffe es ist in Ordnung, dass ich euch einfach Kinder nenne? Ihr seid ja schon bald junge Erwachsene.«

»Aber ja, das ist kein Problem«.

»Ich will euch gleich etwas Leckeres zum Essen bringen, habt nur ein wenig Geduld.«

»Ja bitte Herr Wirt, und vielen Dank auch für Ihr offenes Herz und Haus, wir sind ja schon sooo hungrig.«

»Wir sind hier Gott sei Dank an den richtigen Wirt gekommen«, meinte Pius erleichtert.

»Ja, er ist wirklich ein freundlicher, gastfreier und offener Mensch. Ich denke auch er ist ein Mann ohne Falsch und Angst und wir können ihm gewiss vertrauen.«

Die Kinder und Animus waren sehr dankbar, dass der gute Mann ihnen die Tür öffnete und bereit war sie zu bewirten. Bald kam der Wirt mit einer festlichen Tafel herein und setzte sich zu ihnen an den Tisch und sprach weiter.

»Tyrannos spricht ja von einem Einheits-Grundgehalt, und dieser niederträchtige Lügner möchte damit dann auch noch als großer Gönner dastehen. Doch will er dadurch die Bürger nur versklaven und komplett von sich abhängig machen. Zudem plant er auch noch das Bargeld abzuschaffen. So das Zahlungen künftig nur noch elektronisch getätigt werden können. Nun, dann ist auch noch das letzte Stück Freiheit und Individualität endgültig dahin. So hat er dann beinahe jeden Frebemen fest im Griff, und unter seiner Kontrolle.

Tyrannos hat mit der Virus-Hysterie Todesangst verbreitet und damit aus einst freien, selbstbewussten Bürgern gefügige, zitternde Untertanen gemacht. Ein neues Sklavensystem soll wie gesagt ja schließlich errichtet werden. Im Namen der ›Nachhaltigkeit‹ und angeblichen ›Gleichstellung‹ werden die Bürger mehr und mehr in totale Abhängigkeit gebracht. Denn hinter der ›Guten-Wünsche-Liste‹, von denen in den Medien so gerne gesprochen wird, versteckt sich die Absicht ein neues Gesellschaftssystem zu errichten. Tyrannos will die globale Herrschaft, ein ›Pharao-System‹, in welchem es keine Konkurrenz gibt. Die entmündigten Untertanen bekommen dann, vorausgesetzt sie sind systemgefügig, regelmäßiges ›Ziehgeld‹. Man könnte es genauso gut auch ›Schweigegeld‹ nennen. Viele Frebemen die anfangs noch standhaft waren, ließen irgendwann dann auch die Botschaften Tyrannos in ihr Herz. Schiffe sinken aber nicht wegen des vielen Wassers das sie umgibt. Sie sinken wegen des Wassers, welches in ihr *Inneres* kommt! Ihr versteht?«

»Oh ja, das tun wir«, erwiderten die drei aufgeweckten Zuhörer.

»Wichtig ist, dass wir uns aus der Diktatur allgemeiner Akzeptanz zu dem was hier geschieht befreien! Ebenso auch müssen wir uns aus der Diktatur zeitgeistdiktierter Pseudo-Wahrheiten befreien!

Es gibt da ein altes Sprichwort: ›Nur die Lüge braucht die Stütze der Staatsgewalt. Die Wahrheit steht aber von alleine aufrecht‹. Es ist ja so offensichtlich was hier in Wirklichkeit gespielt wird! Sehr vieles wird uns verheimlicht, wird vertuscht und die schrecklichen Geschehnisse jüngster Geschichte werden einfach vergessen oder bewusst ignoriert.«

»Ja lieber Herr Wirt, das ist auch der Grund unserer Reise, wir möchten den Leuten von genau der Wahrheit berichten. Wir wollen von der Freiheit und Liebe erzählen, die in Capta verloren gegangen ist. Und, dass sie keine Angst zu haben brauchen. Denn ›*Jemand*‹ der viel größer ist als Tyrannos, steht hinter dieser Liebe, von der wir sprechen. Aber auch, dass sie aufwachen müssen und sich nicht länger enteignen, versklaven und entmündigen lassen dürfen. Denn solange wir einfach alles mit uns machen lassen, werden sie auch alles mit uns machen.«

»Aber *wie* wollt ihr jungen Menschenkinder das denn vollbringen? Ich meine -, seid mir bitte nicht böse, aber ...

»Nun wir sind nicht alleine«, lächelte Philomena, wir haben einander. Ja, es stimmt, es treiben zur Zeit sehr böse Kräfte und Mächte ihr Unwesen, doch gibt es auch gute Mächte! Und diese sind weitaus stärker! Selbst *wenn* man nur noch alleine da stünde! Wahrheit bleibt Wahrheit!

»›*Jemand*‹ hat uns bis hierher getragen, er wird uns auch weiterhin tragen. Die alte Eule Sofos sagte uns, wir sollen zu Minister Klein gehen, um auch ihn um Hilfe zu bitten. Ich spüre tief in meinem Herzen, dass ich genau das tun muss -, *wir* das tun müssen!

Zu viele Menschen haben nicht die Kraft und den Mut, um aus diesem System heraus zu treten, oder gar ihm entgegen zu treten. Viele sind regelrecht gelähmt, aus Angst vor Tyrannos‘ Regierung und deren Maßnahmen.«

»Ja, das halte auch ich für eine wirklich gute Idee, tut das, tut das, geht zu dem Minister. Auch ich habe von ›Klein‹ gehört, er wäre ein Mann mit einem klaren Herzen, Courage, Mut und Charakterstärke. Man sagt von ihm, er wäre ein ›Botschafter der Liebe und Wahrheit‹.«

So tauschten sich die jungen Aktivisten noch über vieles was zu dieser Zeit geschah, offen mit dem freundlichen Mann aus und lernten einiges von ihm. Er gab ihnen guten Rat und genügend Verpflegung mit auf die weitere Reise. Dann machten sie sich wieder gestärkt und guten Mutes weiter auf den Weg.

»Das war wirklich schön und ermutigend bei dem Wirt, nicht wahr Philomena?«, meinte Animus mit sattem Bauch, und er stieß dabei auf. Ich bin froh, dass es noch immer einige Leute gibt, welche es nicht zulassen, dass die Liebe und Freiheit abgeschaffen werden.«

»Ja, absolut, das ist sehr wichtig! Solche Menschen halten das Leben aufrecht!«

Philomena ging zielstrebig zu einer ganz bestimmten Pflanze und meinte flüsternd zu Animus: »Hier mein Lieber, das hilft gegen die Blähungen«.

Sie zwinkerte ihm dabei liebevoll zu.

Vierzehntes Kapitel

Begegnung mit Asfelia

Ihre nächste Begegnung auf der Reise sollte mit der klugen Hasendame ›Asfelia‹ sein. Diese war ein wunderschönes, scheues und selten weißes - und auch weises Tier. Es gab nur sehr wenige Menschen, die Asfelia jemals zu Gesicht bekommen haben.

»Habt ihr den weißen Fleck dort hinten gesehen«, rief Animus.

»Ja, was war das, der Fleck hat sich bewegt.«

»Ich glaub das ist ein Schneehase, oh jetzt läuft er davon.« Da rief ihm Philomena nach.

»Halt, bleib stehen lieber Schneehase, wir tun dir gewiss nichts.« Die scheue Häsin sah sich um und bemerkte aber sogleich die guten Absichten der drei Wanderer. Sie überlegte kurz, hörte in ihr Herz hinein, und ging ihnen dann offen und vertrauensselig entgegen.

»Hallo ihr drei, was macht ihr hier in dieser Gegend?«, fragte Asfelia interessiert. Ihr feines Gespür für *Gut* und *Böse*, sagte ihr klar, dass sie von den Dreien gewiss nichts zu befürchten hätte, ganz im Gegenteil, möglicherweise sind es sogar die drei Gestalten, von denen sie kürzlich träumte.

»Wir sind auf einer wichtigen Reise unterwegs zu Minister Klein. Die Eule Sofos sagte uns, er könnte uns helfen.«

»Ja? Wobei denn?«

»Es geht um die verlorene Freiheit und das gestohlene Leben im Lande Capta. Dort herrscht Tyrannos, und die Liebe unter den Menschen ist schon Vielerorts erkaltet.

»Oh, also seid ihr hier, um den Frebemen aus der Dunkelheit zu helfen? Das ist ja wunderbar! Ich habe von euch geträumt! Von einem Mädchen, einem Jungen und einem Kater, welche ›Jemand‹ gesandt hat«, sprach Asfelia offen.

»Ja, das sind wohl wir, nun wir sind jung und kaum noch jemand will unsere Botschaft hören. Vor allem weil die Frebemen so viel Angst haben, Tyrannos hat sie mit seinen vielen Gerüchten, dummen Erlässen, unzähligen Reglementierungen und schrecklichen Maßnahmen in die Irre geführt und viele sind ihm schon ganz gefügig und hörig ...«

»Ja, leider hat so mancher Frebeme das grundlegende Gefühl für ›Richtig und Falsch‹ und auch für ›Gut und Böse‹ verloren«, begann Asfelia.

»Man kann im Leben nicht ein jedes Risiko ausschließen. Das muss man auch gar nicht. Es gibt kein Leben ohne Gefahr! Heute will ein jeder nur noch absolute ›Sicherheit‹.

Doch ist dies ein großer Trugschluss. Wer keine Gefahr eingehen will, kann in Wahrheit gar nicht beginnen zu *Leben*. Das Leben birgt *immer* auch Gefahr in sich. Vom ersten Augenblick an. Dies ist ein unabdingbarer Teil unseres Daseins. Die Menschen möchten sich mit Versicherungen gegen diese Gefahr absichern. Sie geben sehr viel Geld aus, um sich wenigstens ein wenig Sicherheit erkaufen zu können. Doch können auch Versicherungen uns dieses grundlegende Gefühl der Sicherheit nicht geben, welches wir jedoch unbedingt brauchen. Diese Lücke, und dieses Gefühl, bzw. diese Gewissheit ist nur auf einem einzigen Wege möglich. Weißt du auf welchen Philomena?«

»Ja, lieber Hase das weiß ich -, durch ›Vertrauen‹«.

»Genau, durch das Vertrauen, dass wir bereits sicher *sind*! ›Jemand‹ in diesem Universum hält unser Leben und unser Schicksal in der Hand. ›*Jemand*‹ der Größer ist als unser Verstand es je erfassen kann. Wer *ihn* sucht, wird ihn auch finden! Man kann ihm jedoch nur auf der Herzensebene begegnen. ›Jemand‹ der uns bedingungslos liebt! Ein jeder Mensch und jedes Lebewesen braucht die Gewissheit, dass er geliebt und sicher ist! Ohne diesem Ur-Vertrauen in deinen Schöpfer, wirst du nie wirklich zur Ruhe kommen. Der Quell und Ursprung dieser

Liebe, hält dein Leben in der Hand. Ich spreche hier nicht von ›Religion‹, sondern von einer lebendigen Erfahrung und einer inneren Gewissheit des Herzen. Wer *ihn* - den Schöpfer im Herzen trägt, der trägt das Leben in sich!«

»Aber etwas verstehe ich noch immer nicht, was ist mit all den tragischen und schmerzhaften ›Schicksalsschlägen‹?«, fragte Animus.

»Vieles an Leid, welches geschieht, fügen wir einander zu. Wir fügen es uns selbst zu. Und sind auch selbst dafür verantwortlich! Es wird uns nicht einfach von ›Gott‹, dem ›Schicksal‹ oder dem ›Universum‹ geschickt. Es geschieht, weil manche Frebemen sehr, sehr krank in ihrem Kopf und Herzen sind! Andererseits dienen schmerzhafte Dinge oft auch, um uns zu *ihm* zurück zu führen. Um uns dazu zu bringen, dass wir ihm unser Herz öffnen. Du kannst das Wissen um diese Ur-Geborgenheit jedoch nur gewinnen, indem du beginnst zu vertrauen! Ja ihm, dem ›Jemand‹ zu vertrauen.

Vom ersten Atemzug an deines Lebens, birgt dein Leben auch die Gefahr in sich! Doch dies ist in Ordnung, und auch gut so. Ebenso auch die Gewissheit, dass wir diese Erde in Wahrheit nur für kurze Zeit besuchen. Wir sind hier nur Hindurchreisende. Dies wird in unserer heutigen Gesellschaft völlig ausgeblendet. Wir sind auf einem Weg, ja einer Reise. Es ist eine Reise des Herzens zu der uns hier ›Jemand‹ ruft! Ja, Menschen können sterben bei manch einem Unfall oder einer Krankheit, das ist und war schon immer Teil der Lebenswirklichkeit, jedoch ist das gewiss kein Argument für den erschreckenden Grundrechts- und Freiheitsentzug der hier in dieser Zeit geschieht!

Unser Dasein ist ein Wachstums- und Reifeprozess. Doch was ist unser Ziel? Wir sollten starke, eigenverantwortliche Gefäße der Liebe werden! Wo sich die echte Liebe vermehrt, vermehrt sich auch das Leben, das Glück und damit auch das Gefühl der Sicherheit. Doch beruht diese Art von Sicherheit, nicht im Geringsten auf irdischem oder materiellem Fundament!

Ja -, das Leben ist ein Wagnis, doch wer mit Vertrauen durch dieses Leben geht, kann das Abenteuer ›Leben‹, glücklich, voll und ganz leben. Ein solcher Mensch wird sich auch von niemandem diese Freiheit rauben lassen!

Wer aber nicht vertraut, wird am wahren Leben ›vorbeileben‹. Er wird bald und schnell ein sehr leichtes Opfer für Tyrannos, sein technisches, kapitalistisches System und seine gesamte auf Angst aufgebaute ›Operation‹. Er wird ein gefügiges Schaf sein, welches sich allem willig beugt, was dieser vorgibt. Ein ›Gehorcher‹, ein wehrloses Tier in der Hand eines reißenden Wolfes im Schafspelz.

Auf Grund der Angst vor Krankheit, Angst vor einem

Virus, Angst vor dem Sterben, Angst vor dem Nachbarn, Angst vor Bestrafungen, Angst vor schlechten Noten, Angst vor der Meinung der Mitbürger, Angst vor Ausgrenzung, Angst etwas oder jemanden zu verlieren, Angst vor der Angst -, Angst, Angst, Angst, kann er überhaupt erst Mechanismen installieren, welche ihm diese Kontrolle über jeden Einzelnen und über das ganze Land ermöglichen.

Allzu viele Frebemen lassen nun beinahe alles mit sich machen, lassen sich entmündigen, haben ihre Eigenständigkeit und Verantwortung abgegeben, nur um nicht mehr ›Angst haben zu müssen‹, nur um sich ›sicher zu fühlen‹. Nur verstehen und durchblicken dies leider nur wenige Frebemen was hier gerade passiert. *Alles*, wirklich alles was dieser Herrscher an Maßnahmen, Erlässen und Gesetzen hier nun einzurichten versucht, ist auf diese Angst aufgebaut und ausgerichtet! Es ist ein Angst-Reich! Und in diesem Reich braucht er untertänige ›Gehorcher‹.

Er weiß um diese Angst in den Herzen der Frebemen und er arbeitet geschickt mit ihr. Er weiß auch, dass die meisten Frebemen sich gerne führen und beherrschen lassen. Denn dies ist einfacher als *Verantwortung* für sein Leben zu übernehmen. Und das viele einfach nur überleben wollen und sich deshalb fügen und alles mitmachen. Nehmt euch also stets in Acht vor ihm und seinen Täuschungen und verdrehten Argumentationen. Niemals ist er wirklich besorgt, oder hat gute Gedanken und Absichten für sein Volk.

Tyrannos erstickt seine Untertanen aber nicht nur mit unzähligen bösartigen Reglementierungen, sondern auch mit einem Unmaß an Arbeit, Arbeit und noch mehr Arbeit. So, dass sie auch deshalb kaum zum Nachdenken kommen. Die meisten Frebemen sind erschöpft und vegetieren müde dahin. Sie leben nicht mehr, sondern fristen nur noch mit letzter Kraft ihr Dasein. Dann lässt er ihnen ein klein wenig ›Frei-Zeit‹, und schon wieder geht's ab in die Arbeits- und Gehorsamsmühle seines Systems. Von echter Freiheit, ist hier schon lange nicht mehr zu reden. Es bleibt in seinem System kaum noch Zeit übrig, für das Leben selbst. Für Familie, Kinder, Beziehungen und Naturverbundenheit. Sein perfides System reglementiert alles!«

»Ja das sehen wir genauso, und genau deshalb sind wir auch unterwegs. Um den Frebemen von einem Ausweg zu berichten. Danke nochmals liebe Asfelia, wir werden gewiss gut acht geben und auf der Hut sein«.

Die beiden Menschenkinder und Animus waren dankbar, sie bewahrten auch die wertvollen Worte Asfelias in ihrem Herzen. So verabschiedeten sich die Freunde und ein jeder ging wieder seines Weges.

»Auf Wiedersehn liebe Freundin.«

Da flog eine Krähe herbei und setzte sich, ohne zu fragen, frech mitten vor ihnen auf den Weg und sah sie mit schräg geneigtem Kopf herausfordernd an.

»Aber ihr werdet diesen Unsinn doch nicht etwa glauben, den diese Asfelia euch erzählt hat?«, krächzte sie.

»Ha, - als würde irgendjemand sich um euch kümmern und euch helfen. Was glaubt ihr denn wer ihr seid? Und als könntet ihr autonom und eigenverantwortlich leben, meint ihr denn tatsächlich, ihr könnt euer Leben selbst in die Hand nehmen? Das ich nicht lache. Ihr seid genauso abhängig von diesem System wie jeder andere auch! Oder meint ihr, ihr seid etwas Besseres?«

»Verzieh dich, du hässliche und erbärmliche Lügnerin«, riefen die Kinder und Animus im Chor.

Fünfzehntes Kapitel

Nicht willkommen

Schon sehr früh, hörte man am nächsten Morgen den Kuckuck rufen. Gleich über den Kindern saß er in einer Eiche unter der sie Schutz für die Nacht fanden. Er blickte neugierig zu ihnen hinunter und rief immer wieder und wieder kuckuck, kuckuck, kuckuck. Als wollte er sagen: »Aufstehen, aufstehen ihr drei, ihr werdet dringend gebraucht.«

»Mmmh, was soll denn das? Sag mal, muss der mitten in der Nacht so einen Krawall machen? Sei endlich still, wir schlafen doch noch!«, rief Pius nach oben. Jedoch der Vogel ließ sich nicht beirren und rief weiter. So erwachten unsere drei Abenteurer noch einige Zeit vor dem Aufgang der Sonne. Sie rieben sich den Schlaf aus den Augen, streckten sich und frühstückten erst mal eine Kleinigkeit gemeinsam.

»Sagt mal, was sollte denn das frühe Geplärr von dem Kuckuck? Es ist doch noch dunkel.«

»Keine Ahnung, aber umso früher wir wieder weiter kommen, desto besser.«

»Nun gut, wenn wir schon mal wach sind.«

Die Kinder packten dann zügig ihre sieben Sachen und wollten wieder weiterziehen. Da vernahm Animus als Erster in einiger Entfernung ein paar Stimmen. Es schien, als hätten mehrere Leute eine heftige Auseinandersetzung.

»Hört ihr das auch? Da streiten sich wohl ein paar Frebemen um irgendetwas.«

Als sie näher kamen, konnten sie schon bald verstehen worum es hier wirklich ging. Es war kein Streit...

»Aber bitte, wir flehen euch an, helft uns doch und erlaubt uns zu bleiben. In unserer Heimat herrschen Krieg, Hunger und fürchterliche Armut! Wenn ihr uns zurück schickt, werden wir eingesperrt oder schlimmeres! Nur deshalb sind wir geflohen. Wir wollen euch doch nichts wegnehmen. Wir möchten auch ehrlich für unseren Unterhalt arbeiten. Wir würden nur ein wenig von eurem Überfluss brauchen. Habt doch bitte Erbarmen und Mitgefühl!«, flehte ein Vater mit seiner Familie.

»Wir brauchen hier keine schwachen Fremdlinge, mit bedauernswerten Schicksalen, die nur unser Geld wollen und uns auf der Tasche liegen, weil sie zu Hause nicht zurechtkommen. Was interessieren uns eure Probleme, wir haben hier selbst genug«, antwortete ein junger, groß gewachsener Leutnant hart und unnachgiebig.

»Ihr nehmt uns nur unsere Arbeit und unseren Wohlstand weg! Wo soll das hinführen, und weshalb sollten wir wegen euch Gesindel auf etwas verzichten das uns gehört? Tatsache ist, dass ihr hier einfach nicht her gehört.«

Philomena dachte bei sich, es ist wohl schwieriger, eine vorgefasste Meinung zu zertrümmern, als einen harten Felsen. Dennoch ging sie auf den großen bewaffneten Mann zu und nötigte den stattlichen Polizisten in seiner glänzenden Uniform, stehen zu bleiben, sie zerrte ihn bittend am Ärmel in der Hoffnung sein Herz doch noch zu erreichen.

»Was willst du denn?«
Erbost sah der autoritäre Ordnungshüter auf das junge Mädchen hinab.

»Los, geh schon weiter, sonst verhafte ich dich auch noch!«, sagte dieser streng. Der Offizier wusste Gott sei Dank noch nichts vom Erlass Tyrannos', dass Philomena und ihre Freunde inzwischen längst im ganzen Lande gesucht wurden.

»Aber wir sind in anderen Ländern doch genauso Ausländer und Fremde!«, mischte sich Philomena mutig ein. »Nicht wahr, Herr Leutnant? Also sind wir folglich ja eigentlich auch nichts anderes als ›Ausländer‹. Und wenn jeder ein Ausländer ist, dann kann man genauso gut auch sagen, es gibt in Wahrheit nur eine Art von Menschen, nämlich nur ›Mitmenschen‹! Und jedem Mitmenschen kann es einmal passieren, dass er plötzlich in Not gerät und Hilfe braucht! Oder nicht? Haben Sie denn noch nie Hilfe gebraucht, Herr Leutnant? Bitte helfen Sie diesen Menschen doch! Sie können doch nicht einfach alle über einen Kamm scheren. Hat nicht der Starke den Schwachen mit zu tragen? Und es bittet Sie ja auch nicht *jeder* um Hilfe, aber dieser Mann, der tut es.«

Philomena zwang sich zu einem freundlichen Lächeln, obwohl sie innerlich den Tränen nahe war.

Das junge Fräulein verstand etwas sehr Wichtiges: Die Grenze zwischen Gut und Böse verläuft nicht zwischen Ländern, vielmehr verläuft sie durch das Herz eines jeden Einzelnen.

»Bitte, Herr Leutnant, zeigen sie Barmherzigkeit und helfen sie dieser Familie doch und lassen Sie sie bleiben! Geben Sie ihnen wenigstens eine Chance! Nicht alle sind gleich und diese Menschen brauchen wirklich Hilfe!« Flehend sah das kleine Mädchen zu dem großen und entschlossenen Mann hinauf.

»Ich habe klare Order, alle Ausländer ohne Arbeit oder Aufenthaltsgenehmigung schleunigst aus dem Lande zu schaffen. Dieses Werk ist notwendig und auch schnellstens durchzuführen. Tut mir leid, Kleine, Fremde und Ausländer wollen und brauchen wir in Capta keine, sie sind nur eine unnütze Last!«, sagte dieser kalt und lieblos.

»Aber, aber das notwendigste Werk ist immer die Liebe! Wenn nur einer beginnen würde und dann ein weiterer... So würden in Capta wieder überall die Liebe und das Leben Einkehr finden und die Menschen würden wieder frei und glücklich sein.

Er sagte doch klar, er möchte gerne für seinen Unterhalt arbeiten und sich beteiligen. Er würde keine wirkliche Last sein, wir müssten nur ein wenig teilen. Ja, - wir können gewiss nicht gleich die ganze Welt verändern, aber wir können barmherzig sein in unserem direkten Umfeld! Und es braucht und wünscht sich doch jeder die gleichen Chancen im Leben. Wir alle, Sie und ich und alle Menschen auf dieser Welt möchten doch gleich behandelt werden. Und dann, wenn wir dies zulassen und ermöglichen würden, gäbe es bald eine Welt, in der Menschen mit allen Farben nebeneinander in Frieden leben könnten. Und ein jeder hätte dann das gleiche Recht, egal wie er aussieht und welche Nationalität oder Religion er hat.

Im Grunde sind wir doch alle gleich! Und wir sind *nicht* voneinander getrennt! Warum sind Sie nur so unerbittlich, Herr Leutnant? Sie wissen doch überhaupt nichts über diese Menschen, sie verstehen ihr Schicksal nicht und lehnen sie einfach ab, *bevor* sie diese überhaupt kennengelernt haben. Außerdem - ganz unabhängig von Sprache, Hautfarbe und Herkunft, wir alle haben nur *diese eine gemeinsame Welt!*«, meinte Philomena nochmals leise und inzwischen schon ganz verzagt.

»Rede keinen Unsinn, Mädchen, und verschwinde hier endlich! Ich habe nicht zu *denken*, sondern einfach nur meine Befehle auszuführen! Ich bin Soldat! So ist das nun mal!«

»Aber…«

»Verschwinde! Nochmals sage ich es dir nicht!«, befahl der Leutnant heftig und wies das junge Mädchen scharf von sich.

Philomena musste also nachgeben. Sie musste schmerzhaft einsehen, dass sie den großen Leutnant gewiss nicht umstimmen konnte. Sie mussten mit ansehen, wie diese guten Menschen im Stich gelassen und des Landes verwiesen wurden.

Über ihnen kreiste wieder eine schwarze Krähe und rief verächtlich und spottend herab:

»Ihr seid ohne Freunde, ihr seid ohne Hilfe und ihr seid ohne Obdach! Das habt ihr nun davon, das habt ihr nun davon! Ihr meint wohl, ihr könnt hier etwas verändern? *Niemand* kann das, niemand! Und ihr schon gar nicht, ihr hilflosen, ahnungslosen, törichten, jungen Leute! Man sollte sich nicht in Angelegenheiten einmischen, die einen gar nichts angehen!«

Die abscheuliche Krähe versuchte die Kinder und ihr

Vorhaben zu untergraben und sie zu demütigen.

»Halt deinen Mund, du dummes garstiges Tier, diese Dinge gehen uns sehr wohl etwas an, sie gehen uns alle etwas an!«, wies Philomena das dunkle Tier heftig zurecht.

»Du bist nichts als ein dummer törichter Rabe! Unethisch, gewissenlos und ohne jeder Moral! Dementsprechend ist auch dein dummer Spott! Du singst das Lied welches Tyrannos dir eingeimpft hat!«

»Der Vogel will uns nur entmutigen und davon abhalten, dass wir den Menschen von der Freiheit, der Liebe und vom Lebendigsein berichten«, meinte Philomena mit Tränen in den Augen zu ihren Freunden.

»Hört nicht auf ihn! Ich kenne diese Stimme, die uns stets das selbe sagen will:

›Das ist unmöglich, das geht nicht, du kannst das nicht!‹, ich sage euch - das geht schon! Wir können etwas verändern, JA -, *gemeinsam* können wir das! Wir müssen endlich wieder starke Brücken der Liebe und Versöhnung bauen, statt Mauern des Hasses und der Ausgrenzung und Distanz!«

Philomena setzte sich tieftraurig und zugleich auch zornig am Wegrand hin, packte ihr Schreibzeug aus und schrieb ein kleines Gedicht, welches ihr einfiel in ihr ›Mutmachbüchlein‹:

›Wer Barmherzigkeit seinem Nächsten verweigert, der hat sich schon selbst gerichtet und damit sich selbst vernichtet!‹ WIR sind doch die Zukunft, nur GEMEINSAM können wir das Ziel erreichen!

›Die Grenzen und Trennungen beginnen in unserem Kopf, wer hat sie dort aufgerichtet, wer hat sie dorthin geschlichtet. Lasst uns diese Mauern nieder reißen und alles Trennende von uns weisen. Über sie klettern und wenn notwendig - diese zerschmettern!‹

Sechzehntes Kapitel

Die große Vernichtung

Es half alles nichts, die drei Pilger mussten einsehen, dass sie hier im Moment nicht helfen konnten. Sie mussten weiter und durften ihr Ziel nicht aus den Augen verlieren. Einige Zeit später, näherten sich die Kinder aber einem weiteren schockierenden und sehr traurigen Anblick, den sie noch nie zuvor gesehen hatten.

Ihre Stimmen verstummten und sie standen mit großen Augen und weit geöffnetem Mund da. Die arglistige Krähe kreischte noch immer abschätzige Worte herab, während sie in den aufsteigenden stinkenden Rauchschwaden auf dem Ast eines krakeligen, abgebrannten und kahlen schwarzen Baumes in ihrer Nähe landete.

Der Himmel war dunkel, als wäre es schon später Abend.

Soweit das Auge reichte, soweit man nur sehen konnte, war nichts als frei gerodetes, kahles und verbranntes, schwarzes Land. Es war, als würde sich ein Abgrund vor ihnen auftun.

Hunderte von Kilometern lagen nichts als gefällte und

verkohlte Bäume am Boden. Es schien gar kein Ende zu nehmen. Es war ein erschreckender und beschämender Anblick wie auf einem Schlachtfeld. Wo vor kurzer Zeit noch tiefster, gesunder, lebenspendender und starker Wald, ja herrlichster Lebensraum stand, der tausenden Tieren Leben und Heimat gab, und mit seinen mächtigen Bäumen zum Himmel wies, war nun nichts mehr zu sehen als eine weite, leer gefegte, kahle und tote Ebene. Zwischen den Bäumen waren tausende Arbeiter zu sehen, die mit verbissen Gesichtern wild auf die Baumstämme einschlugen und ihnen gefühllos die Äste und ihre Wurzeln des Lebens abtrennten.

»Aber *warum* habt ihr das nur gemacht, warum denn so unendlich viele? Weshalb habt ihr auch noch in solch riesigen Massen die schönsten *Bäume des Lebens* einfach nur sinnlos vernichtet und nieder gebrannt?«, meinte Philomena ganz niedergeschlagen zu einem der Holzfäller.

»Ihr zerstört hier ja den Lebensraum unzähliger Tiere, und auch viele kleine Bauern lebten zufrieden in diesen wunderschönen, lebendigen Wäldern.«

»Tyrannos will hier neuen Raum und Platz schaffen für den großen neuen Wirtschaftsaufschwung. Es werden viele neue Fabriken gebraucht, um Medikamente und pharmazeutische Produkte für uns zu fertigen. Und zahlreiche Atomkraftwerke werden errichtet, um diese mit genügend Energie zu versorgen. Nano-, Bio- und Gentechnologie sind im Vormarsch. Dazu noch der Aufbau virtueller Welten, anstatt der langweiligen analogen Alltagsstruktur«, meinte der törichte Anführer der Holzfäller stolz und oberklug als verstünde er wovon er hier redet.

»Das alles ist für unsere bessere und gesündere Zukunft, für unsere Sicherheit eben. Um schnellstens zum Ziel zu gelangen und noch mehr Geld zu erwirtschaften mussten die Bäume selbstverständlich geopfert werden.

Und die, die zu viele waren mussten wir natürlich verbrennen, es hätte sonst alles viel zu lange gedauert. Wer hat schon Zeit so lange zu warten. Schließlich werden wir dann auch noch reicher sein und ein noch viel mächtigeres Land werden, mit großen und prächtigen Sicherheits- und Kontrollvorkehrungen! Wir werden die besten und neuesten Technologien besitzen, diese werden unser Leben erleichtern und verbessern«, grinste der Holzarbeiter zufrieden, als wüsste er über die Zusammenhänge des Lebens Bescheid.

»Mit den Erträgen der Industrie gibt es wieder noch mehr Geld und Reichtum. Und mit den Erzeugungen der Fabriken, können wir wiederum gewaltige neue Kriegsgeräte und geniale, digitale Kontrollmechanismen errichten, um feindliche Länder zu erobern und für uns zu gewinnen. Dic Macht und Größe Captas' wird unglaublich sein!«, meinte er begeistert und hub mit seiner Axt mit großer Wucht auf einen der toten Bäume ein.

»Aber welchen Sinn soll es haben, noch mehr *Geld* zu erwirtschaften, wenn wir auf der anderen Seite der Natur solch maßlosen Schaden zufügen, den wir irgendwann wieder viel teurer bezahlen müssen, als wir jemals davon Gewinn gehabt hätten? Eines Tages wird die Natur zurück schlagen! Wozu soll das denn dann noch gut sein?«

»Es ist unsere Pflicht, zu tun, was unser Herrscher sagt! Und nicht dumme, unnütze Fragen zu stellen«, meinte einer der Arbeiter unbeeindruckt und zuckte mit den Achseln.

»Denken tun schon die da oben.«

»Ist es nicht vielmehr unsere Pflicht, gegen jedes Unrecht aufzustehen, welches gegen Mitmenschen oder auch gegen die Natur getan wird, und hier nicht einfach gedankenlos mitzumachen oder bloß tatenlos zuzusehen, nur weil ein Mensch mit entsprechender Macht es so sagt und es so haben möchte? Vielmehr sollten wir doch versuchen es zu verhindern! Der Wald und die Natur gehören schließlich *uns allen* und nicht nur Tyrannos!«, meinte Philomena ärgerlich und ballte ihre kleinen Fäuste.

»Wenn wir alle gemeinsam dazu nein sagen würden,

dann könnte er das gar nicht erst alles erreichen.«

»Was weißt *du* schon, du bist ja nur ein junges Mädchen! Also halt deinen Mund und sei still!«, fuhr der Mann sie grob an.

»Aber das könnt ihr doch nicht tun. Und *wozu* denn überhaupt noch mehr Geld und mehr Land? Capta hat doch schon längst alles!

Alles außer *Freiheit* und *Leben* und *Liebe*. Merkt ihr das denn nicht? Werdet endlich wach!«

»Was redest du für Unsinn, du dummes junges Ding. Das war oberster Befehl von Tyrannos selbst. Er hat große neue Projekte für unser Land im Sinn. Oder willst du infrage stellen, was ein so großes und mächtiges Hirn, wie unser ehrenwerter Diktator, sich ausgedacht hat? Ich jedenfalls nicht, ich tue lieber, was mir gesagt wird, und stelle keine dummen und gefährlichen Fragen. So erspare ich mir eine Menge Ärger. Und das solltest du auch, das sage ich dir! Tyrannos wird schon wissen, was er tut!«, brummte der Arbeiter gereizt.

»Er ist schließlich nicht umsonst Herr über ganz Capta!«

Doch Philomena wollte keineswegs aufhören zu hinterfragen und sich gegen Unrecht einzusetzen. Es war ihr schon in die Wiege gelegt worden, die Dinge, die geschahen nicht einfach nur so hinzunehmen, sondern Handlungen oder Maßnahmen von denen behauptet wurde sie seien angeblich *gut*, hilfreich oder gewinnbringend, auch kritisch unter die Lupe zu nehmen und in Frage zu stellen. Zu widersprechen, wenn Widerspruch notwendig war. *Nicht* zu gehorchen, wenn Gehorsam die Macht des Bösen untermauert. Es war schließlich genauso auch ihre Erde, ihre Heimat und ihre und ihrer Freunde Zukunft, um die es da ging.

Und es war vor allem auch die Zukunft ihrer Kinder. Nicht umsonst hat ›Jemand‹ sie mit einem scharfen Verstand und einem guten und mutigen Herzen ausgerüstet.

»Aber seht euch doch nur an was ihr hier angerichtet habt! Nein, nein das hättet ihr nicht tun dürfen!«, weinte Philomena schmerzerfüllt und tief betroffen.

»Die Bäume sind doch meine und unsere Freunde gewesen und viele der Tiere, die darin lebten, ebenso. Ihr habt rücksichtslos den Lebensraum unzähliger Tiere vernichtet! Je hilfloser und wehrloser ein Lebewesen ist, desto größte ist sein Anrecht auf Schutz vor Ungerechtigkeit und Grausamkeit! Außerdem gaben uns diese Bäume auch immer Schutz und gute, wertvolle Luft zum Atmen! Ihr gefährdet mit eurem gierigen und törichten Handeln ja das gesamte Klima und damit unser aller Lebensraum!«

»Jetzt macht dass ihr fortkommt und hört auf hier Unruhe zu stiften. Unbefugte haben hier nichts verloren.

Und redet nicht weiter so viel dummes Zeug, sonst bekommt ihr noch Probleme und ich muss euch bei Tyrannos melden.«

Es schmerzte das kluge Mädchen einfach zutiefst, was geschehen war, sie liebte die Natur und die Bäume und auch die Tiere so sehr. Gaben sie ihr doch stets Schutz, Geborgenheit, Trost, Nahrung und Hilfe.

»Wir müssen so schnell es nur irgendwie geht Minister Klein finden und ihn um seine Hilfe bitten! Bevor Tyrannos und seine Anhänger noch mehr Unheil anrichten«, sagte Philomena aufgeregt.

»Der Frebeme hat wohl viele Fähigkeiten, aber es scheint mir, dass größte Talent entwickelt er bei der Vernichtung *jeglichen* Lebens und auch der Natur. Das Leben ist ein spektakuläres Wunder. Wir müssen endlich lernen *mit* der Natur zu leben die uns alles gibt was wir brauchen, nicht *gegen* sie!«

Das Mädchen war traurig und erzürnt zugleich, zuerst musste es mitansehen, wie der Natur so großes Unrecht angetan wurde, und dann musste es auch noch die Lieblosigkeit gegen die Fremdlinge in Capta hinnehmen, ohne ihnen helfen zu können. Sie musste mit ansehen wie Menschen, die gute Absichten hatten, einfach denunziert und bestraft wurden, wie Freunde einander verrieten und wie die Spaltung unter den Leuten und im ganzen

Volk immer größer wurde. Tyrannos wusste sehr gut, *wie* er die Trennung sehr schnell und effizient vorantreiben konnte.

Um die Spaltung so richtig auf die Spitze zu treiben, wollte Tyrannos versuchen *die* Leute, die sich nicht von ihm impfen ließen, als Gefahr darzustellen für alle anderen. Dies würde die Hassglut so richtig schüren.

Und all das, geschah in Wahrheit nur aus einem einzigen Grund: nämlich, um noch *mehr Geld* und somit *mehr Macht* zu haben.

»So vieles kommt zurück, was wir vor nicht langer Zeit schon hatten. Großvater hat in seiner Kindheit ganz ähnliche Dinge erlebt. Dinge kommen zurück und sind nun wieder ›*in*‹. Ich kann es kaum erwarten bis Moral, Respekt, Liebe und auch Intelligenz wieder im Trend sind!*«, meinte Philomena innerlich aufgebracht.

Sie schrieb einige Gedanken und Worte in ihr Büchlein, welche Großvater zu ihr sagte:

›Hinterfragen und genau hin sehen ist enorm wichtig‹, meinte er oft zu ihr!

›Ebenso auch das Achthaben auf die äußerst wertvollen Rechte wie freie Meinungsäußerung, Redefreiheit, Glaubens- und Religionsfreiheit, das Recht auf Gleichheit, das Recht auf körperliche Unversehrtheit, das Recht

autonome Entscheidungen für sein eigenes Leben zu treffen.

Vergiss nie, die größten Verbrechen und Vergehen gegen menschliche Grundrechte geschahen in der Geschichte stets im blinden und kurzsichtigen Gehorsam korrupten Führern und Regierungen gegenüber! Wie und wo eine Gesellschaft und ganze Nation steht, kann man sehr gut daran messen, wie diese mit den alten Leuten umgeht, ebenso mit den Kindern und den Tieren. Sieh nur stets genau hin!‹

Philomena erinnerte sich weiter:

»Wenn wir das rechte Herz haben«, sagte Großvater oft zu ihr, »dann kontrollieren nicht *SIE* uns - sonder *WIR* sie! Wir werden ihnen ihr verdrehtes Handeln widerspiegeln. *Darin* liegt die Stärke unseres unbewaffneten und gewaltlosen Widerstandes!

Siebzehntes Kapitel

Überwachung und Kontrolle

Viele Tage und Nächte waren die drei Abenteurer nun schon gemeinsam unterwegs. Kälte, Hunger und Beschwerlichkeit hatten sie am eigenen Leibe erfahren. Viel Energie und Mut musste von ihnen schon aufgebracht werden. Vieles hatten sie gemeinsam bereits durchgestanden. Dies war für zwei so junge Menschen, welche ja fast noch Kinder waren und für einen sprechenden Kater in der Tat eine beachtliche Leistung. Sehen wir aber weiter, wie es ihnen erging.

Es lag eine eigenartig düstere Stimmung in der Luft. Die drei mutigen Überbringer der wunderbaren Nachricht, hatten irgendwie ein ungutes Gefühl im Bauch und gingen langsamer. Und nicht lange, da richtete sich eine große Tafel mit der Aufschrift ›Stopp, Pflichtkontrolle für alle!‹ vor ihnen auf.

»Haaalt!«, rief ein Soldat laut und einschüchternd. Dies ist eine staatliche Gesundheits- und Kontrollstation. Wieso tragt ihr denn keine Masken? Was fällt euch ein? Habt ihr denn eine Maskenbefreiung vorzuweisen, oder wer hat euch dies erlaubt?«

»Wir brauchen keine Maskenbefreiung, es ist ein grundsätzliches Menschenrecht frei atmen zu dürfen!«, erwiderte Philomena heftig.

»Und *niemand* muss uns das erst erlauben!«

»Ach ja? Umso mehr müsst ihr euch hier testen und untersuchen lassen! Und eure Impfpässe habt ihr hier auch vorzuzeigen. Wir werden dazu einige Abstriche von euch entnehmen und euren Zustand eingehend kontrollieren. Nach dieser Überprüfung werden wir dann abklären wie, es mit euch weiter geht. Und *wir* werden euch sagen, was ihr dürft und was nicht.«

Philomena durchblickte sehr schnell, dass dieser angebliche ›Gesundheitstest‹, in Wirklichkeit nichts anderes war, als eine weitere Schikane und im Grunde auch ein Gehorsamstest. Ein schäbiger Einschüchterungsversuch. Gehorchen und sich unterordnen wollte das Mädchen ja gerne, doch ganz gewiss nicht einem verlogenen Tyrannos! Gewiss nicht einem bösartigen System, welches die Bürger in Gefangenschaft führt anstatt in die Freiheit!

Unterordnen, ja, aber nur den Gesetzen der Liebe und Wahrheit! Welche ins Leben, ins Glück und in die wahre Freiheit führen.

Überrascht, aber eines Sinnes sahen sich die Kinder an und überlegten kurz was sie antworten sollten.

»NEIN!«, sagte Philomena laut und kräftig.

»Das müssen wir *gar nicht*! Und ihr werdet uns nicht antasten! Wir sind völlig gesund und außerdem sind wir freie und autonome Menschen. *Wir entscheiden selbst* über unseren Körper! Mein Körper gehört mir! Niemand! Aber wirklich niemand darf mich zu etwas nötigen, was ich nicht möchte! Ich habe weder Sie, noch irgend jemand anderen jemals bevollmächtigt, über mein Leben in einer solchen Weise zu verfügen! Und ganz gewiss werde ich das auch *niemals* tun! «

»Aber Kind, du verstehst nicht. Das ist ja nur aus Vorsicht und zu eurer und auch zur Sicherheit aller Frebemen. Wisst ihr denn nicht, dass ein gefährlicher Virus uns alle bedroht? Darum muss getestet werden, ob ihr krank seid. Das ist Vorschrift von ganz oben, von Tyrannos selbst.«

»Zu unserer ›Sicherheit‹? Ach ja? Wir können selbst auf uns aufpassen! Und wir *sind* gesund! Auch das können wir selbst beurteilen und feststellen! Diese äußerst zweifelhaften und auch ungesetzlichen ›Vorsichtsmaßnahmen‹, wie ihr diese überall nennt, sind *gegen* jegliche menschlichen Grundrechte, *gegen* die Würde des Menschen, und auch *gegen* die Freiheitsrechte und die Verfassung!

Niemand tastet meinen Körper ohne meine Einwilligung an! Niemand sage ich! Und schon gar nicht dringt irgendjemand, mit irgendetwas in meinen Körper ein gegen meinen Willen! Weder mit einem Stäbchen noch mit einer Nadel oder mit sonst irgendetwas! Ihr werdet uns nicht antasten, wagt es nicht!«, rief Philomena scharf und laut.

»Ja wollt ihr denn alle in Gefahr bringen?« blökte der Wachmann den vorgegebenen Standardsatz nach, mit dem man nicht gefügige Bürger einschüchtern sollte.

»*Wir* bringen hier gar niemanden in Gefahr! Ganz im Gegenteil, wir helfen den Frebemen eigenständig zu denken! Dieser fragwürdige ›Test‹, wird dir also sagen ob du gesund bist? Was soll das? Die Frebemen sind tatsächlich nicht mehr in der Lage selbst festzustellen, ob sie gesund sind oder nicht?

Was ist bloß los mit euch? Begreift ihr denn immer noch nicht? Es ist längst alles eine Frage des ›Glaubens‹ geworden! Und ich für meinen Teil glaube *nichts* von Tyrannos‘ verdrehten lügenhaften Darstellungen zu diesem Thema!

Ihr seid es in Wahrheit, die hier alle in wirkliche Gefahr bringen!« Philomena erkannte die Arglist aber auch Blauäugigkeit dieser Leute schnell.

»Tyrannos, dieser Möchtegern-Weltherrscher will die Frebemenheit peinigen, mit Behauptungen die alle auf unsichtbaren und für niemand wirklich nachvollziehbaren Spekulationen beruhen. Bedauerlicherweise vertraut ihm die Masse blind. Auch hat die angebliche, ach so gepriesene ›Meinungs- und Entscheidungsfreiheit‹, wohl ganz klare Grenzen! Wer *nicht* mit Tyrannos' ›Freiheitsserum‹ geimpft ist, wird beruflich, gesellschaftlich und selbst in der eigenen Familie, sehr schnell ins Abseits gedrängt und diffamierend als ›Nestbeschmutzer‹ beschimpft.«

»Meint ihr etwa, ihr werdet einfach über Nacht sämtliche Grundrechte aufheben? Und irgendwelche neuen Gesetze beschließen, beruhend auf verdrehten Tatsachen und Lügen, welche Tyrannos in die Welt gesetzt hat? Und noch dazu *ohne* dem Einverständnis des *gesamten* Volkes? Dem Volk schamlos die Freiheit nehmen, es einsperren und kontrollieren, es entmündigen und ihm seine Menschenwürde nehmen? *Eure* boshaften, stolz erschaffenen Regeln und Gesetze bringen die Frebemen in tiefe Gefangenschaft und Unfreiheit! Noch sitzt ihr da oben, ihr feigen Gestalten. Vom Feinde bezahlt, dem Volke zum Spott. Doch es wird eines Tages wieder Gerechtigkeit walten. Dann richtet das Volk und dann Gnade euch Gott!«

»Direkt vor euren Augen entsteht ein globaler, perfider Überwachungsstaat, welcher euch versklaven will! Und ihr dient diesem auch noch blind und untergeben, und meint bald ist wieder alles beim Alten! *Nichts* wird je wieder so sein!

Viele Frebemen warten nun auf die große wundersame Erlösung einer Impfung, welche ihnen freien Zugang zum Leben verschaffen sollte. Aber sie lassen sich damit jedoch nur noch mehr versklaven. Impfungen, vielfach gezüchtet auf den Embryos ermordeter Kinder, sollen andere gesund erhalten? *Was* sind denn das für grundverkehrte Werte und was für durch und durch bösartige Maßstäbe? Zudem sind die Inhaltsstoffe der Impfung sehr giftig!«

»Aber Mädchen, man darf das alles doch nicht so eng sehen. Nun übertreibst du aber. Weshalb empörst du dich denn so?«, meinte der Wachmann erstaunt.

»Die Impfung ist doch freiwillig!«

»Ach ja? Diese Impfung mag zwar offiziell und vorläufig, rein äußerlich als ›freiwillig‹ gelten, doch ist dies nur der äußeren Erscheinung nach so. Denn viele Dinge *kann* und *darf* man ohne dieser ›befreienden Impfung‹ Tyrannos' nicht mehr tun. Es wird solchen Bürgern vieles verweigert und verboten. *Wo bitte*, ist hier nun wirklich noch etwas freiwillig?«, meinte Philomena erbost.

»Tyrannos hat seit vielen Jahren schon Glaubensdogmen in der Bevölkerung implantiert, welche behaupten, dass *Gesundheit* auf natürlichem Wege gar nicht möglich sei, sondern nur mit medizin-technologischem Eingriff. Durch die Impfungen der mächtigen Pharmariesen. Impfungen, die auch etliche unerwünschte Nebenwirkungen, also Schäden, nach sich ziehen können. Diese Tatsache wurde bis vor kurzem nicht einmal gedanklich zugelassen. Eltern, denen diesbezügliche Zusammenhänge bei ihrem Kind aufgefallen sind, wurden entweder als unwissend, ungebildet, ahnungslos, nicht beachtenswert oder gar als Ketzer deklariert.«

»Dieser größenwahnsinnige Diktator hat euer Denken und euer Herz ja schon völlig verblendet! Begreift ihr denn nicht? Er schert sich einen feuchten Dreck um euch. Nichts, aber auch gar nichts geschieht hier aus Sorge um euch oder gar aus Liebe! Die schlimmsten Dinge in der Geschichte geschahen genau deshalb, weil Bürger wie ihr, durch ihren blinden Gehorsam den Regierungen nicht widerstanden, sondern diese sogar noch unterstützten ihre Machtziele zu erreichen. Meist aus Angst vor den angedrohten Strafen.

Angst lähmt die Hirne der Frebemen und diese Angst macht sie blind und dumm! Meint ihr denn tatsächlich, Liebe und Besorgnis wären die Motive für Tyrannos' Handlungen und Maßnahmen? Glaubt ihr allen Ernstes, er wäre auch nur einen Funken an eurem Wohl interessiert? Ganz gewiss nicht! Jeder der sich etwas tiefer mit dem beschäftigt, was Tyrannos hier inszeniert, weiß, dass es bei dem Terror an der Bevölkerung nicht wirklich um

›Gesundheitsmaßnahmen‹ zum Schutz des Volkes geht, wie Tyrannos es infam nennt, sondern es geht um die Umgestaltung und auch Minimierung der Gesellschaft in zwei Gruppen, eine Sklavenbevölkerung und eine reiche ›Elite‹!

»Tyrannos und seine Machthaber haben sich unseres Lebens bemächtigt! Kein König oder Politiker hat das Recht, ein Land und dessen Bürger der persönlichen Freiheit zu berauben. *Sie* haben uns - dem Volk, zu dienen und nicht wir ihnen! Begreift ihr das denn nicht? Ich habe diese Lügner nicht ermächtigt mich zu entmündigen! Und ich werde dies auch niemals tun!

Wie lange wollt ihr noch dieses menschenverachtende System unterstützen? Wie lange? Es gibt eine höhere Gerichtsbarkeit als die des Tyrannos! Und vor dieser werdet ihr euch eines Tages verantworten müssen. Und nun geht bei Seite, ihr werdet uns jetzt passieren lassen!«, befahl Philomena.

»Und noch etwas«, meinte das mutige Mädchen und sah dem Soldaten streng in die Augen.

»Es ist mir völlig egal was Sie jetzt von mir denken, denn in Wahrheit bin ich Ihnen auch völlig egal!«

Verblüfft und erstaunt über die Worte Philomenas', mit fragenden Gesichtern und weit offenem Mund, ließen die Kontrolleure die jungen Leute weiter ziehen.

»Was soll's, es sind ja doch nur unerfahrene junge Leute, ja beinahe noch Kinder«, meinten diese zu sich selbst. Über ihre Worte dachten sie aber noch lange nach. Sie haben noch nie wirklich ernsthaft in Frage gestellt, *was* Tyrannos hier tatsächlich im Schilde führt. Sie konnten und wollten einer solchen Möglichkeit einfach nicht ins Auge sehen! Das konnte, ja das durfte einfach nicht wahr sein.

»Kann es sein, dass diese jungen Leute etwa Recht haben? Meinte einer der Soldaten nachdenklich. Das Tyrannos doch nicht alles weiß, und es ihm gar nicht um unser Glück und Wohl geht? Aber *worum* geht es ihm denn sonst?«

›Kindermund tut Wahrheit kund‹, kam es ihm in den Sinn.

Achtzehntes Kapitel

Kinderleben

Philomena, Pius und Animus zogen weiter und unterhielten sich auf ihrer Wanderung gerade sehr angeregt über die dringende Notwendigkeit der absoluten Freiheit des einzelnen Lebewesens, über die Notwendigkeit körperlicher Nähe, ungezwungener Freundschaft und die damit verbundene Herrlichkeit.

»Es macht mich traurig, dass manche Leute allen Ernstes meinen, sie dürften ein solches Unrecht anderen zufügen. Wer in Angst und Abstand zum Nächsten leben möchte, der soll meinetwegen auch forthin in Angst und Entfremdung leben und sich in Isolation bringen. Solche Leute leben nach dem Verhaltenskodex: ›Fürchte deinen Nächsten wie dich selbst.‹ Aber wer ein freier Mensch auf dieser Erde sein möchte, der sollte das ebenso sein dürfen, jedoch *ohne* dafür bestraft oder in irgendeiner Weise benachteiligt zu werden!

Leute die sich Gedanken machen, die nachdenken und sich sorgen um die politische Entwicklung im Lande machen, werden nun denunziert, verleumdet und verachtet.«

»Stellt euch vor, im ganzen Land gäbe es wieder ein ungezwungenes soziales Miteinander und Füreinander, ohne jegliche Kontrollen und Freiheitsberaubungen. Ohne Bestrafung und ohne ständiger Angst. Ohne erzwungener Gesundheitschecks, ohne ›schlechtem Gewissen‹, weil man sich gerade zu nahe gekommen ist, oder gar jemanden berührt hat.

»Ja, und ohne der Befürchtung jemanden unerlaubt besucht zu haben, und nun deshalb angezeigt zu werden. Einfach nur als freies Menschenkind offen leben und sich über das Sein, die Mitmenschen und die Gegenwart freuen, wie wunderbar und befreiend wäre das.«

»Und wie gut es vielen Leuten dann wieder gehen würde. Wie schön wäre es für die Kinder, sie könnten einander berühren, sich spüren, einander freimütig begegnen und sich unbeschwert austauschen.«

»Ja, und die Angst vor Berührungen gäbe..., he, habt ihr das auch gehört? Das sind doch Kinderstimmen, da rufen glaub ich irgendwelche Kinder. Hört ihr das?«

»Aber ja, - kommt, lasst uns sehen was da los ist.«

Sie sahen schon von weitem, dass sich einige Kinder in einem großen Park zusammen trafen und dort ungezwungen beim Spielplatz miteinander spielten und vergnügt und ausgelassen herum tobten. Wie schön, und was für ein erfreulicher und fatalerweise seltener Anblick. Lachende Kinder die offen *miteinander* spielten, waren kaum noch wo zu sehen. Philomena war überrascht. Doch wie es nicht anders zu erwarten war, im Hintergrund sah sie schon bald einige dienstbeflissene ›Ordnungshüter‹ Tyrannos herbei eilen. Diese nahmen die Kinder sogleich fest und verhörten sie streng.

»Was treibt ihr hier, wer hat euch erlaubt hier zu spielen und das auch noch ohne Maske?«, meinte ein Soldat erbost.

»Das ist ein klarer Verstoß gegen die neuen Gebote der Tyrannos Diktatur! Überdies ist es auch untersagt, für längere Zeit auf *einem* Platz zu verweilen! Ihr müsst euch ausweisen, zeigt uns eure Testergebnisse und die gültigen Impfpässe!

»Die haben wir nicht dabei«, meinten die Kinder erschrocken.

»Nun, wenn das so ist, werden wir euch vorläufig festnehmen müssen, und eure Eltern bekommen eine saftige Geldstrafe!«, meinte ein anderer Polizist mit düsterer Miene.

»Ihr wisst genau, dass es verboten ist auf öffentliche Plätzen zu spielen, und das auch noch so nahe beieinander. Zudem ohne Maske und auch noch ohne Impfpass!

Wir haben auch eindeutig gesehen, dass ihr euch gegenseitig berührt habt. Ihr habt hier eine Menge Gesetze und Regeln gebrochen!«

Die Kinder standen angsterfüllt und eingeschüchtert da, als hätten sie wirklich ein schlimmes Verbrechen begangen. Keiner traute sich aufzumucksen.

Da mischte sich Philomena ein:

»Wenn Sie nur ein bisschen Menschlichkeit in sich tragen, dann unterlassen Sie es die Kinder *dafür* zu bestrafen und zu beschimpfen, dass sie genau das getan haben, was für ihre gesunde Entwicklung lebensnotwendig ist. Eben Spielen, Sport, Berührungen, soziale Kontakte - und zwar *ohne* Maske und auch *ohne* Abstand oder Angst! Merken Sie denn wirklich nicht *was* hier vor sich geht? Sie sind schon lange keine ›Schutzmänner‹ mehr, sondern sie sind ja regelrechte Un-Menschen geworden! Anstatt dass man sich neben euch sicher fühlt, befällt einen die Angst wenn man euch nur sieht! Sie wollen die Kinder tatsächlich dafür bestrafen, dass sie Kinder sind? Was ist bloß los mit euch?«

Da schaltete sich auch Sad dazu, ein größerer Junge der Gruppe, der nun auch Mut fasste zu reden und sein Herz öffnete:

»Was dürfen denn wir Kinder heute überhaupt noch

ohne bestraft zu werden? Alles wird reglementiert und kontrolliert. Immer muss man Angst haben etwas falsch gemacht zu haben. Immer müssen wir mit der scheußlichen Maske herum rennen. Immer einen vorgegebenen Abstand zu unseren Freunden einhalten. Das ist ja kein Leben mehr. Im Namen der sogenannten Schutzmaßnahmen Tyrannos', wird uns alles natürliche Leben und jegliche Freude weggenommen. Alles Schöne, alles Lebenswerte wird uns geraubt. Wir möchten einfach nur Kinder sein. Frei sein, lachen, spielen, uns balgen, uns umarmen, - eben leben. Es hat doch immer geheißen, es sei alles ›freiwillig‹, ist es aber nicht! Alles nur Lüge!«

»In der Schule ist es dasselbe, ich bin von der doofen Maske nur noch müde und völlig überfordert.«, meinte der kleine Junge.

»Ich auch, ich kann mich kaum noch wirklich konzentrieren und nach der Schule möchte ich oft einfach nur noch ins Bett und weinen. Und im Schulbus ist das auch voll der Stress, jeder macht mit, weil man halt Angst hat, ausgeschlossen oder bestraft zu werden. Aber in Wahrheit ist es einfach nicht mehr zu ertragen! Was macht ihr hier mit uns?«

»Mich hat heute mein Lehrer verbal fertig gemacht«, meinte ein anderer.

»Weil ich ihm versucht habe zu erklären, dass ich unter der Maske enorm leide und es einfach nicht schaffe diese immer zu tragen. Dann ist er auch noch vor der ganzen Klasse über meine Eltern hergezogen und hat gemeint, das hätten mir alles meine Eltern eingeredet. Man darf hier einfach nicht mehr anderer Meinung sein, und wenn man dies ist, wird man schnell und sehr gehässig angegriffen.«

»Bei mir ist das auch ähnlich. Ich habe viele Jahre mit großer Freude im Turnverein gespielt. Jetzt darf ich das aber schon lange nicht mehr! Alle meine Freunde waren dort, und kaum noch können wir uns irgendwo treffen! Viele meiner Freunde haben inzwischen regelrecht Angst sich zu treffen. Und da ich mich nicht testen und auch nicht impfen lassen möchte, wird mir nun auch noch der Zugang zu meinem Schulabschluss fast unmöglich gemacht.

Meine Lehrer behandeln mich, als sei ich eine Aussätzige, sie sind nicht gewillt mir wirklich zu helfen. Dabei hat es immer geheißen, das ist für jeden eine freie Entscheidung... doch gar nichts ist hier freiwillig! Überhaupt nichts! Ganz im Gegenteil, wenn man sich hier anders entscheidet, wird man denunziert, angegriffen und aus der Gesellschaft ausgeschlossen, oder gar bestraft und geächtet! Man wird ganz offensichtlich benachteiligt! Es ist so schrecklich, ich habe gar keine Freude mehr am Leben!«

»Ich wurde von meinem Lehrer gestern bedroht, ich bekäme schlechtere Noten, wenn ich nicht sofort die Maske aufsetzen würde. Ich möchte natürlich keinen Ärger bekommen, ich trage sie nun unseligerweise den ganzen Schultag, habe aber dafür jeden Tag schreckliche Kopfschmerzen.«

»Ich mag gar nicht mehr nach Hause gehen«, erzählte nun auch Tristus.

»Meine Eltern streiten jetzt andauernd, es ist fürchterlich, und sie geben mir völlig unterschiedliche Anweisungen. Papa hat keine Arbeit mehr und er kommt auch kaum noch nach Hause. Mama sagt immer, ich darf die Maske abnehmen, ich brauche diese nicht zu tragen und muss mich nicht impfen lassen. Ich möchte das auch nicht. Wenn der Papa mal nach Hause kommt, schimpft er fürchterlich mit mir, falls ich dann keine Maske trage. Dann beginnen meine Eltern ganz heftig zu streiten und herum zu schreien, denn sie denken über alles was zur Zeit geschieht und den Leuten vorgeschrieben wird ganz anders. Ich ertrage das einfach nicht mehr. Ich kann nicht mehr! Bei einigen meiner Freunde ist das ganz ähnlich. Überall streiten oder weinen Frebemen. So viele Leute sind fürchterlich traurig, und keiner hilft ihnen! So viel Familien sind inzwischen gespalten.«

»Meine Eltern wurden kürzlich bestraft, nur weil ich einige Freunde zu meinem Geburtstag eingeladen hatte«, meinte ein anderer Junge traurig.

»Ein Nachbar hat uns angezeigt und einer Ihrer Kollegen hat dann befohlen, sofort müssen alle wieder nach Hause gehen. Obschon alle gesund waren und wir angeblich ja freie Bürger sind. Alles völliger Irrsinn und Wahnsinn der hier abgeht!«

Da kam schließlich auch noch ein kleiner, etwa fünfjähriger Junge hinter der Gruppe heraus gekrochen, der meinte bekümmert: »Wann darf ich denn wieder mit meinen Freunden spielen Herr Soldat?«

Das alles zu hören traf einen der Soldaten, der anscheinend doch noch ein weiches Herz hatte, und auch mutig genug war hier überhaupt zu zuhören und menschlich zu reagieren.

»Ich muss ganz ehrlich sagen, ihr seid nicht die ersten Kinder, die mir so etwas berichten. Das alles tut mir wirklich sehr leid, ich würde euch gerne helfen, wir können hier jedoch an den ›neuen *Regeln*‹ auch nichts ändern. Wir werden es aber unterlassen euch zu bestrafen.«

Nun sprach auch noch Animus:

»Das ist aber nicht genug! Bei weitem nicht! Die Kollateralschäden, haben sich inzwischen tief in den Seelen vieler Kinder festgekrallt. Hören Sie denn nicht den Hilfeschrei? Immer mehr Kinder werden freud- und mutlos, ja ihre Seelen werden regelrecht gebrochen. Kein Kind kann sich unter solchen Gesetzen und Bedingungen noch gesund entwickeln! Und das ständige Tragen der Masken schädigt langfristig nicht nur die Lunge, es ist zudem absolut menschenverachtend und entwürdigend! Es schadet der Seele und dem Urvertrauen der Kinder! Wir bräuchten dringend mutige erwachsene Leute, die uns hier helfen! Mündige Personen, welche klaren Widerstand leisten. Sie sind doch Soldaten, Sie sind starke Männer, *Sie* könnten doch was dagegen tun! Sie sehen doch selbst, es ist ein durch und durch menschenverachtendes System, welches hier aufgerichtet wird.

Den Kindern wird in diesem System die Liebe und seelische Zuneigung verwehrt. Geborgenheit wird ihnen entzogen! Sie bekommen kaum noch Wärme und körperliche Nähe. Sie werden mit Dingen und Informationen überschüttet, aber nicht mit Liebe! Ja, Liebe kann man lernen. Wohl niemand lernt besser als die Kinder. Wenn die Kinder nun aber *ohne* Liebe aufwachsen müssen, darf man sich nicht wundern, wenn sie selber irgendwann lieblos und kalt werden. Es gibt aber einen Ausweg! Noch ist nicht alles verloren!

Bitte helfen Sie uns, unternehmen Sie etwas und beschützen Sie uns«, meinte Animus inständig und sah den Soldaten traurig an.

Eine sehr ernste Stimmung lag in der Luft. Man sah, dass der Polizist bewegt war und innerlich kämpfte, dass er wirklich nachdachte über die Worte Animus.

»Nun wie gesagt, wir werden euch nicht bestrafen, aber an Tyrannos System, können wir ›kleinen Fische‹ leider auch nichts ändern. Wenn wir hier unseren Mund allzu laut aufmachen würden, wären wir im Nu unseren Job los, oder noch Schlimmeres. Wir sind trotz allem Frebemen und Gesetzeshüter, wir müssen hier ausführen was Gesetz ist! Wir können nicht fragen, und auch nicht entscheiden, ob das richtig oder falsch ist! Aber wir werden euch dennoch laufen lassen.«

»Aber zählt denn nicht auch eine höhere Gerichtsbarkeit?«, erwiderte Philomena.

»Ich meine, Sie haben doch auch ein Gewissen und ein Herz, haben sogar einen Eid geschworen die Rechte der Bürger zu schützen. *Wer* schützt die Kinder von heute und gibt ihnen das, was sie wirklich brauchen? Wieso werden Sie zum Handlanger eines niederträchtigen Herrschers und bösen Systems? Erkennen Sie denn auch nicht was hier gespielt wird? Seit Jahrtausenden hat unser Immunsystem die Kraft sich selbst vor Viren und Bakterien zu schützen! Aber nun glauben zahlreiche Frebemen dies wäre jetzt nicht mehr so. Nur das heilbringende Impfserum Tyrannos könnte sie gesund erhalten. Dadurch aber, dass sie *eben das glauben*, haben sie Tyrannos alle Macht über sich gegeben. *Darum* konnte er auch in so kurzer Zeit das Volk und sogar Familien spalten und erneut eine Diktatur errichten! Wenn hier alle aufstehen würden, hätte Tyrannos keine Macht mehr und wenn Sie Mut zeigen…«

»Ich bin aber nicht ›alle‹! Es ist genug! Ich kann euch hier auch nicht helfen!«, fiel der Mann Philomena barsch ins Wort.

»Seht jetzt zu, dass ihr weiter geht und nicht noch mehr auffallt!«

Tief betroffen schrieb Philomena einige Gedanken in ihr Büchlein:

Ich bin erschüttert und sehr traurig! ›Der Verstand kann uns wohl sagen was wir besser nicht tun sollten, doch wird uns NUR UNSER HERZ sagen, was wir wirklich tun müssen. Was aber wenn niemand mehr auf sein Herz hört?

Wer achtet dann auf das Herz und die Seele unserer Kleinsten? Wer? Im Namen der Gesundheit werden hier Kinderseelen regelrecht geopfert. Für die Kinder beginnt hier das Ende einer glücklichen Kindheit. Und ich frage mich, was werden das für Erwachsene? Wo sind die Erwachsenen geblieben, die in dieser Zeit noch ihre Kinder beschützen? Wo sind sie geblieben?‹

Und auch noch eine kleine Geschichte viel ihr dazu ein:

Der kleine Pupo will nur eines, er möchte die Straße ›Lebenstraum‹ beschreiten. Doch wird er, als er sich auf den Weg machen will, von ›vernünftigen‹ Erwachsenen verschleppt. Er wird in ein vorgegebenes System gepresst, und man sagt ihm immer wieder: ›Nun beginnt der Ernst des Lebens, Pupo‹. Er kommt in die hoch gerühmte ›Schule‹ und wird nun be-NOT-et. Sein Wert hängt nun plötzlich von NOT-en ab. Irgendwann hat auch er die Straße ›Lebenstraum‹ vergessen. Er ist zu einem wahren Frebemen geworden.

Neunzehntes Kapitel

Die weiße Taube

Enttäuscht, dass sie bisher weder etwas erreicht hatten, noch wirklich helfen konnten, zogen die Kinder und der Kater also weiter. Auch der zuerst so freundliche Soldat, wollte nichts unternehmen um den Kindern zu helfen. Konnte das tatsächlich sein? Kaum jemand war zu finden, welcher den Mut hatte auf zu stehen und *gegen* den Strom Tyrannos zu schwimmen, welcher ja offensichtlich mehr und mehr in die Gefangenschaft führte.

Sie bemerkten, dass es im Grunde gar nicht wenige Frebemen waren, welche verstanden und sahen *was* hier täglich um sie Intrigantes geschah. Aber kaum jemand hatte den *Willen oder Mut* hier klar zu widerstehen, anders zu leben und auch seinen Mund aufzumachen. Alle schwiegen sie. Und dieses Schweigen der Leute war ein regelrechter Schrei.

Die Kinder waren erschöpft und ihre Zuversicht sank ziemlich auf den Boden. Müde und wortlos gingen sie dennoch langsamen Schrittes voran.

Weiter ging es, hindurch zwischen den kahlen, abgebrannten und rauchenden Bäumen, die noch immer überall zu sehen waren. Rechts und links lagen sie wie Tote neben dem Weg, soweit das Auge reichte. Der Weg führte sie durch eine Gegend, die nun fürchterlich trostlos vor ihnen lag. Sie hatten das Gefühl, als würde der Boden unter ihnen, vor Kummer klagen und trauern.

Als würde nicht nur ihr Herz, sondern auch die Erde aufschreien und um Hilfe rufen. Das hässlich negative Gekreische der Krähe, die sie noch immer lästig und ekelhaft verfolgte, ignorierten sie, so gut es ging.

»*Was* soll aus all diesen Kindern und Mitmenschen nur werden? Wie vielen Kindern wird hier die Kindheit und Freude geraubt? Unzählige Kinder ziehen sich in eine eigene Welt zurück, in der sie mit ihren Ängsten allein bleiben. Wie viele Menschen sind unglücklich und wie viele unter ihnen wurden wohl schon zu Frebemen?«, fragte sich Philomena zutiefst betrübt und mitfühlend.

»Und wie soll sich die Natur von dem großen Schaden je wieder erholen, den man ihr so herzlos und völlig gedankenlos zugefügt hatte? Wie sollen die vielen verschreckten Tiere je wieder Vertrauen finden.«

»Wache Geister gibt es in allen Himmelsrichtungen, aber *wo* sind nur die aufgewachten Leute, die hier mit uns gemeinsam *aktiv* aufstehen und sich *widersetzen*? Wir stehen inzwischen einer komplett verängstigten Bevölkerung gegenüber. Leuten, die allen Ernstes glauben sofort sterben zu müssen, wenn sie Tyrannos Vorgaben nicht in allem willig gehorchen.

Aus ihrer Angst heraus, überbieten sich nun viele in bewährter ›Blockwartmanier‹ gegenseitig, ohne auch nur eine Sekunde lang ihr Treiben zu hinterfragen. Ihre Autoritätshörigkeit, ihr Glaube an dieses System, an den ›Gott in Weiß‹, ihre Anbiederung an die Obrigkeit sind grenzenlos, sei es aus Angst oder sei es, weil sie eine Chance sehen, endlich einmal ganz groß herauszukommen. Ich bin sprachlos, ja wirklich fassungslos. So viele wollen immer noch nicht begreifen, dass unser *ALLER* Leben und Zukunft in Gefahr ist!«

Die Schatten wurden inzwischen länger als sie selbst, und es kam ein kalter schneidender Ostwind auf, der Philomenas Haar durcheinanderbrachte. Nach vielen Stunden des stummen und ruhigen Dahinmarschierens, wurde die Ruhe schließlich durch die verzagte Stimme des Mädchens gebrochen: »Es hat ja doch keinen Sinn!«, meinte Philomena plötzlich ganz traurig und bekümmert. Resigniert setzte sie sich direkt da wo sie gerade stand, auf den Boden.

»Wie ich es mir dachte, wie ich es befürchtet hatte,

keiner will etwas von der Freiheit hören. Sie lieben ihre gewohnte Gefangenschaft mehr. Niemanden interessiert es, wie das Glücklichsein, die Freiheit und die Liebe in Capta verschwunden sind. Ich glaube ich bin die Falsche für diesen Auftrag. Die Frebemen wollen einfach keine Veränderungen, nicht mal dann, wenn es gute sind.

Sie fürchten sich davor. Lieber bleiben sie in ihrem sicheren kleinen Käfig vertrauter Umstände ständiger Unterdrückung.«, seufzte Philomena.

»Ich verstehe das einfach nicht. *Wie* hat sich die alte Eule Sofos das nur vorgestellt? Hat sie denn tatsächlich gemeint, dass es in Capta jemals noch ein freies und frohes, glückliches Leben geben würde? Alles und jeder wird überwacht, fast alle haben Angst. Kaum noch jemand wagt es sich zu widersetzen.

Hat sie tatsächlich geglaubt es würde irgendjemand auf uns junge Leute hören?«

Philomena entglitt plötzlich jeglicher Mut.

»Nein, es ist, so scheint es umsonst, dass wir hier durchs ganze Land ziehen, alles geben was wir haben, und der verschlagenen Regierung Tyrannos beständig die Stirn bieten. Niemand ist dankbar dafür, im Gegenteil! Die meisten Leute greifen uns für unseren Einsatz an.

Hat Sofos denn wirklich gemeint, irgendjemand würde auf mich oder uns hören? Wir sind für sie ja eben doch nur ›Kinder‹ und ein kleiner Kater, wer sollte uns denn schon ernst nehmen? Wer sollte schon auf uns hören und uns Glauben schenken? Sicherlich ist es auch absolut töricht zu denken, dass Minister Klein uns anhören und helfen würde. Es ist vermutlich wirklich das Beste, wir kehren wieder um und vergessen das Ganze. Ich bringe euch und mich hier nur unnötig in weitere Gefahr.«

Philomena fror entsetzlich und sie zog sich eine Jacke über. Doch auch diese konnte sie nicht wärmen. So enttäuscht und deprimiert war das zarte Mädchen. Es schien, als hätte sie aller Mut verlassen, als würden ihr Körper und ihre Seele erstarren. Dicke Tränen flossen über ihre blassen Wangen während sie zitternd am Boden saß.

»Aber nein, Philomena, wir dürfen jetzt nicht aufhören zu kämpfen! *Du* darfst nicht aufgeben! Wir dürfen die Hoffnung und das Vertrauen niemals aufgeben! Hörst du! Du wirst doch jetzt nicht kapitulieren? Komm schon, du wirst sehen, wir werden es schaffen! Viele tragen noch immer Licht in sich, und Minister Klein wird ganz gewiss auf uns hören«, meinten ihre beiden Freunde zuversichtlich und ermutigend.

Doch das Mädchen wollte sich nicht mehr so recht umstimmen lassen, so niedergeschlagen, so kraftlos und mutlos war es inzwischen geworden. Es schien so, dass ihre gemeinsame Reise hier zu Ende gehen würde. Viel hatten sie alle gegeben, sehr viel, doch nun …

»Oh, was sollen wir jetzt nur tun?«, meinten Animus und Pius zueinander.

»Wie können wir Philomena nur wieder aufmuntern?«, fragten sich ihre beiden Freunde und sahen einander ratlos und verzagt an.

»Wir dürfen jetzt einfach nicht aufgeben, es kann doch nicht alles umsonst gewesen sein! Wie können wir Philomena helfen wieder Mut zu fassen?

Du kennst doch auch das Sprichwort: ›Am *Ende* wird alles gut werden, und wenn es noch nicht gut ist, dann ist es noch nicht am Ende.‹ Wir sind also noch nicht am Ende Philomena. Ganz gewiss nicht! Du siehst ja selbst, dass noch nicht alles gut ist.«

Da flog plötzlich eine kleine, weiße Taube über ihre Köpfe hinweg. Sie landete ein wenig vor ihnen auf dem Pflock eines alten, verfallenen Zaunes, der nicht weit entfernt von ihnen am Wegrand stand. Sie sah kurz freundlich zu ihnen herüber, blinzelte und flatterte mit ihren Flügeln. Und als würde sie etwas sagen wollen, gurrte das weiße Tier einige Male auffällig laut.

Als sie dann wieder wegflog, stürzte der Zaunstipfel, auf dem sie saß, wohl durch den Druck ihres Sprunges einfach um und fiel zu Boden. Und ob es nun Zufall war oder auch nicht, die Zaunlatte wies wie ein großer Pfeil genau in *die* Richtung, in der Minister Klein lebte.

Animus und Pius verstanden sofort. Für sie war dies ohne Zweifel *kein* Zufall, der Vogel wollte ihnen helfen. ›Jemand‹ hatte die Taube gesandt.

»Sieh doch nur, Philomena, die kleine Taube hat uns sicher ein Zeichen geben wollen! Sieh doch nur, sieh nur!«, riefen die beiden ganz aufgeregt.

»Wir dürfen jetzt nicht aufgeben, komm schon!«

Als das Mädchen das hörte, merkte es auf und fand tatsächlich wieder neuen Mut und Kraft. Es war lange still, Animus und Pius sahen erwartungsvoll auf Philomena.

»Ja, ihr habt wohl recht, ich will den Mut nicht verlieren und werde es weiter versuchen! Ich habe für kurze Zeit aus den Augen verloren, *was* unsere Aufgabe ist. Verzeiht mir bitte. Ich habe für kurze Zeit zu sehr auf die Umstände gesehen, anstatt auf das Ziel und unseren gemeinsamen Auftrag.«

Philomena wischte sich die Tränen aus dem Gesicht, fasste sich ein Herz und stand wieder auf.

»Einen Schritt nach dem Nächsten, nicht wahr? Mein Vater hat nicht gekniffen! Und kneifen dürfen wir jetzt auch nicht!« Das Mädchen lächelte ein wenig.

»Oh ja!«, freuten sich ihre Freunde und alle drei umarmten sich herzlich und innig. Wie froh sie doch waren, einander zu haben. Wie gut es doch war, so vertraute Gefährten und echte Freunde zu haben. Solche echten Freunde, konnten aufeinander zählen! Sie waren darauf ausgerichtet *füreinander* da zu sein! In ihrer Verbundenheit und Einigkeit lag eine sehr große Kraft, welche ihnen gar nicht bewusst war.

»Es gibt viele Momente, kleine und oft sehr unscheinbare, mit denen wir auf das Leben anderer einwirken. Und oft sind wir gerade dann Gefäße unseres Schöpfers, wenn es uns am wenigsten bewusst ist.«, dachte Animus.

Zwanzigstes Kapitel

Tieferes über das Vertrauen

›Sehr klein ist das Eichhörnchen. Aber es ist kein Sklave des Elefanten, sagt ein altes Sprichwort‹.

Fiducia das Eichhörnchen, sprang soeben eifrig von einem Ast zum anderen, es war gerade dabei seinen Vorrat an Nüssen aufzufüllen, als es unter sich drei kleine Wanderer sah. Neugierig sah Fiducia nach unten, da fiel ihm eine Nuss aus der Hand und traf Pius auch noch genau auf den Kopf.

»Autsch, - he, was soll das, wer wirft denn hier mit Nüssen nach mir?«

»Oh, entschuldige bitte, das wollte ich wirklich nicht, ich bin gerade bei der Arbeit und da entglitt mir eine meiner Nüsse.«

»Aber ja – kein Problem, gerne, sag wie heißt du denn kleines Eichhörnchen?«

»Mein Name ist Fiducia.«

»Oh, was für ein schöner und seltener Name, was bedeutet dieser denn?«

»Er bedeutet ›Vertrauen‹!«

»Ja selten. Vertrauen, das ist in der Tat heute sehr, sehr selten geworden«, meinte Fiducia.

»Denn die Leute heute leben in ständiger Angst, sind kopfgesteuert und versuchen sich mit allerlei Absicherungen, diversen ›Versicherungen‹ und Kontrollen wenigstens ein klein wenig Sicherheit zu erkaufen. Doch geht auch davon ihre Angst nicht weg, denn sie haben das ›Vertrauen‹ verspielt! Die Frebemen sind regelrecht verloren was das betrifft, sie haben verlernt loszulassen und dem Leben zu vertrauen.

›Jemand‹ lädt uns aber ein zum Vertrauen! Ja, ›Jemand‹ vermisst uns. Unsere vielen negativen, und zum Teil auch hässlichen Erfahrungen im Leben schüchtern uns jedoch oft sehr ein, sie sagen: »Du kannst nur dir selbst vertrauen, dich nur auf dich selbst verlassen.« Willst du aber in wahrer Freiheit und Liebe leben, geht kein Weg am Vertrauen vorbei!«

»Die Frebemen haben inzwischen auch kein Vertrauen mehr in die Kraft ihres eigenen Körpers. Sie verstecken sich nun ängstlich hinter ihren Masken. Und sie leben nicht nur in der ständigen Angst krank zu werden. Sie haben auch Angst *voreinander*, Angst ausgeschlossen zu werden, Angst vor Strafen, Angst angezeigt zu werden, Angst den Arbeitsplatz zu verlieren, Angst vor dem Leben, Angst vor dem Sterben, Angst vor dem Mitmenschen,

Angst vor der Zukunft. Angst bestimmt inzwischen das Leben so vieler Frebemen. *Sie* ist die Stimme auf die sie hören. Anstatt auf ihr Herz, hören sie auf die Angst und lassen sich von dieser leiten. Nun ja, sie werden in der Tat noch krank werden, doch nicht aufgrund irgendeines angeblichen ›Virus'‹, sondern da sie in ständiger Angst leben. Denn ihr Vertrauen ins Leben und dessen Schöpfer ist verschwunden. Genauso gut könnten wir in Angst und Panik ausbrechen, dass uns die Erde nicht mehr hier auf sich hält, dass sie aufhört sich zu drehen und uns zu halten. Und wir alle ins All gleiten, wenn wir nicht aufpassen...«

»Ja, Fiducia, da hast du wohl recht, wir denken hier sehr ähnlich wie du. Es ist wirklich schön mit dir über diese Dinge zu sprechen.«

»Ich sage euch noch etwas sehr Wichtiges: ›Vertrauen, beginnt mit *Wahrheit*, und es endet mit der Lüge! Und nur die Wahrheit macht dich frei. Und vertrauen bedeutet: ›Sicher sein‹! Und ihr *seid* sicher, denn diese Erde hat euch bisher getragen, sie wird es auch weiterhin tun. Und ›*Jemand*‹, der dieser Erde in diesem Universum ihren Platz gegeben hat, hat auch euch euren Platz und eure Aufgabe gegeben und euch bisher getragen und gehalten. Glaubt ja nie der Lüge, dass ihr nun nicht mehr sicher wäret!

Nichts, aber auch gar nichts, von all dem, was Tyrannos und seine Funktionäre hier im Lande aufgezogen haben, hat auch nur noch annähernd mit Wahrheit zu tun! Aufgrund der vielen Lügen Tyrannos', ist vielen Frebemen, die ihm allzu schnell glauben schenkten, das Vertrauen, abhanden gekommen.

Ihr jungen Leute aber, glaubt und vertraut eurem gesunden Herzen, und dem der euch dieses geschenkt hat, und nicht dem was einige Frebemen euch heutzutage mit geschickten, aber verdrehten Argumenten einzureden versuchen. Nur weil deren Geist nicht in der Lage ist groß zu denken, dürft ihr ja nicht euer Leben und Denken klein halten! *Ihr seid frei* und *souverän*! Und *NIEMAND*! Aber auch wirklich niemand kann euch die Freiheit rauben, welche in eurem Herzen lebt. Und wo keine Sklaven *sind*, da kann gar kein Tyrannos-Regime entstehen bzw. die Macht übernehmen.«

»Ja gewiss, da hast du absolut Recht Fiducia. Darf ich dich fragen *was* Vertrauen für dich ganz persönlich bedeutet? Ich meine, wie lebst du das praktisch?«

»Gerne! Vertrauen bedeutet für mich, los zu lassen, mich fallen zu lassen. Und mich nur einem einzigen Gesetz zu unterstellen, dem Gesetz der Liebe. Ja, meinen Verstand sehr wohl auch zu gebrauchen, jedoch mich nicht allein auf ihn zu verlassen. Wahre ›Intelligenz‹ ist die Kombination aus beidem, aus Herz und Verstand!

Ich muss nicht immer alles verstehen, ich kann, ich darf einfach meinem Herzen vertrauen. ›*Jemand*‹ spricht oft auch über unser Herz zu uns. Es führt mich richtig, wenn ich darauf höre. Niemand kann alles verstehen, und schon gar nicht unsere ach so klugen ›Wissenschaftler‹, von denen sich heute viele aufspielen, als wüssten sie alles, ja als seien sie Gott persönlich.

Das Glück im Leben hängt für mich immer auch von den guten Gedanken, ab die wir haben. Und ohne Vertrauen, bleiben nur wenige wirklich gute Gedanken übrig. Wer im Vertrauen lebt, lebt auch in der Liebe. Und wer in der Liebe lebt, muss sich vor gar nichts fürchten im Leben. Und auch vor NIEMANDEN!

Das ist es, was die Frebemen wieder finden müssen.

Wir müssen unsere Gedanken stets auf das Wahre, das Schöne und das Gute ausrichten - somit also immer hinaufgewandt sein, ausgerichtet auf unseren Schöpfer.

Überhaupt, in der Kraft der Gedanken liegt ein tiefes Geheimnis. Ihr wisst gewiss, Gedanken sind Kräfte die je nach ihrer Richtung aufbauen oder zerstören können. Wer aber vertraut, der lässt los, er übergibt sich selbst dem Leben, er übergibt sich dem ›*Jemand*‹. Er weiß es gibt IMMER einen Weg, und kann daher auch in dunkler Stunde ruhig sein. Vertrauen bedeutet einerseits also unabhängig und frei zu sein von jeder Angst und auch jeglichem Menschenjoch, andererseits bedeutet es aber auch, seine Unabhängigkeit aufzugeben, und sich dem ›Jemand‹ ganz zu überlassen.«

»Das sind großartige Worte und tiefe Gedanken Fiducia! Ich kann vieles noch gar nicht fassen. Dennoch scheint es mir oft, dass ich manche Gefühle und Gedanken einfach nicht überwinden kann«, meinte Pius.

»Darf ich euch noch einiges über die Gedanken sagen oder wird es schon zu viel?«

»Aber nein, überhaupt nicht! Bitte rede weiter.«

»Nun, wenn wir uns ständig und zu sehr mit unseren Problemen beschäftigen, werden wir immer mehr Probleme bekommen. Beschäftigen wir uns aber mit guten Gedanken und Lösungsansätzen, dann werden wir unweigerlich auch immer mehr Lösungen bekommen. Das sind unverschiebbare Gesetzmäßigkeiten.

Andauerndes angsterfülltes Denken und sorgenvolles Nachsinnen, mit ständigen negativen Gefühlen verändert irgendwann die Gedankenstrukturen unseres Gehirns. Denn jeder einzelne Gedanke lässt in unserem Kopf unweigerlich neue Verbindungen entstehen. Ob es nun Gute oder Schlechte sind. Natürlich geht das was wir denken, im Grunde von unserem innersten Herzen aus. Es ist aber auch eine Herzensentscheidung sich von negativen, zerstörerischen Gedanken zu trennen. Und hier gelangen wir wieder bei *ihm* an - unserem Schöpfer. Wenn wir *wissen* dürfen, dass wir mit all unseren Fehlern und Fragen dennoch bedingungslos geliebt *sind*, können wir auch alle negativen Gedanken aufgeben und diese loslassen. Und genau da schließt sich der Kreis zum Vertrauen und sich fallen lassen wieder.«

Es war eine lange Zeit still, niemand sprach ein Wort. Die Kinder dachten nach und nahmen die kostbaren Worte in ihr Herz auf. Nur ein leichter warmer Wind, welcher wie ein liebevolles Streicheln beruhigte, war angenehm auf der Haut zu spüren. Durch die Äste der Bäume fielen ein paar Lichtstrahlen. Da fiel ein Sonnenstrahl direkt auf Pius' Nase und kitzelte ihn.

»Ja schon,« meinte Pius dann nochmals.

»Ich glaube ich habe etwas verstanden, von dem was du sprichst Fiducia, doch *wie* kann ich je ein solch großes Vertrauen erlangen. Ich meine, ist das denn überhaupt möglich? Ich müsste dazu wissen, dass ich bedingungslos geliebt bin und ich immer aufgefangen werde, egal welche Fehler ich auch mache.

»Vieles ist einfach auch eine Herzenssache und lässt sich nicht mit dem Verstand lösen Pius. Vertrauen und sich fallen zu lassen, ist kein rationaler Akt. Es ein Akt des Herzens. ›*Jemand*‹ hat einmal gesagt:« ›Wenn ihr nicht werdet wie die Kinder, so könnt ihr das wunderbare Reich der vollkommenen Freiheit nicht erlangen‹.

Und dieses ›Reich der Freiheit‹ - ist nicht von dieser Welt, nicht aus diesem System. Es ist ein Reich bedingungsloser Liebe. Und bedingungslose Liebe gibt sich selbst, sie opfert sich freiwillig. Es ist auch keine Angst in der Liebe.

Wenn du die Liebe dem Verstand gegenübersetzt, verhält es sich wohl etwa so: ›Dass nur eine Handvoll echter ›*Liebe*‹, weit mehr als ein ganzes Meer voller ›*Verstand*‹ ist.«

»Meine Großmutter sagte oft zu mir«: ›Fiducia, nur im *Opfern* liegt das wirkliche Leben verborgen, *so viel* dein Leben opfern ist, *so viel* wird es auch an Frucht und Freiheit dir wieder bringen.‹

»Ich habe als junges Eichhörnchen nie so recht verstanden, *was* sie damit wirklich meinte. Ich meine, was sollte das denn wirklich heißen, ›im Opfern liegt das wahre Leben‹? - Heute aber weiß ich, es liegt ein sehr, sehr großes und tiefes, ja göttliches Lebensgeheimnis darin verborgen. Wenn nicht sogar das größte Geheimnis im Universum überhaupt.« Die wahre Liebe ist grenzenlos und gibt sich selbst. Grenzenlos, wie auch die Freiheit grenzenlos ist, sonst wäre sie nicht die wahre Freiheit. Echtes Leben blüht überall da auf, wo wir es in großmütiger Hingabe verschenken. Und Liebe, die nicht stärker ist als unser Wille, ist nicht wirklich Liebe.

Wo aber diese Liebe nicht da ist, da ist das Leben im Grunde sinnlos. Wie es viele Lebensverächter schon immer ganz richtig behauptet haben. Denn *ohne* wahrer Liebe, hat unser Dasein auch keinen wahren Sinn.«

»Das klingt revolutionär nicht wahr? Es klingt wie ein Märchen, ja es klingt wie Science-Fiction, ist aber Realität und die Wahrheit, welche in die Freiheit führt Pius. Realität die wie gesagt nur über das Herz erfasst werden kann. Dieses Geheimnis und diese befreiende Botschaft, wird vom herrschenden ›System‹ und von verschiedenen ›Kräften‹ allzu gerne vertuscht, und zugeschüttet oder belächelt. Denn diese Botschaft ist nicht von dieser Welt. Kirche, Staat, Religion, verschiedenste Institutionen versuchen dieses Geheimnis oft zu verdrehen zu verwässern, religiös zu verpacken... So, dass viele daran vorbei gehen und es sogar verachten. Andere es belächeln und meinen: ›Eine nette Geschichte, für schwache Leute‹. Denn wer dieses Geheimnis wirklich entdeckt hat, *der* wird für immer frei sein. Es wird ihn niemand jemals noch knechten oder binden können. Wo diese Liebe wirklich da ist, da findest du auch immer den Ursprung und Schöpfer der Liebe!«

Pius verstand langsam was Fiducia meinte.

»Fiducia, - du sagst, um diese Freiheit zu erlangen,

muss ich werden wie ein Kind, oh - zum Glück bin ich schon ein Kind, ein Kind meines Schöpfers«, lächelte Pius.

»Ja, - ich will diesem wunderbaren ›*Jemand*‹ auch mein Leben und Herz anvertrauen, ich will *ihm* ganz vertrauen.«

Pius war glücklich, er hatte wieder etwas verstanden, nein es war weit mehr als das – er hat nicht nur *etwas* verstanden, da wurde etwas ganz Neues in seinem Herzen geboren. ›*Jemand*‹ fand Platz in seinem innersten Herzen.

Die größten Dinge des Lebens sind sehr einfach. Ja, sie sind *so einfach*, dass gerade Kinder sie verstehen können. Denn den Erwachsenen, oder sollte man besser sagen den ›*VER*wachsenen‹, bleibt oft vieles verschlossen, weil ihnen ihr Verstand im Wege steht. Sie sollen ihren reifen Verstand sehr wohl benützen. Aber das Problem ist, viele haben ihren Verstand weit über ihr Herz gestellt. Diese Leute vertrauen auch ihrem Verstand mehr als ihrem Herzen. Sie haben verlernt auf ihr Herz zu hören, zumindest viele unter ihnen. Nun steht ihnen aber ihr eigener Verstand im Wege. Doch gerade das Herz ist der Kanal, über welchen wir mit dem ›*Jemand*‹ in Verbindung treten. Wenn wir aber aufhören zu vertrauen und die Hoffnung verlieren, hat das auf unser Herz die gleiche Auswirkung, wie für unseren Leib, wenn wir aufhören würden zu atmen. Du verstehst also, Leben ohne Vertrauen ist gar nicht wirkliches Leben. Echtes Leben beginnt erst da, wo *wir* beginnen zu vertrauen.«

»Oh danke, danke kleine Fiducia, du hast mir regelrecht die Augen geöffnet«, meinte Pius strahlend.

»Ja! Danke Fiducia für deinen wunderbaren Rat und all deine ermutigenden und wertvollen Worte. Wir werden uns dieses Vertrauen von nichts und niemanden rauben lassen«!

»Das ist gut, so ist euch ein glückliches Leben in Freiheit gewiss.«

Und schwups, sprang Fiducia wieder auf ihren Baum.

»Ich muss nun aber wieder weiter, ich habe noch eine Menge Arbeit vor mir.«

Von einem großen, dicken Ast aus, rief es den Kindern und Animus einen Abschiedsgruß zu, winkte noch und huschte auch schon wieder flink, durchs' dichte Geäst der Bäume.

Philomena schrieb einige Impulse sogleich in ihr kleines Mutmachbüchlein:

Alles im Leben was du brauchst kommt zur rechten Zeit zu dir, und auch auf die richtige Weise. Das ist Vertrauen! Ein leises und sehr tiefes ›Danke‹ glitt über ihre Lippen.

Einundzwanzigstes Kapitel

Miteinander teilen

»Pius was denkst du, du bist ja so still?«

»Hm, ich denke nach, über die Worte Fiducias'. Ich bin überwältigt und ich freue mich so. Wirklich, ich meine, ich finde Vertrauen ist etwas wahrlich Wunderbares! Es bedeutet absolutes Loslassen. Sich fallen lassen, in der Gewissheit: Der ›*Jemand*‹, der trägt dich, hält dich, fängt dich auf.«

»Ja so ist es in der Tat«, meinte Philomena

»Willst du fliegen, dann lass dich fallen. Ohne zu vertrauen, kannst du dieses Wunder nicht erleben, niemals.«

»Doch all diese wunderbaren Dinge, möchte ich auch mit anderen Menschen teilen, es nur alleine zu erleben ist mir einfach zu wenig. Was das betrifft bin ich wirklich gar nicht bescheiden. Ich meine, wenn *diese* Liebe und dieses Glück, nur für mich alleine sein sollte. Was wäre das für eine Liebe? Was wäre das für ein Glück? Wenn sie aber durch uns hindurch fließen, und sich dann ausbreiten kann, zum Nächsten und zueinander, sich gibt, sich schenkt und teilt, das wäre einfach wunderbar. Es wäre eine regelrechte Revolution! Stell dir nur vor *was* alles wunderbares geschehen könnte.«

»Ich bin zwar kein kleines Kind mehr, bin aber froh, dass ich noch jung bin, es scheint leider so, dass die Erwachsenen hierzu oft nicht mehr in der Lage sind. Zumindest wohl nur sehr wenige unter ihnen. Die meisten sind *zu* beschäftigt, *zu* gebildet, oder sollte man besser sagen ver-bildet, *zu* gehetzt, *zu* ver-wachsen *zu* ver-nünftig, *zu* ver-mauert. Viele meinen auch, es sei ein Zeichen von Schwäche so zu lieben und einander so zu brauchen. Sich auf ein solches Abenteuer des Vertrauens einzulassen. Sich derart zu lieben und sich mit seinen Mitmenschen in einer solchen Weise zu verbinden. Ihr Verstand steht ihnen allzu oft im Wege, und ihr Herz redet nicht mehr mit ihnen, denn sie haben aufgehört auf dieses zu hören.«

»Und viele sind leider wohl auch zu enttäuscht und verängstigt, von den ›Pfeilen des Lebens‹, und sie wagen es nun nicht mehr an diese Liebe zu glauben. Und schon gar nicht an den ›*Jemand*‹, der hinter dieser alles verändernden Liebe steht.

»Ja, du hast Recht, die besten Dinge im Leben sind dazu da, um sie mit anderen Menschen und Freunden zu teilen!«, meinte Philomena.

»Das ist der Ausdruck von echter Liebe. Nichts macht

wahrhaft Sinn, wenn wir es nicht mit anderen teilen können. Aber nicht nur das Großartige und Abenteuerliche, auch das Schwere oder Alltägliche. Ich bin überzeugt davon, dass im innigen Miteinander und Füreinander das wahre Glück verborgen liegt. Deswegen wollen Liebespaare ihre gemeinsame Freude und ihr gemeinsames Glück, welches sie miteinander Teilen noch steigern, indem sie eine Familie gründen, sich vereinigen und Kinder bekommen. Um die Frucht ihrer gemeinsamen Liebe miteinander zu erleben.

›*Jemand*‹ muss sich einfach etwas unwahrscheinlich Großartiges gedacht haben, als er uns all dies schenken wollte.

»Und was ist mit mir?«, meinte Animus.

»Hey du Dummchen«, du bist doch genauso mein bester Freund, mein Gefährte und Bruder. Dieses Miteinander gilt doch nicht nur für Liebespaare. Es gilt für alle Menschen und alle Tiere. Und hör gut zu, wer meint, Glück könnte man nicht anfassen, der hat noch nie ein wunderbares Tier, wie du es bist, gestreichelt, mein kleiner, wertvoller Animus.

Tiere und Weggefährten, wie du es einer bist, haben etwas was heutzutage wohl allzu vielen Frebemen fehlt: Treue, Mut, Dankbarkeit und Charakter!«

Philomena nahm ihren Kater auf den Arm und streichelte und kuschelte ihn herzerwärmend.

»Wenn die Welt eines Tages in die Wiederherstellung gefunden hat, werden Mensch und Tier innige Freunde sein. Doch geschieht das nicht eines Tages, irgendwann und mit irgendjemand. Nein mein lieber Animus, wenn WIR nicht die Welt verändern -, dann tut es niemand. Das heißt, es kann mit und durch uns geschehen.«

»Ich möchte ein Teil dieses Abenteuers sein!«, meinte Philomena.

»Ich auch!«, meinte Animus.

»Ich auch!«, meinte Pius.

Wieder flogen einige Schmetterlinge umher. Und wenn man ganz genau hin hörte -, dann konnte man ihr fröhliches Lachen hören.

Innig umarmten sich die drei Freunde und ihre gemeinsam Zeit erschien ihnen unendlich kostbar. Und ob es ihnen nun bewusst war oder auch nicht, doch in ihrer *Einigkeit* lag eine versteckte, sehr, sehr große Kraft verborgen.

Zweiundzwanzigstes Kapitel

Rancors Heer

Die Sonne war inzwischen hinter dunklen, sehr dicken Wolken zur Gänze verschwunden. Diese ließen weder Wärme noch Licht hindurch. Eine eigenartig düstere und kalte Stimmung lag in der Luft.

Es hatte begonnen stark zu regnen und heftiger Donner grollte vom Himmel herab. Die grauen Felder vermischten sich mit den grauen Bergen im Hintergrund. Auch vermischte sich der Schweißgeruch der Soldaten, mit dem Moorgeruch der schwarzen Erde. Ein beißender, fauliger Geruch lag in der Luft.

Invidia, der oberste Offizier von Rancors Garnison, saß stolz und überheblich auf seinem schwarzen, wilden Pferd und gab ihm herzlos und grausam die Sporen. Ohne jegliches Mitgefühl erteilte er an seine untergebenen Soldaten schroffe Befehle. Die Kälte dieses Mannes schien sich mit der Kälte der Umgebung regelrecht zu vereinen.

»Los, los, Männer, schneller, schneller, seid nicht so lahm«, trieb er unbarmherzig und hart seine maskierten Krieger an, die zu Fuß und völlig durchnässt über matschige, aufgeweichte Felder im Laufschritt marschieren mussten. Die Männer klagten über Hunger, über Durst, zu wenig Luft und Schmerzen, doch wurde ihren Wünschen und Bedürfnissen nicht im geringsten Genüge getan.

»Ich brauche dringend einen Verband, großer Invidea«, bat einer seiner Soldaten, dessen Füße schon bluteten und heftig schmerzten.

»Was soll denn das Gejammere?«, meinte ihr Anführer mit eiserner Faust und ohne jedes Mitgefühl. Barmherzigkeit, Gnade, Mitgefühl, solche Begriffe kannte er nicht.

»Wozu werdet ihr denn von Tyrannos bezahlt? Doch nicht, um zu rasten und zu faulenzen! Ihr seid Soldaten der Regierung und habt einen wichtigen Auftrag auszuführen! Wir müssen schneller vorankommen, um die beiden Landesverräter so bald als möglich zu finden und gefangen zu nehmen. Schnellstens müssen wir sie außer Gefecht setzen. Also los, bewegt euch gefälligst!«, schrie Invidia unermüdlich auf die erschöpften Krieger ein!

Diese marschierten weiter, donnernd und im Eilzugstempo über das weite, unglückselige Land. Sie hinterließen dabei einen großen, hässlichen und braunen Streifen in der schlammigen Erde. Es sah aus, als sei eine riesige Büffelherde über die Felder gezogen, kein Pflänzchen war mehr am Leben. Plötzlich hörte man in der Ferne einen seiner Spione ganz aufgebracht winken und etwas Unverständliches rufen.

»Was schreit der so herum? Das ganze Bataillon soll haltmachen«, meinte Invidia verärgert zu seinem untergebenen Regimentsführer.

Als der Mann schließlich näher gekommen war, erzählte er mit geschwellter Brust was er entdeckt hatte. »Dort hinten, etwas östlich von dem kleinen Waldstück, dort habe ich sie vor nicht allzu langer Zeit gesehen«, sagte er noch ganz außer Atem und stolz über seine wichtige Entdeckung.

»*Was*, bist du sicher?«, schrie Rancor.

»Los, schickt sofort ein paar Späher hin, welche die Lage dort genau abschätzen sollen!«
Nach einer Weile bestätigten diese ebenso, dass ein gefährliches, zartes Mädchen und ein Junge mit einem Kater, nur einige Kilometer hinter dem dichten Waldstück, bedrohlich unter einer Zeltplane im Gebüsch lagerten.

»Das werden sie sicher sein.«

Der herzlose, überhebliche Kriegsherr tat so als würde er überlegen, was hier taktisch wohl die beste Vorgehensweise wäre.

»Ich frage euch: Wollt ihr den totalen Krieg und Angriff auf den vor uns liegenden gefährlichen Feind und Verräter? Wollt ihr Triumph und Sieg? Wollt ihr Macht und Herrschaft?«, schrie Invidea und hetzte seine Krieger auf.

»Hurra!«, riefen die Soldaten.

»Sofort alle Mann fertig machen zum Gefecht!«, schrie Invidia wie besessen.

»Jetzt haben wir sie gleich, dann ist es vorbei mit diesen dummen Behauptungen über Freiheit, Lebendigsein, Glück und Liebe und all solchen Unsinn. Aber seht euch vor, es sind sehr gefährliche Landesverräter!«

Der besessene Offizier ritt wutgetrieben mit erhobenem Schwert los und es folgte ihm ein Heer von wild rennenden Soldaten, blind und ergeben, bereit all das zu tun, was ihnen ihr Herr befiehlt.

***

Madita, - du fragst dich vielleicht, was für eine Geschichte erzähle ich dir hier eigentlich. Was ist das für ein erschreckendes Drama, in das ›Jemand‹ uns da einfach hinein gestellt hat, ohne uns zu fragen. Es ist aber oft auch eine wundersame und durch und durch beglückende, ja faszinierende Geschichte voller Wunder, in der wir die Protagonisten sind. Aber dann auch wieder eine sehr tragische und bestürzende Geschichte. Eine Geschichte über das Leben und Schicksal der Menschheit.

Wir möchten oft lieber nur zusehen, in der dramatischen Geschichte dieses ereignisreichen, ja abenteuerli-

chen Lebens. Und lieber nicht eine zentrale Figur darinnen ›spielen‹. Der Einsatz ist hoch, oft zu hoch erscheint es uns. Und ja, es geht in der Tat um Leben und Tod und wir fragen uns allzu oft: Wie kann ›Jemand‹ das überhaupt zulassen.

Und gewiss, es hat oft etwas Beängstigendes, ein Teil dieser Geschichte und dieses großen Mysteriums zu sein, deren Handlung wir oftmals nicht verstehen und dessen Ende wir nicht kennen. Scheint es doch nicht selten so, als würde ›Jemand‹ nicht auf uns aufpassen und als hätte er uns vergessen. Als stünden wir völlig alleine da. Doch ist dies nur bei oberflächlicher Betrachtung so. Das Leben ist weit mehr, als das, was wir hier auf dieser Erde sehen und wahrnehmen. Wir sind NIEMALS verlassen! Und WIE wir es erleben und aufnehmen, hat viel mit der Einstellung unseres innersten Herzens zu tun. Und daraus kommen unsere Gedanken, woraus dann wiederum unsere Worte kommen, welche wir aussprechen. Du kennst ja das Zitat: "Wessen das Herz voll ist, dessen geht der Mund über".

Hör also weiter gut zu, meine kleine Madita.

Dreiundzwanzigstes Kapitel

Die Hängebrücke

Mittlerweile war es dunkel geworden. Eine kalte, herrliche, sternenklare Nacht war herein gebrochen. Es hatte aufgehört zu regnen und der Mond hatte beinahe seine ganze Fülle erreicht. Er erleuchtete die Felder in einem mystischen dunklen Blau. Die jungen Abenteurer haben unter einem schützenden Strauch ihr Nachtlager aufgeschlagen. Eng umschlungen lagen die drei mutigen Widerstandskämpfer unter dem Gebüsch beieinander, und waren eingeschlafen. Da durchbrach das Flattern und Rufen einer Eule die Stille der Nacht.

»Uh - Uh - Uh«

»Ich glaube, ich habe etwas gehört«, sagte der achtsame Kater besorgt und spitzte instinktgesteuert die Ohren. Er richtete sich auf, wachsam und vorsichtig sah er sich um.

»Ach, da ist nichts«, meinten die beiden Kinder müde.

»Du täuschst dich sicher. Komm schon, Animus, leg dich endlich wieder schlafen und nerv uns jetzt nicht. Wir sind so schrecklich müde, träum lieber was Schönes vom Reich der Liebe und der Freiheit.«

Aber Animus war sich sicher, etwas Ungewöhnliches gehört zu haben. Einfach weiterschlafen, das konnte er jetzt auch nicht mehr. Er stand leise auf und ging auf weichen Tatzen durchs dunkle Waldstück, welches gar nicht weit vor ihnen lichter wurde, um hinunter in die große Ebene zu sehen. Es war so still, dass er sogar die Nadeln von den Bäumen fallen hören konnte. In der Ferne vernahm er nur das Klopfen eines Spechtes, der wohl auch nicht schlafen konnte, so wie er. Er sah zum Himmel und konnte klar den Polarstern sehen.

»Oh wie herrlich der Nachthimmel heute doch ist«, erfreute Animus sich daran. Auch sah er nochmals in die Ebene vor ihm. Alles schien in bester Ordnung zu sein. Friedvoll und ruhig lag das Land vor ihm.

»Hm, vermutlich habe ich mich wohl doch getäuscht«, meinte der Kater zu sich selbst.

»Es scheint wirklich alles in Ordnung zu sein.«
Mit dem Feldstecher spähte er aber zur Sicherheit nochmals das ganze Gebiet genauestens ab. Nichts - doch was sah er da plötzlich durch seine Linse? Schnelle schwenkte er das Fernglas nochmals zurück. Tatsächlich konnte er in der Ferne etwas erkennen.

»Da bewegt sich doch etwas.« Er zoomte das Bild weiter heran.

»Oh nein, das sind sie. Das sind Tyrannos' Heere, die

geradewegs auf uns zumarschieren. Ich muss schnellstens zurück und Philomena und Pius wecken.«

Wie wild rannte Animus im dunklen Wald über Geäst, Stock und Stein zu seinen Freunden.

»Los, schnell, ihr müsst aufwachen!«, miaute Animus fürchterlich aufgeregt und völlig außer Atem.

»Sie kommen, sie kommen. Ich habe hinter dem Waldstück, unten in der großen Ebene die Heere Tyrannos' gesehen!«

»Was, wirklich?«, erschraken die Kinder.

»Oje, was machen wir jetzt nur, so nahe schon, dann sind wir so gut wie verloren, wie sollen wir ihnen jetzt noch entkommen?«

»Nein, das sind wir nicht, ich denke, es gibt vielleicht noch einen Ausweg. Ich glaube, ich habe eine Möglichkeit gefunden, wie wir ihnen vermutlich doch noch entwischen können«, meinte Animus zuversichtlich und schickte ein Gebet zum Himmel.

»Hinter dem kleinen Hügel dort ist eine alte Hängebrücke und diese führt über eine tiefe Schlucht, durch die sich der *Weiße Fluss* schlängelt. Er trennt die beiden Reiche voneinander. Die Brücke führt direkt in die Region Spes von Minister Klein. Wenn wir es bis dorthin schaffen, sind wir gerettet. Uns hält die alte verfallene Brücke sicher noch aus, zumindest hoffe ich dies. Gewiss aber nicht Tyrannos' Heerscharen. Los, kommt, beeilt euch, macht schnell!«, rief Animus aufgeregt. So schnell sie nur konnten, liefen die drei Gejagten über das unwegsame Gelände durch die Nacht in die Richtung, die Animus ihnen vorgab. Seine ausgezeichneten Katzenaugen sahen trotz der Dunkelheit alles klar und scharf, ein Vorteil, der ihnen hier noch eine zusätzliche Hilfe war.

Nur die schnellen Schritte und das Keuchen der drei Läufer waren zu hören. Flink und schnell, wie die Wiesel liefen die Kinder hinter Animus her. Da stolperte aber Pius plötzlich, fiel hin und verstauchte sich heftig den linken Fuß. Der Schmerz war groß und nicht zu verdrängen.

»Autsch«, schrie er auf, »autsch, tut das weh, tut das weh!«

»Was ist geschehen, Pius?«, kümmerten sich seine Freunde besorgt und knieten sich zu ihm auf den Boden.

»Ich glaube, ich habe mir den Knöchel verstaucht. Ich kann nicht mehr auftreten, es schmerzt ganz fürchterlich.«

»Lass mal sehen«, meinte Philomena. Das Mädchen holte Salbe und einen Verband aus seinem Rucksack und verarztete Pius gekonnt und mit viel Gefühl.

»Kommt schon, lauft besser ohne mich weiter, sonst erwischen Tyrannos' Soldaten euch auch noch, ihr dürft keine Zeit verlieren.

Los, nun rennt schon und zögert nicht! Ich komme schon alleine zurecht, jetzt macht schon, rennt endlich!«

»Nein, auf keinen Fall, wir helfen dir, Pius. Niemals werden wir dich im Stich lassen, nie und nimmer einfach alleine weiterziehen.«

So stützten Philomena und Animus ihren Freund, der nun einen heftig geschwollenen Fuß mit dickem Verband hatte, und hinkten langsam, doch tapfer zu dritt weiter.

»Kehrt um!«, rief da plötzlich ein schwarzer Rabe über ihnen krächzend und manipulierend herab.

»Kehrt endlich um, gebt endlich auf. Was ihr hier vorhabt, ist völlig aussichtslos, seht ihr das denn nicht? Begreift doch endlich, dass euer Vorhaben absolut sinnlos ist. Und auf dieser alten Brücke bringt ihr euch nur in Lebensgefahr, ihr werdet das nicht überleben! Kehrt um und gebt auf!«

»NEIN!«, rief Philomena. »Denn wir werden unser Ziel erreichen!«

»NEIN!«, rief Pius. »Denn wir haben einen wichtigen Auftrag!«

»NEIN!«, rief Animus. »Denn wir halten zusammen und gemeinsam werden wir es schaffen!«

Da flog die große Krähe krächzend davon. Wenn auch nur sehr langsam, so humpelten die drei kleinen Gestalten dennoch gemeinsam weiter durchs hohe Gras.

»Seht nur, dort vorne sind der *Weiße Fluss* und die Brücke, seht ihr, los schneller, kommt, wir schaffen das«, rief Animus ganz begeistert. Neue Energie floss durch seine erschöpften Glieder.

»Bald schon sind wir außer Gefahr!«, meinte er erleichtert. Ganz in der Nähe war schon das Donnergrollen von Rancors Heerscharen zu hören.

Doch als sie näher kamen - oh nein, was war das? Wie konnte das sein? Sie waren regelrecht in die schonungslosen Hände ihrer herzlosen Verfolger gelaufen. Direkt vor dem Brückenübergang stand auch schon hämisch grinsend Invidia auf seinem schwarzen Ross, mit einigen seiner schwer bewaffneten Soldaten.

»Ich wusste ihr würdet versuchen über die alte Hängebrücke zu fliehen, ha, dachtet ihr nichtsnutzigen Kinder etwa ihr könnt mich austricksen und entkommt mir? Mir, dem großen Heerführer Invidia? Niemand überlistet mich! Niemand!«, schrie Invidea.

»Los, schnappt sie euch und werft sie in den Gefangenentransporter!«, befahl dieser voll Schadenfreude seinen Befehlsempfängern.

»Nein, lasst uns los! Warum tut ihr das? Wir haben euch doch nichts getan! Wovor habt ihr denn Angst? Lasst uns sofort wieder los!«, wehrten sich Philomena und Pius, die ja beinahe noch Kinder waren heftig und traten wild um sich.

»Das ist Unrecht, was ihr hier tut! Dazu habt ihr kein Recht!«

»Ach nein? Ihr habt euch Tyrannos, dem Herrscher von Capta, widersetzt und es gewagt, ihm zu widersprechen. Ihr verbreitet lauter Unsinn über das Leben und die Freiheit. Ihr seid eine Gefahr für alle Frebemen und das ganze Land! Und ob das Unrecht ist! Aber damit ist es nun endgültig zu Ende! Los, hinein mit euch in den Käfig!«

So wurden Philomena und Pius grob in einen alten, verrosteten Wagen aus Stahlblech und Gitterstäben gesperrt. Die armen Kinder wurden nach einer langen und ungemütlichen Fahrt durch die kalte, regnerische Nacht, schließlich unbarmherzig in den großen, dunklen Kerker von Vincula geworfen. Und dort sollten sie für immer eingeschlossen bleiben.

»Sehr gut, sehr gut, sehr gut«, wiederholte sich Tyrannos zufrieden in seinem kalten Palast, grinste hämisch vor sich hin und rieb sich boshaft die Hände.

»Ha, so haben wir nun also diese drei Aufrührer endlich beseitigt. Das wurde aber auch Zeit, das wurde wirklich Zeit. Nun ist es endgültig vorbei mit dem dummen Gerede von der Freiheit und Liebe! Lächerlich die Behauptungen dieser drei Volksaufwiegler, einfach nur lächerlich! Widerspenstige und gefährliche Untertanen wie diese drei, hätten aber möglicherweise meine geplante und sorgfältig durchdachte Kontroll- und Weltherrschaft zum Kippen gebracht.«

»Äh - zwei, mein ehrwürdiger Herr«, erwiderte Rancor darauf, »es sind zwei!«

»Was! Was meinst du? Wieso zwei? Sie waren zu dritt, es waren drei!«, meinte Tyrannos erschrocken und erbost.

»Nein, es waren nur zwei, und irgend so ein blödes Katzenvieh, sonst war da niemand«, sagte Rancor mittlerweile etwas verunsichert mit ängstlichem Gesichtsausdruck.

»Sagt bloß, ihr habt die Katze laufen lassen? Das ist Animus, der einzig sprechende Kater im ganzen Land. Ihr Versager! Holt mir sofort diesen verflixten Kater, bevor das Tier noch weiter irgendein Unheil verbreitet«, brüllte Tyrannos wie wahnsinnig herum, so dass er hinter seiner Maske beinahe erstickte.

»Das darf einfach nicht wahr sein, wie konntest du derart versagen Rancor, du elender und erbärmlicher Nichtsnutz! Ich werde dich zu den anderen Verrätern in den Kerker werfen, wenn du mir nicht schnellstens auch diesen Kater bringst!«

So zog Rancor abermals und sehr gedemütigt mit seinem mächtigen Heer aus, um nun auch noch den *gefährlichen* Kater Animus zu finden und festzunehmen. Überall im Lande, war Animus nun ein gesuchter und gefürchteter aber auch geächteter Kater, der angeblich ganz Capta in Gefahr brachte.

Rancor gab den Druck und die Kälte, welche er von seinem Herrn Tyrannos bekam, sogleich an seinen nächsten Untergebenen weiter. Denn genauso funktionierte das Reich Tyrannos: Schläge einstecken und Schläge weitergeben. Druck und Lieblosigkeit, welche von oben kommt, wird sogleich nach unten weiter gegeben. Die Hauptwerkzeuge seiner Regierungsform waren Macht, Unterdrückung, Kontrolle und natürlich die Angst!

»Du elender und unfähiger Taugenichts, schrie Rancor seinen untergebenen Feldherrn an. Du hast den Kater Animus entkommen lassen. Bring mir diesen, lebend oder tot! Aber sofort, oder du warst längste Zeit Feldherr.«

Völlig verbissen, trieb nun im Auftrag Rancors der herzlose Feldherr Invidia, und all seine Soldaten durchs farblose und graue Land. Über ihnen konnte man nur das hässliche Gekreische einer aufgebrachten Schar schwarzer Krähen hören, die wild und chaotisch herum flatterten.

Vierundzwanzigstes Kapitel

Animus' kühner Einsatz

Animus war aber, wie du dir vielleicht schon denken kannst, einfach zwischen den Soldaten und Kriegern hindurchgehuscht und, so schnell er nur konnte, ungesehen und geschickt über die alte Hängebrücke ins Gebiet von Minister Klein gelaufen.

Er überquerte die gefährliche tiefe Schlucht, und wie von Sinnen kämpfte er sich nun also ganz allein und mutig durch die tief verwachsenen und dunklen Urwälder von Spes.

Nun musste er sich also ohne seine Gefährten, als einsamer Kämpfer behaupten. Und wie du dir vorstellen kannst, hatte er schon auch etwas Furcht. Doch lähmte ihn diese Furcht nicht, nein – im Gegenteil, sie weckte ihn nur noch mehr auf und um jeden Preis wollte er seine Freunde wieder befreien. Er würde für sie sein Leben geben.

»Oh mein Gott, sie haben meine beiden Freunde weg gesperrt, ich *muss* Philomena und Pius hier einfach wieder rausholen, ich muss sie unbedingt wieder befreien.

Hoffentlich wird Minister Klein mir dabei helfen und mich anhören«, dachte er, während er zwischen den riesigen Bäumen im finsteren Wald weiter rannte und rannte. Tiefer und tiefer, in einen ihm völlig unbekannten Tann.

»He, Kater«, rief ihm plötzlich ein hässlicher Geier von oben schrill zu. Animus hob seinen Kopf und sah einen zerrupften Raubvogel auf dem Ast einer großen Buche sitzen. Verschlagen blickte das Tier zu Animus hinunter.

»Hast du schon das Neueste gehört?«

»Was denn?«

»Minister Klein soll Tyrannos zu Hilfe gekommen sein, um Philomena und ihren Freund gefangen zu nehmen.«

»Ach was, das sind nur dumme Gerüchte.«

»Oh nein, ganz und gar nicht«, meinte der gerissene Geier krächzend. Animus aber spürte, dass der Geier ihn belog und hinters Licht führen wollte, damit er aufgab. Er tat jedoch so, als wüsste er das nicht.

»Manche Wesen«, dachte Animus bei sich,

»sind im Bösen wahrer als im Guten und somit, wiederum leicht zu durchschauen.«

»Oh wie schrecklich, oh nein«, sagte er mit überraschtem Gesicht und tat so, als wäre er sehr betroffen.

»Das wusste ich nicht, dann muss ich wohl umkehren und nach Hause gehen.

»Ja, tu das, geh nach Hause, du bist hier auf dem falschen Weg und läufst sonst in eine gefährliche Falle, aus der du nie mehr herauskommst! Geh nach Hause, so geschieht dir gewiss nichts«, meinte der Geier und flog davon.

Animus aber setzte seinen Weg fort, sobald dieser außer Sichtweite war. Er hatte inzwischen gelernt zu erkennen, wessen ›Geistes Kind‹, Menschen oder Tiere sind. Geschickt wie ein Waldläufer, sprang er über Stock und Stein, er kam auch schnell und gut voran. Unbeirrt lief er durch den dichten Wald. Der Kater war zäh, er hatte, wenn es sein musste auch mächtig Ausdauer, aber nach drei harten Tagen des Hungerns und der Kälte war das Ende des Waldes immer noch nicht zu sehen. Seine Kräfte nahmen zunehmend ab. Noch immer umgab ihn die Dunkelheit dieses unheimlich riesigen und dichten Waldes. Bald hatte er das Gefühl der Wald würde ihn regelrecht verschlingen.

»Dieser Wald ist seltsam um diese Jahreszeit, es scheint irgendwie, als würde er träumen«, dachte Animus.

»Aber, oh nein, das darf jetzt nicht wahr sein«, erschrak Animus.

»Diesen knorrigen Baum, den habe ich doch schon vor zwei Tagen gesehen. Da bin ich mir ganz sicher. Demnach bin ich wohl die ganze Zeit nur im Kreis gelaufen.

Wie konnte das geschehen, ich habe mich also verirrt«, erkannte der Kater und wurde schließlich ganz verzagt.

Erschöpft und enttäuscht ließ sich Animus auf einem Baumstumpf nieder. Sein Kopf hing traurig herab und er verdrängte das Gefühl der Verzagtheit und Einsamkeit, welches ihn beschleichen wollte. Er fühlte sich plötzlich ganz alleine und verlassen. Das Dunkel um ihn begann seine sensible Seele zu umklammern.

»Was mache ich nur, ich vermassle noch alles. Ich müsste schon längst bei dem Minister sein. Werde ich ihn überhaupt jemals finden? So wohl nicht. Ich habe doch auf den Weg geachtet, wo hat dieser Wald nur seinen Ausgang? Und wie geht es wohl meinen beiden Freunden?«

Er schickte ein Stoßgebet zum Himmel. Da knackste und raschelte etwas hinter ihm. Animus drehte sich blitzschnell um, er sah jedoch trotz seiner scharfen Augen niemanden.

»Hm, ich hätte schwören können, dass ich kurz einen Schatten vorbeihuschen gesehen habe. Und da war doch ein Geräusch«, meinte Animus zu sich selbst.

Er stand auf, ging vorsichtig einige Schritte und spitzte aufmerksam die Ohren, um sich genauer umzusehen. Nichts war zu bemerken, und außer dem Rascheln der Blätter im Wind, war auch nichts zu hören. Es war merkwürdig still, empfand Animus.

Da sprang plötzlich ein Marder aus dem Hinterhalt heraus, fletschte bedrohlich seine scharfen Zähne und befahl Animus keinen Schritt mehr weiter zu machen.

»Halt, was tust du noch immer hier? Hat denn nicht der Geier klar befohlen, du sollst umkehren und nach Hause gehen?«

Animus bemerkte schnell, dass auch der Marder ein hinterhältiger Diener Tyrannos' war.

»Mag sein, doch was geht dich das an? Ich gehe dort hin, wohin ich es möchte! Ich bin ein freier und souveräner Kater und niemand schreibt mir vor, wohin ich zu gehen habe! Weder Tyrannos und auch du nicht!«

»Das tust du nicht!« widerstand ihm der Marder und knurrte beängstigend.

»Ich sage dir«, kehr sofort um oder du lernst mich kennen!«

»Ach ja, ist das so?« Animus überlegte kurz, schätzte die Situation und sein Gegenüber ab, wie er diesem Tier wohl am besten widerstehen konnte. Da nahm der Kater all seinen Mut zusammen, machte einen Buckel, streckte seine rechte Vorderpfote blitzschnell nach vorne und kratzte mit seinen scharfen Krallen die empfindliche Nase des Marders. Sogleich jaulte das niederträchtige Tier laut auf und floh in die Tiefe des Waldes.

»Oh mein Gott, das war knapp, ich muss zusehen, dass

ich aus diesem Wald schleunigst wieder rauskomme.« Animus ging nur einige Schritte weiter und, »Wusch!«, machte es und schon schnellte ganz plötzlich ein Netz unter Animus hoch und nahm ihn schlagartig gefangen.

»Hab ich dich!«, rief da ein Fuchs. »Was hast du hier in meinem Wald zu suchen? Bist du gekommen, um ihn auszukundschaften? Vermutlich schickt Tyrannos dich, um auch hier alles zu zerstören? Wer bist du und was hast du hier zu suchen?«

»Aber nein lieber Fuchs, aber nein, im Gegenteil. Ich bin Animus, der Kater von Philomena, jüngste Tochter des Thysia. Philomena und Pius schicken mich, um Minister Klein von der verlorenen Freiheit, und dem geraubten Leben in Capta zu erzählen. Ihm von der Liebe und ihrer heilenden Kraft zu berichten. Und um ihn um Hilfe zu bitten. Damit Tyrannos und seine Anhänger nicht noch mehr Unheil anrichten können. Denn er bringt das Volk mehr und mehr in Sklaverei und Abhängigkeit«, beteuerte Animus ehrlich.

»Nun habe ich mich hier aber verirrt und weiß nicht mehr weiter. Bitte glaub mir. Und jetzt bin ich dir auch noch in die Falle gegangen. Tyrannos hat die Bürger Captas hinters Licht geführt. Er achtet und schützt in Wahrheit weder die Menschen noch die Tiere oder die Natur. Alles und jeden benutzt er, um an mehr Macht und Geld zu kommen«, erzählte Animus ganz aufge-

bracht dem Fuchs.
»Bitte, lieber Fuchs, lass mich wieder frei, du musst mir unbedingt glauben. Bitte, du musst mir weiterhelfen, Minister Klein zu finden. Meine Freundin Philomena meinte, er würde uns gewiss helfen können, er würde Tyrannos' niederträchtige Vorhaben stoppen. Bitte vertrau mir, ich spreche die Wahrheit!«

Der Fuchs sah Animus sehr genau an, hörte in sein Herz, glaubte ihm und meinte dann schließlich: »Ja, wenn das so ist, wieso sagst du das denn nicht gleich? Natürlich helfe ich dir, sehr gerne sogar!«

Schnell spürte das sensible und gute Tier, dass Animus wirklich die Wahrheit sprach.

»Mein Name ist übrigens Opera, warte, ich helfe dir aus der Falle heraus mein Freund.«
Der herzliche Fuchs befreite Animus aus seinem Netz und reichte ihm freundschaftlich die Pfote. Er hatte ja nicht wissen können, dass Animus auf seiner Seite war und die Wahrheit und Freiheit ebenso sehr liebte wie er.

»Wann hast du denn zuletzt etwas zu dir genommen?«, fragte der Fuchs den müden und erschöpften Animus besorgt.

»Nun, das ist wohl schon einige Tage her.«
Animus blickte dabei auf seinen leeren Magen und rieb mit seiner Pfote darüber.

»Dann lass uns erst mal gemeinsam etwas essen, damit du wieder zu Kräften kommst, und du erzählst mir dann was du genau vorhast.«

So aßen Animus und sein neuer Freund gemeinsam, während der Kater dem hilfsbereiten Opera genau erzählte, was er vorhatte und ihm auch viel von dem wunderbaren Geheimnis der Freiheit und Liebe berichtete.

»Und du meinst, Minister Klein wird dir tatsächlich glauben und auch helfen? Ich meine, du bist ja doch nur ein Kater.«

»Er muss es einfach, er ist unsere letzte Hoffnung!«, meinte Animus mit zuversichtlichem Gesichtsausdruck. Da konnte man in der Ferne ein furchterregendes Heulen vernehmen, das irgendwie auch an ein hämisches Gelächter erinnerte.

»Hast du das auch gehört?«, fragte Animus den Fuchs im Flüsterton.

»Ja, wir müssen leise und vorsichtig sein, hier streift seit einigen Wochen ein schäbiges Hyänenrudel durch den Wald«, antwortete Opera ebenso im Flüstern.

»Gewiss sind es Abgesandte von Tyrannos. Ich denke, wir sollten uns wirklich beeilen! Ich glaube ich habe nicht mehr viel Zeit.«

»Der Wald steckt voller Gefahren, Animus, hier muss man sich sehr in Acht nehmen, ich werde dich bis zur Lichtung begleiten!«

»Oh, danke, du bist ein wahrer Freund.«

Bestens vertraut mit dem Wald und seinen Tücken, mit dessen Gefahren, und auch seinen dunklen Gestalten, sprang der Fuchs also leichtfüßig voraus. Erst gegen Abend machten sie dann wieder halt. Es war während des ganzen Tages nichts Besonderes vorgefallen. Sie hatten keine Hyänen mehr gesehen oder gehört. Dennoch meinte Opera, es sei besser, kein Feuer zu machen.

»Ich denke, sie werden uns so leicht nicht aufspüren, wenn wir aber ein Feuer machen, könnte es uns nur zu leicht verraten.«

»Ja, da hast du sicher recht. Lass uns lieber nur eine kurze Rast machen und dann schnell wieder weiterziehen.«

Gesagt, getan, nach einer ganzen Nacht des Laufens, waren sie dann schließlich am nächsten Morgen erschöpft durch den gefahrvollen, dichten und verworrenen Wald hindurch gekommen. Sie waren endlich vor einer großen Lichtung angelangt. Der Morgenwind hatte mit seiner Frische das Dunkle und Bedrohliche wieder von den Dingen genommen. Die aufgehende Sonne beleuchtete die vor ihnen liegenden Hügel, in zauberhaften Farben und das Gefühl der Hoffnung war wieder stärker zu spüren.

Animus viel plötzlich ein Wort ein, welches Philomena oft gesagt hatte: ›Wer loslässt und vertraut weiß oftmals nicht wohin und wie der Weg geht, doch er kennt und liebt den einen der führt.‹

»Ooh«, staunte Animus. Er fühlte sich in der Zeit um einige Jahrhunderte zurück versetzt. In weiter Ferne war tatsächlich eine wunderschöne goldfarbene Burg zu sehen, fast wie in einem Märchen. Es war das Schloss von Minister Klein! Zwei riesige, alte Eichen, aufragend und stark wie Wächter, standen in mächtiger Größe rechts und links am Wegrand, welcher zu dem Schloss führte. Hinter dem Schloss lag ein klarer See, welcher im Morgenlicht silbrig weiß glänzte. Animus wurde es zum ersten Mal seit langem wieder leichter ums Herz, endlich hatte er es geschafft. Sein Ziel schien in greifbarer Nähe zu sein. Opera gab ihm noch Proviant für die weitere Reise und wies ihm dann den genauen und sicheren Weg über das Hügelland zur Festung des Ministers.

»Lieber Animus, ich möchte dir noch etwas Wichtiges mit auf den Weg geben. Hüte dich vor den Raben und Krähen hier zu Lande, diese sind oftmals Tyrannos' Spione! Sie reden nur Negatives und Schlechtes. Sie lügen feige und verdrehen Tatsachen sehr geschickt. Überall tauchen sie auf, verbreiten Unwahrheiten und spotten. Sie ziehen verächtlich über jeden her, der sich nicht dem Willen und Maßnahmen des Herrschers Tyrannos fügt. Höre ja nicht auf sie, und sitz nicht mit diesen Spöttern gemeinsam an einem Tische, sie sind nichts anderes als gehässige Zyniker! Und einige dieser Tiere sind gar keine Tiere mehr, es sind wie du vielleicht weißt, Draben, - willenlos, ferngesteuerte, fliegende Kontrollorgane des bösen Regimes.

»Ja mache ich - ich fall schon nicht rein auf deren Gekrächze und Gerede«, meinte Animus.

»Aber sei achtsam Animus, die Krähen lügen nicht immer. Diese gewitzten Ankläger verstehen es sehr gut, ihre Lügen sparsam aber effektiv einzusetzen und dann geschickt in Wahrheiten und Halbwahrheiten einzukleiden. Oder aber auch kunstvoll an Gefühle und positive oder negative Verknüpfungen zu appellieren. Unterstützung findet die Ausbreitung ihrer feigen Lügen, oder heutzutage auch ›*Fakenews*‹, genannt in der modernen Medienwelt, welche sich selbst gerne als ›*Qualitätsmedien*‹ bezeichnen, durch die ›*Copy & Paste Mentalität*‹.

»Äh wie bitte Opera, durch die was? Ich glaub das war jetzt doch etwas zu kompliziert und zu viel für mich. Wovon redest du hier genau?«, lächelte Animus verlegen.

»Ich bin als Kater mit solchen Dingen doch recht wenig vertraut, du verstehst?«

»Aber ja Animus, das bedeutet, viele Frebemen-Zeitungen und ihre Journalisten recherchieren heute nicht mehr richtig, sie dringen nicht an die eigentlichen Daten, Fakten und Dokumente vor, dafür haben sie oftmals gar nicht die Zeit, sondern sie schreiben einfach bereits vorliegende Informationen, ohne zu wissen woher der Ursprung dieser Informationen wirklich stammt, nämlich oftmals von den Krähen Tyrannos‘, leichtfertig ab. Diese werden dann unreflektiert schnell weiterverbreitet. So schafft Tyrannos neue ›Realitäten‹ die in Wahrheit aber *nicht wirklich stimmen*! Durch undurchsichtige, höchst schleierhafte Quantität, anstatt durch echte profunde Qualität manipuliert er die Frebemen. Nach dem Motto: Was *alle* sagen, kann ja wohl nicht falsch sein, oder? Du verstehst?«

»Phu ja, ich denke schon, hoffe ich zumindest. Ich danke dir für alles, mein lieber Freund, du warst mir eine große Hilfe! Ich werde deinen Rat ganz gewiss beherzigen, deine Worte nicht vergessen und stets auch weiterhin auf der Hut sein!«

Herzlich umarmten und verabschiedeten sich die zwei klugen Tiere nun wieder voneinander. Nach zwei weiteren Tagen erreichte der Kater dann das schöne und mächtige Gebäude. Hier musste er aber erst mal haltmachen. Alles war streng bewacht und gesichert. Er hatte nicht die geringste Ahnung wie er in dieses Schloss hinein gelangen könnte.

»Hm, wie soll ich da bloß reinkommen? Elend hohe Mauern, das schaffe ich mit Klettern niemals, zudem ist alles äußerst gut bewacht. Die Wachen werden mich als Kater wohl nicht einfach so ziehen lassen und das gesamte Schloss ist rundherum von einem tiefen Wassergraben umgeben. Aber – was soll's, ich versuch es trotzdem. Vielleicht lässt sich mit den Burschen ja doch reden oder verhandeln.«

Animus nahm seinen ganzen Mut zusammen, er, der kleine Kater ging also dennoch kühn geradewegs auf die großen bewaffneten Wachen zu. Einschüchternd standen die zwei furchterregenden, riesigen Männer nun vor ihm. Hinter ihnen das imposante Tor mit dem mächtigen Gemäuer der Burg. Mit geschwellter Brust und erhobenen Hauptes sprach er sie an: »Guten Tag, ich bin Kater Animus. Ich muss den Minister in einer sehr dringenden Angelegenheit sprechen.«

»Ho, ho, ho«, lachte der eine, »was willst du Winzling denn?«

»Ich will den Minister sprechen, es ist dringend, sehr dringend!«

»Ach ja, und wer hat dich geschickt?«

»Philomena schickt mich, und die gute alte Eule Sofos!«

»Aber ja, natürlich wenn das so ist, und mich schickt der Kaiser von China. Philomena? Wer soll das denn sein? Du machst dich wohl über mich lustig, was? Mach, dass du schleunigst fortkommst«, schnauzte er angsteinflößend und gebieterisch.

»Denkst du denn, wir lassen einfach jedes herumstreunende, nutzlose Katzenvieh ins Schloss unseres Herrn laufen? Der hat besseres zu tun als einen Zoo zu betreuen.« Und schon zog er auch bedrohlich sein scharfes Schwert, welches in der Sonne gefährlich blitzte.

»Oh, nichts wie weg«, dachte Animus und rannte, was das Zeug hielt. Bis ihm schließlich vor Erschöpfung die Zunge raus hing und er endlich halt machen musste. Animus überlegte lange und angestrengt: »Ich muss einen Weg finden den Minister persönlich zu sprechen. Was soll ich bloß machen? Ich muss unbedingt irgendwie in dieses Schloss reinkommen!«

Ganz konzentriert ging er in Gedanken die verschiedensten Möglichkeiten durch, während er am Waldrand, in der Nähe des Schlosses, auf und ab ging. Da kam ihm eine Idee, die ihm machbar schien. Er beobachtete, dass jeden Tag frühmorgens eine Transportkutsche mit Handelswaren und Lebensmitteln, über die große Zugbrücke hinein ins Innere des Schlosses fuhr. Vielleicht ... Ja, das könnte seine Chance sein.

Gleich am darauffolgenden Tag suchte er einen geeigneten Platz und Moment, um unbeobachtet auf das besagte Fuhrwerk zu gelangen. An der Waldlichtung kurz vor dem Schloss hielt der Wagen an.

»Haaalt, Frachtpapiere und Passierschein«, rief der

Wächter dem Kutscher zu. Dieser wies sich aus und die beiden plauderten noch über dieses und jenes.

»So, das ist jetzt meine Chance«, dachte Animus.

»Jetzt oder nie«, sprach er zu sich selbst. Er holte kräftig Anlauf und sprang dann tatsächlich auf den hohen Wagen, rutschte dabei jedoch ab und hing mit einer Kralle gerade noch an einer Kiste. »Oh nein - ächz!« Die Kralle riss ein, schmerzte und blutete heftig. Mit seiner letzten Kraft zog er sich an der hölzernen Kiste langsam hoch und es gelang ihm schließlich doch noch in den Wagen zu kriechen. Er versteckte sich ungesehen unter der Fracht zwischen einigen stinkenden Fischen, welche dann auch noch auf ihn herunter fielen. »Pfuh!« Er rümpfte seine empfindliche Nase und hielt die Luft an, so gut es ging. Jetzt stank er auch noch nach altem Fisch. Aber was viel wichtiger war, so gelangte er also doch noch ins Schloss hinein.

Animus atmete auf. Als der Wagen im Innenhof stehen blieb, sprang er geschickt, aber hinkend heraus, denn seine rechte Pfote schmerzte nun sehr. Flink machte er sich auch schon schnellstens daran den Minister zu finden. Behände huschte er ungesehen durch zahlreiche riesige Gänge, über Stiegen, und durch prächtige, sehr beeindruckende Räume.

Animus sprang über einige Stufen blieb aber plötzlich stehen, hatte er da nicht einige Schritte gehört? Er spitze die Ohren und sah vorsichtig um die nächste Ecke.

»Nein - nichts, die Luft ist rein!«, meinte er und atmete erleichtert auf.

Da warf jemand von hinten blitzschnell einen alten stinkenden Jutesack über ihn, zog ihn zu und packte den Sack mit Animus darinnen.

»So mein Freundchen, haben wir dich! Du bist hier ohne Erlaubnis oder Passierschein eingedrungen.«

»Miauuu,« jaulte Animus,

»Nein! Das dürft ihr nicht! Lasst mich frei, lasst mich frei. Ich bin hier in einer sehr wichtigen Mission! Minister Klein muss unbedingt meine Nachricht erfahren.«

»Ach ja? Die Nachricht eines Katers? Was kann das schon sein? Du kommst in das Tiergehege unseres Schlosses, da kannst du ja deinen Artgenossen deine ach so dringende Nachricht überbringen.«

Die Wachen lachten und sperrten Animus in ein großes Gehege im Schlosspark. Entmutigt verkroch er sich in eine Ecke.

»Oh nein, so knapp vor meinem Ziel bin ich nun doch gescheitert. Und was soll aus Philomena und Pius werden? Wer wird sie befreien?«

***

Währenddessen, ganz wo anders im kalten und dunklen Kerker Vinculas'.

Ein modriger Geruch lag in der Luft des feuchten, steinernen Raumes. Durch einen sehr kleinen Spalt, welcher wohl als Luftzufuhr dienen sollte, hoch oben in der dicken Wand der dunklen Zelle, fiel ein kleiner Lichtstrahl in den Raum. In dem beinahe stockdunklen Raum saßen ein Junge und ein Mädchen. Erhellt von dem kleinen Licht, waren ihre Umrisse zu erkennen. Sie saßen dicht beieinander und hielten sich an ihren Händen. Philomena lächelte Pius an.

»Deine Blicke sind die Sonnenstrahlen, die mein Herz zum Blühen bringen«, meinte Pius mit einem warmen Lächeln.

»Dennoch Philomena, ich habe wirklich Angst. Denkst du wir haben eine Chance hier jemals wieder lebend heraus zu kommen? Möglicherweise sind wir ja zu weit gegangen und haben hier doch zu viel gewagt, was soll nun aus uns werden? Ich fürchte unsere Tage hier auf Erden sind gezählt.«

»Fürchte dich nicht Pius, ja es ist gerade nicht leicht. Doch ist es besser im Kampf um die Freiheit zu sterben, als sein ganzes Leben ein Gefangener zu sein. Hörst du den Gesang der Lerche, Pius? Sie muss wohl dort oben an unserem Luftschlitz sitzen.

»Ja, den hör ich!«

»Und weißt du auch was sie singt?«

»Nein Philomena.«

»Sie singt: ›In dieser dunklen Stunde seid ihr nicht allein. Vertraut nur, ›Jemand‹ wird euch gewiss wieder befreien‹.

»Ja? Tatsächlich?«

»Ja, Pius, ich denke alles wird gut. Wir dürfen unser Vertrauen jetzt nicht wegwerfen. Animus ist ein sehr kluges Tier und er wird gewiss schon in Spes sein. Vermutlich hat er Minister Klein schon lange gefunden und es wird alles gut. Vertrau mir.«

Pius weinte, sein Mut war gänzlich gesunken und er konnte die Tränen nicht mehr zurückhalten. Er war nicht sicher, ob Philomena tatsächlich Recht behalten würde. Es sah alles gar nicht danach aus, dass sie jemals hier wieder raus kommen würden. Und Tyrannos hatte gemeint, dass sie nie mehr frei kommen würden.

Manchmal kann die Dunkelheit sehr stark die Seele bedrängen. Bei Tage, und wenn man nicht in Bedrängnis ist, ist es oft recht leicht, die Dinge klar und nüchtern zu sehen. Nachts aber ist das eine ganz andere Geschichte

Philomena dachte nach und schrieb ein Gedicht in ihr Büchlein:

Eines weiß ich, lieber will ich stehend sterben, als kniend hier unter solchen Bedingungen zu leben! Nie werd ich mich diesem fremden Zwang fügen. Denn sich hier zu fügen bedeutet mit Tyrannos gemeinsame Sache zu machen - und zu lügen. Wenn die Ketten seines Reiches brechen endlich entzwei, dann erst sind alle Menschen wahrhaft wieder frei.

Philomena sandte ein sehr kurzes Stoßgebet zum Himmel: »Danke!«

Und dabei fiel ihr ein Wort ihres Vaters ein: ›Nicht der Glückliche ist dankbar, sondern der Dankbare ist glücklich‹, hatte er oft zu ihr gesagt.

***

Animus leckte seine verletzte Pfote, welche noch immer blutete. Da unterbrach ihn eine freundliche, rostrote Katzendame.

»Na du, wie bist du hier her gekommen? Bist du etwa der Kater eines Fischers?«

»Wieso? Wie kommst du denn auf so was?«

»Nun äh, du riechst etwas auffällig nach Fisch.« Die

Katze zwinkerte freundlich.

»Aber nein ich bin Animus, der Kater von Philomena. Und der Fischgestank, - ach ja. Das ist im Wagen geschehen mit dem ich ins Schloss gekommen bin. Sag mal, kannst du mir helfen hier wieder raus zu kommen? Ich habe eine ganz dringende Nachricht für Minister Klein, es geht um unser aller Zukunft und Freiheit. Aber die Wachen haben mich leider gefunden als ich schon im Schloss und kurz vor meinem Ziel war. Sie haben mich geschnappt und hier zu euch gebracht.«

»Ja? Du hast wirklich eine Nachricht für den Minister? Was bist du für ein sonderbares Tier. Ich bin übrigens ›Adiuvare‹.«

»Das ist aber ein sehr seltener und wirklich schöner Name.«

Animus fühlte sich gleich sehr hingezogen zu ihr.

»Oh, - vielen Dank.«

»Nun, eigentlich ist es die Nachricht von Philomena, die ich hier an ihrer statt überbringen muss. Ich trage diese aber ebenso im Herzen. Das Mädchen hat sie von Sofos erhalten, jedoch sie und unser gemeinsamer Freund Pius wurden von Tyrannos Soldaten gefangen genommen und ins Staatsverließ in Vincula geworfen.«

»Was? Oh nein, in Vincula? Das bedeutet lebenslange Haft. Aber sagtest du gerade Sofos? Also, die alte, weise Eule Sofos?«

»Ja genau die!«

»Die kenne ich! Zumindest habe ich schon sehr viel Gutes von ihr gehört! Denn unsere Brieftaube hat schon vieles von Sofos erzählt, sie kennt die Eule persönlich. Sie berichtete von Tyrannos, der die Frebemen und alle Lebewesen unter seinen Machteinfluss bringen möchte. Angeblich verbreitet er über viele falsche Nachrichten in den Medien große Angst und Schrecken. Beinahe alle Bürger tragen die Zwangsjacke der Virusangst. Alles im Lande gerät durcheinander und die Bürger des Landes sind inzwischen gespalten. Überall herrscht ein bedrohlicher Werteverfall, die Gesetze werden immer grotesker und gottloser. Aufruhr, Unsicherheit und Verwirrung breiten sich aus.«

»Ja aber, - wenn du schon so viel weißt, wieso hat denn das noch niemand von euch dem Minister erzählt? Er ist weder angstgesteuert noch fürchtet er irgendwelche ›Viren‹, Krankheiten oder Lügen die derzeit kursieren! Er ist angeblich ein aufrichtiger und vor allem unbestechlicher Mann der Freiheit und Liebe.«

»Ha, wie denn Animus, *wie* sollten wir mit ihm sprechen?«, meinte Adiuvare überrascht.

»Du bist ja vielleicht lustig. Keiner von uns spricht die Sprache der Menschen oder Frebemen. Schon längst hätten wir Minister Klein ansonsten über alles informiert.«

»Nein? Keiner von euch? Aber ich tu das! Ich beherrsche ihre Sprache. Ich kann mit den Menschen reden.«

»Oh, tatsächlich? Wie wundersam, du bist aber ein ganz besonderes Tier!«

»Nun vielleicht, ich weiß es nicht Adiuvare, das nützt mir aber jetzt bedauerlicherweise auch nichts. Die Wachen nahmen mich leider nicht im Geringsten ernst und sie wollten mich auch nicht anhören, ich habe alles versucht. Wenn ich nicht schnellstens hier wieder raus komme, wird der Minister weiterhin nichts erfahren und Tyrannos wird weiter sein verlogenes, elendes Unwesen treiben. Und wer wird dann meinen Freunden helfen? Ich muss einen Weg finden hier wieder raus zu kommen.«

Es war still, beide saßen da und dachten nach.

»Du Animus, es gibt vielleicht eine Möglichkeit hier zu fliehen. Da ist ein alter unterirdischer Gang, der aus diesem Gehege führt. Aber das Problem dabei ist der Ausgang. Er wird nämlich von der großen Würgeschlange ›Stultus‹ bewacht. Niemand kam bisher lebend an der Schlange vorbei«, meinte Adiuvare.

»Na das ist ja vielleicht eine Nachricht. Hm, wir müssen einen Weg finden die Schlange irgendwie zu überlisten.«

»Wir könnten versuchen sie mit einem Köder vom Eingang weg zu locken. Da fällt mir ein, Schlangen reagieren doch stark auf Gerüche. *Du* könntest doch den

Köder machen Animus,« meinte Adiuvare begeistert.

»Ach ja ich? Wie meinst du das? Du bist vielleicht lustig, und wer soll dann dem Minister noch die Nachricht überbringen?«

»Doch nicht so, du sollst dich doch nicht selbst opfern Animus. Ich dachte mir, du könntest, wenn sie tief und fest schläft, ganz in der Nähe des Ausganges eine Fährte legen. Eine ganz spezielle Irreführung, indem du mit mehreren Spuren eine Geruchsfährte legst, bei der sie sich dann selbst verknotet, wenn sie dieser folgt. Du verstehst?«

»Ja ich verstehe schon, du meinst mein Gestank wird sie anlocken. Aber denkst du denn das funktioniert? Ich meine so dumm ist doch keine Schlange.«

»Ich bin nicht sicher Animus. Aber einen Versuch wäre es doch wert. Hast du denn eine bessere Idee?«

»Nein die hab ich nicht, leider! Hm, ist gut, wir haben keine Zeit zu verlieren, gleich heute nachts werde ich es versuchen.«

So warteten sie also gemeinsam auf die kommende Nacht. Die Zeit schien nicht verstreichen zu wollen, als es aber dann endlich doch so weit war, machte sich der mutige Kater an die Arbeit. Animus schlich auf leisen Katzenpfoten ganz in der Nähe der Schlange umher und legte eine verwirrende Spur, welche mehrere Knoten beinhaltete.

Wenn die Schlange tatsächlich genauso dieser Spur folgen würde. Dann...

»Nun Adiuvare, hoffen wir gemeinsam, dass die Schlange in ihrer Gier nicht allzu viel nachdenkt.«

»Das wird sie bestimmt nicht, sie ist bekannt für ihre blinde Gier und ihren Hochmut. Sie ist dumm und glaubt, dass die Sonne nur ihretwegen aufgeht.«

»Na wollen wir es hoffen.«

Gleich früh morgens, noch vor Tagesanbruch witterte die Schlange auch schon den auffälligen Geruch und dachte es wäre der Weg zu einer Beute. Sie kroch in Windeseile gierig genau hinter der gelegten Spur her. Und tatsächlich, wie die kluge Katze es dachte, verknotete sich das über acht Meter lange Tier dabei mehrmals selbst. Und so konnte sie sich schließlich keinen Zentimeter mehr weiter voran bewegen, weder vorwärts noch rückwärts.

Als Animus und Adiuvare das sahen, war die Freude groß.

»Hurra, das hat tatsächlich hingehauen«, riefen die beiden klugen Tiere.

»Dank dir bin ich so gut wie frei Adiuvare. Das hat wirklich prima geklappt, du bist absolut spitze! Ich danke dir aus ganzem Herzen!«

Animus gab ihr einen Kuss auf die Wange, wurde etwas rot dabei und verabschiedete sich bei seiner neuen Freundin. Er eilte an dem eigenartigen Schlangenknäuel

vorbei, und schlich also erneut ins Schloss. Diesmal würde er aber noch um einiges vorsichtiger sein.
Und schon bald...

»Lieber Minister Klein, mein Name ist Animus«, keuchte er noch ganz aufgeregt und völlig außer Atem. »Ich komme aus der Region Krymmenos in Capta. Und eigentlich sollten meine Freunde Philomena und Pius jetzt da sein und Ihnen alles berichten. Doch wurden diese leider von Tyrannos und seinen Gefolgsleuten verhaftet und in das Staatsgefängnis geworfen. So lassen Sie mich bitte an ihrer Stelle berichten.«

Animus überschlug sich regelrecht beim Erzählen. Und schon kamen schnell ein paar Wachen hinzu und wollten Animus gleich wieder da hinaus schaffen, wo er hereingekommen war.

»Da ist ja der Eindringling! Schnappt ihn euch!«, riefen diese aufgebracht.

»Nein, wartet«, sagte der Minister.

»Lasst den Kater sprechen, schließlich begegnet man nicht jeden Tag einem so mutigen und dazu auch noch sprechenden Kater. Und außerdem scheint er verletzt zu sein. Komm her zu mir, lass mich deine Pfote ansehen, ich kann dir helfen.«

Vertrauensselig streckte Animus dem Minister seine schmerzende Pfote entgegen. Dieser legte ihm kurz die

Hand auf, und nach einer Weile war der Schmerz verschwunden und die Blutung gestillt.

Und so berichtete Animus genauestens, was sich alles zugetragen und was er erlebt hatte. Und was auf der Welt geschehen war. Von der Dunkelheit und Gefangenschaft und der in kurzer Zeit entstandenen Diktatur. Aber auch von dem Ausweg aus dieser.

»Tyrannos, der böse Machthaber aus Capta hat viele Frebemen ins Leid und Elend gestürzt. Schlau und gerissen wie er ist, hat er bald auch schon viele der Bürger manipuliert und auf seine Seite gezogen. Er gibt sich nun als besorgter Erretter der Frebemen aus...

Philomena aber, meine beste Freundin, hat vor einigen Wochen mit der alten Eule Sofos gesprochen. Sie ist wirklich ein gutes und sehr weises Tier. Und diese hat ihr von der Freiheit und Liebe erzählt und von der Kraft, die in ihnen verborgen liegt. Und davon, wie wichtig es ist, sie wiederzufinden, um endlich das wahre Leben und die Freude des Seins wiederzuerlangen. Und dann hatte Philomena auch noch einen Traum, einen unglaublichen Traum...«

Der gute und tapfere Kater erzählte lange und ausführlich von dem Traum Philomenas', er berichtete alles, was sie zusammen erlebt und durchgemacht hatten. Und natürlich auch alles was er über die verlorene, beziehungsweise gestohlene Freiheit, über die Herrschaft Tyrannos' und über die große Angst vor Krankheiten die unter den Frebemen herrschte, wusste.

Minister Klein aber war wie Sofos es gesagt hatte, tatsächlich ein Mann der Liebe, jemand der die Freiheit tief in seinem inneren Herzen trug.

»Hm, was du da sagst, Kater Animus, klingt überaus erschreckend, um nicht zu sagen, es klingt eigentlich schockierend und aber auch unglaublich. Ich weiß um die Wichtigkeit der Freiheit und der Liebe wohl Bescheid. Und dass man diese bewahren und behüten muss wie seinen eigenen Augapfel. Weißt du, ›Demokratie‹, obschon vermutlich auch diese Bezeichnung nicht ganz richtig ist, bedeutet für mich: Wir entscheiden GEMEINSAM, mit und aus dem Herzen und Geist der Liebe, worin der Frieden und der Erhalt des Lebens und Glücks für ALLE liegt. Für Mensch, Tier und Natur...

»Oh ja«, Animus nickte verständnisvoll.

»Nun ist es leider auch so, dass machthungrige Regierungen Pandemien lieben. Sie lieben diese, aus demselben Grund, aus dem sie auch Kriege lieben. Denn es versetzt sie in die Lage schreckliche Kontrollmechanismen im Lande einzusetzen und zu installieren. Mechanismen, welche wir sonst niemals zulassen würden.

Aber, was mir Sorge bereitet, ist weniger der materielle Untergang, der hier gewiss kommt, aber dennoch nicht das Hauptproblem ist, als vielmehr die kontinuierliche Entwicklung und das Voranschreiten einer Diktatur und eines gefährlichen und totalitären Systems. Doch eines ist sicher, auch wenn Tyrannos die Freiheit im Lande anscheinend abgeschafft hat, sie lässt sich auf die Dauer nicht unterdrücken!

Der Unterdrücker hat Tausende ins Elend gestürzt. Er hat sich schamlos der Grundrechte der Leute ermächtigt! Alle Menschen- und Tierrechte hat er ohne Bedenken verletzt und diese aufgehoben! Die Würde des Menschen ist unantastbar. Ebenso sein Leib und Leben! Diese sind unbedingt zu achten und zu schützen! Die Würde wurde in seinem Reich aber schon verletzt, lange bevor es zu einer Menschenrechtsverletzung kam!«

»Es gab einmal Zeiten, da mussten Minister und andere hochrangige Funktionäre Verantwortung übernehmen für ihre Übeltaten und Fehler.« fuhr Klein mit strengem Gesicht fort.

»Aber das liegt gefühlt eine Ewigkeit hinter uns. Heute übernehmen Politiker kaum mehr Verantwortung für ihre Fehler und Vergehen, sondern delegieren sie allzu gerne an andere. Am liebsten an die Bürger. Indes gibt es in dieser bösartigen Regierungsform, die hier vorliegt, nur eines was wichtig ist: Wer systemrelevant ist, also relevant für das System Tyrannos', der darf bleiben. Wer widerspricht und sich nicht fügt, und mag er auch noch so die Wahrheit sprechen, der wird beseitigt oder ausgegrenzt. Das sind aber schon lange keine ›Politiker‹ mehr, es sind speichelleckende Politsoldaten des Tyrannos.

Hm, nur verstehen und sehen dies leider nur wenige Leute. Und du sagst also, Tyrannos hat alle Informationen über die Freiheit einfach verbrannt und vernichtet? Und er hat deine Freunde nun auch noch in den Kerker in Capta geworfen? Wie schrecklich, das ist schlimm und wirklich bedenklich! So darf das nicht weiter gehen! Das alles ist schlichtweg Betrug!«

»Ähem - was stinkt denn hier eigentlich so fürchterlich nach Fisch?«, fragte der Minister und rümpfte seine Nase.

Animus wurde etwas verlegen, tat jedoch einfach so, als wüsste er von nichts und sprach eilig weiter.

»Ja, Herr Minister, so ist es, und er sucht mich sicher auch schon im ganzen Reich und will mich und alle, die sich für die Freiheit öffnen und interessieren, für immer in den Kerker werfen lassen, damit das tiefe Geheimnis des Glücks, der Liebe und der Freiheit nur ja nie bekannt wird.«

»Tja, das hätte er wohl nicht tun sollen, denn schon lange denke ich über das Leben in Capta nach und habe versucht einen besseren Weg für die Frebemen zu finden. Das Land ist zwar unheimlich reich an Gold und an materiellen Schätzen, aber die Frebemen wurden trotz ihres materiellen Reichtums immer unzufriedener und missgelaunter. Sie sind in den wichtigsten Dingen, die das Leben angeht, sehr arm. Sehr, sehr arm. Schon lange beobachte ich dies. Viel zu lange wurde diese Tatsache übergangen und einfach so getan, als sei alles in bester Ordnung. Ich wusste jedoch nicht, dass es mit Capta nun schon so weit gekommen war. Innerhalb kürzester Zeit ist hier also abermals eine bösartige Diktatur herangereift.«

Betroffene Stille herrschte im Palast.

»Ja, viele Menschen sind inzwischen zu Frebemen geworden, Herr Minister. Sie hören nur noch eine Stimme, die des Tyrannos, sie sind voller Angst und vermeiden es einander zu berühren. Vieles, ja sehr vieles ist in dem Land völlig aus dem Gleichgewicht geraten«, meinte Animus betroffen.

Der Minister war tief beeindruckt und berührt von dem, was Animus ihm erzählt und berichtet hatte. Denn der Kater sprach nicht nur lange, sondern auch gut verständlich, und was er sagte, war nicht nur wichtig, sondern auch überaus klug. Es stimmte den Mann trotz allem hoffnungsvoll, solche Neuigkeiten aus dem Munde eines sprechenden Katers zu hören.

»Denn wenn mir ein so kluges Tier gesandt wurde,

wird das gewiss kein Zufall sein«, dachte er in seinem Herzen.

»Ich hatte immer gehofft, es würden viele Menschen im Lande Capta aufstehen und Tyrannos keine Macht mehr geben. Ich hatte gehofft, dass die Leute aus der Geschichte etwas gelernt hätten«, meinte der nachdenkliche Regierungsbeamte und zog dabei eine faltige Stirn.

»Denn er hat letztlich nur deshalb so viel Macht, weil sie ihm vom Volk gegeben wurde.«

Der Minister seufzte tief und Animus spürte die Eindringlichkeit in seinen Worten

»Der elende Diktator hat die Menschen wirklich geschickt getäuscht, sodass viele unter ihnen zu Frebemen wurden ohne, dass sie es bemerkten. Die einen wurden zu Frebemen, da sie der Angst Glauben schenkten, die anderen da sie allzu kompromissbereit waren. Wieder andere, weil sie ihre Komfortzone nicht verlassen, und keine Nachteile haben wollten. Und andere wollten auf keinen Fall zum Außenseiter werden. Nun begriffen sie alle zusammen leider nicht, dass genau das ihr Leben verschlechtert, und sie in Abhängigkeit und Gefangenschaft gebracht hat.«

»Ich denke du bist gerade noch zur rechten Zeit gekommen, Animus. Tyrannos und seine radikale und verdrehte Denkweise und Vorgehensweise sind in der Tat eine große Gefahr für alle Bürger und Lebewesen von Capta. Politiker, die eine Regierung aufbauen wollen, die Widerspruch und Opposition verbietet, dürfen niemals an die Macht kommen! Ich hätte schon längst sehen müssen, dass es schon so weit gekommen ist. Er hatte nichts anderes als Täuschung, materiellen Gewinn und Macht im Sinn! Er will über einen geschickt eingefädelten Überwachungsstaat, *alles* und *jeden* unter seine Kontrolle bringen.

Er hat auch damit, dass er die Frebemen glauben machte, es sei erstrebenswert, nur nach Geld, Reichtum und Erfolg zu trachten, alle Schritt um Schritt hinters Licht und in die Gefangenschaft geführt. Zumindest sehr, sehr viele unter ihnen. Er tat dies wohl äußerst professionell und langsam. Sehr geschickt machte er vielen Frebemen seine zerstörerischen Lügen glaubhaft. Dennoch, wie konnte das nur geschehen?«, fragte sich Klein nachdenklich und schüttelte den Kopf. Wie konnte das *wieder* geschehen, haben die Frebemen denn noch immer nichts aus der Geschichte gelernt?«

Klein schüttelte den Kopf.

»Abermals hat sich also eine Diktatur bilden können. Das Land Capta ist in kürzester Zeit ein regelrechtes ›Opferland‹ geworden, ein erkaltetes Reich, in dem man nicht mehr wirklich selber lebt und denkt, sondern von anderen gelebt und bestimmt wird. Viele Bürger Captas sind inzwischen buchstäblich zu Sklaven geworden.

Viele Frebemen sind sogar zufrieden mit all dem was nun ist. Sie haben sich *unter* Tyrannos gestellt und fühlen sich ihrer Freiheit gar nicht beraubt. Nun, - stecke eine Sklavenseele in eine vergoldete Tretmühle und sie wird sich wie ein König fühlen. Alles ist für einen solchen Frebemen noch immer in bester Ordnung. Denn ein solcher Mensch kennt weder seine wahre Berufung, und er weiß auch nicht *wer* er in Wahrheit ist.«

Auch von denen, die sahen, was hier Böses geschah, wagte es kaum noch jemand, den machtgierigen Tyrannos aufzuhalten oder sich ihm zu widersetzen. Sie haben sich lieber stillschweigend angepasst und dem Diktator recht gegeben, als ihm zu widersprechen. Sie ließen Unrecht über sich und ihre Kinder ergehen.

»Das darf nicht mehr länger so bleiben. Ja, es muss unbedingt etwas unternommen werden! Du kommst wirklich zur rechten Zeit, Kater Animus. Ich danke dir von ganzem Herzen!«

»Ich glaube, ich weiß auch, wo Tyrannos' Soldaten und Offiziere ihr Lager aufgeschlagen haben, ich kann euch helfen sie zu finden«, meinte Animus darauf begeistert und schilderte genau, was er wusste.

»Das ist gut, so wir werden sie möglichst bald am großen Bergkamm überraschen. Das war übrigens richtig heldenhaft von dir, lieber Animus, was du da getan hast, und wie du dich allein unter Einsatz deines Lebens durch die wilden Wälder von Spes geschlagen hast, das hast du großartig gemacht! Wirklich hervorragend!«

Animus errötete ein wenig und schnurrte verlegen.

»Wissen Sie, dass ich überhaupt noch rechtzeitig zu Ihnen gefunden habe, verdanke ich auch meinem Freund dem Fuchs Opera. Und meiner Freundin der Katze Adiuvare«, meinte Animus stolz und dankbar.

»Er war es, der mir den Weg durch diesen geheimnisvollen Wald zu Ihnen wies! Ohne ihm wäre ich jetzt nicht hier. Und auch nicht ohne Adiuvare, denn sie war es, die mir half die gefährliche Würgeschlange Stultus zu überlisten.«

»Ja? Das ist gut! Und auch ein wunderbares Beispiel dafür, dass wir einander brauchen! Jeder einzelne ist wichtig und unersetzlich. Du musst mir die tapferen Tiere bald einmal vorstellen. Wir brauchen mehr von der Sorte.«

»Ja, das werde ich gewiss machen. Ich danke Ihnen, lieber Minister Klein, dass Sie mir so geduldig zugehört und Glauben geschenkt haben.«

»Aber gerne, Animus, *ich* habe doch *dir* zu danken. Ohne deinem und eurem Einsatz würde ich hier wohl noch immer untätig herumsitzen.«

Animus war glücklich. Glücklich, dass er durchgehalten und nicht aufgegeben hatte. Der beschwerliche Weg hatte sich gelohnt. Dass er, der kleine, unscheinbare Kater, tatsächlich etwas zum Guten auf dieser Welt beitragen und verändern konnte. Er hatte etwas dazu beigetragen, dass diese Welt wieder mehr Glück, mehr Freiheit und Leben haben würde. Er war Teil von etwas Größerem, Teil von ›Jemand‹ größerem.

Wie gut, dass er überwunden und den Glauben und das Vertrauen nicht weggeworfen hat. Sein Ausharren hatte sich gelohnt.

Er dachte bei sich: ›WIR - also wir *alle* sind die Zukunft! Nicht einer alleine! Und schon gar nicht jemand wie Tyrannos, welcher gewiss *niemals* das Wohl des Gesamten im Herzen trug!‹

Fünfundzwanzigstes Kapitel

Leben in Freiheit

Minister Klein aber war kein Mann großer Worte. Er hielt keine großen und ausgefeilten Reden, er war vielmehr ein Mann der Integrität. Jemand der die Wahrheit liebte, und der wie gesagt, das Geheimnis wahrer Freiheit tief in seinem Herzen trug. Macht- und Geldgier kannte er nicht.

Und er sah seine Aufgabe als loyaler Politiker im Beschützen und Beraten der Menschen. Im Helfen und Unterstützen aller Bürger, Kinder, Erwachsenen und alten Menschen, alle sollten sie in die Freude und das gemeinsame Zusammenleben finden. Alle Menschen und alle Tiere.

Eine demokratische Regierung, wenn man es überhaupt so benennen konnte, bedeutete für ihn also: Wir sind alle gleichwertig und entscheiden stets *gemeinsam*, mit und aus dem Herzen und Geist der Liebe, worin der Frieden und der Erhalt des Lebens und des Glücks für alle liegt. Für Mensch, Tier und Natur ...

Man könnte, oder sollte es vielleicht besser ›*Aga-*

pe-Kratie‹ nennen, also die Herrschaft reiner Liebe.

Klein verstand und wusste, dass Liebe *niemals* Kontrolle und Macht ausüben muss. Denn in dem Moment, wo sie das täte, wäre sie auch schon gestorben. Und dass sie *niemals* den eigenen Vorteil sucht. Die Kraft der Liebe arbeitet und wirkt völlig anders. Er wusste auch, dass Liebe nicht zu überwachen war.

Dies war der große und auch entscheidende Unterschied zwischen Klein und Tyrannos. Das System des Tyrannos musste kontrollieren und überwachen. War geprägt von Habgier und Angst. Und es lebte von Lügen und Täuschungen. Seine Ziele und Handlungen waren gewissenlos und ohne jede Moral.

Die Liebe aber kontrolliert nicht, sie lässt los, vertraut und liebt die Wahrheit und führt so in die Freiheit. Die Liebe hört niemals auf. Auch konnte nur durch diese Liebe die echte Freiheit erhalten bleiben. Denn wahre Freiheit bedeutet niemals Maßlosigkeit.

Aber Klein war auch ein Mann der Tat. So richtete er das Recht, die Wahrheit und die Gerechtigkeit schon bald wieder auf und setzte der Tyrannei ein Ende. Der gute Minister sandte schon am nächsten Morgen seine kleine einmütige Schar von tapferen Soldaten aus, um dem gefürchteten Heer Invidias' zu begegnen und ihm gegenüber zu treten.

Gegen Mittag des nächsten Tages hatte er die Truppen Tyrannos' dann auch schon gefunden. Invidea leistete anfangs zwar wohl Widerstand, doch entwaffnete der gute Minister schnell, einfach und ohne Gewalt, das völlig erschöpfte und übermüdete Heer von Invidia.

Denn diese hatten seit Tagen nicht mehr geschlafen oder gegessen. So besessen waren ihre Führer Rancor und Invidea *darauf* gewesen, den kleinen Animus zu finden und ihn ebenso einzusperren wie Philomena und Pius. Sie haben sich und ihr gesamtes Heer in ihrer Bosheit und kranken Sucht, selbst geschwächt und damit auch zu Fall gebracht.

Zudem war die Zahl und Kraft der Soldaten Tyrannos drastisch gesunken. Denn schon während des Angriffs, begannen viele der Soldaten sich gegeneinander zu richten. Und viele richteten sich auch gegen ihren finsteren Herrscher selbst. So zerstörte und zerspaltete sich sein dunkles Reich und Heer.

Eines aber ist daraus auch zu sehen und zu lernen: Wo das Reich der Liebe und des Lichtes *aktiv* lebt und wirkt, da zerstört und zerspaltete sich das Reich der Finsternis letztlich immer selbst. Denn es steht fest, jede Finsternis und jede finstere Regierung hat ihr Ablaufdatum! Und das umso schneller, wenn sich Menschen des Lichtes und der Liebe *vereinen*.

Bald danach zog Klein auch in die Hauptstadt Vincula, um dort den habgierigen Tyrannos endlich vom Thron zu stürzen und ihm für immer seine Macht zu nehmen.

Er wollte ihm aber auch die Chance geben, sich ebenso dem Reich der Liebe und Freiheit und seinen vielfältigen Variationen des Lebens in der Freude zu öffnen. Er bot ihm Gnade und Vergebung an. Doch weigerte Tyrannos sich strikt und verbissen. So blieben er und einige andere uneinsichtige Frebemen für immer zur Ganze farblos, leblos und damit auch unglücklich und ohne Freude und Frieden im Herzen. Schockiert über die Nachricht, dass seine Heere zerfielen und eine so große Macht wie die seine, tatsächlich geschlagen werden konnte, schrie Tyrannos fürchterlich zornig:

»Nein, nein, oh nein, das darf nicht wahr sein, wie konnte das nur geschehen?«

Und er fiel - so wie seine Heere, regelrecht in sich zusammen. Vorbei war es mit seiner Kraft und Macht! Vorbei mit seinen Lügen und Intrigen. Und die Frebemen erhielten ihr gestohlenes Leben Schritt um Schritt wieder zurück und wurden wieder zu wahren Menschen.

Viele wurden schließlich nach und nach wieder glückliche, freie und lebensfrohe Menschen und genossen das wiedergewonnene Leben in Freiheit ungemein. Denn ihre Herzen waren wieder *ausgerichtet auf Liebe, Barmherzigkeit* und *Wahrheit*. Viele begriffen zum ersten mal, *wer* sie waren und *wozu* sie wirklich berufen waren.

Das wichtigste und erstrebenswerteste Gut in ganz Libertas war nun für immer die *Liebe* und deren breites Spektrum an wirklichem Leben. So wurde es sogar im Gesetz festgehalten.

Es wurde klar verstanden, dass Geld und Gewinn nicht mehr die vorrangigen Ziele des Wirtschaftens sein dürfen. Sondern, dass es am wichtigsten ist Liebe und Freude zu vermehren, echte Freundschaften zu gewinnen, tiefe Beziehungen zu pflegen, einander zu helfen, *füreinander* da zu sein. Niemand wollte mehr der Reichste sein und damit über allen anderen stehen. Und wenn jemand mehr hatte, dann auch nur deshalb, um es wieder für die Schwächeren einzusetzen.

Die Menschen waren wieder herzensorientiert und damit lebensorientiert. Keiner sah sich als ein abgesondertes Individuum, welches nur für sich selbst lebt, sondern man verstand sich als Teil eines großen gemeinschaftlichen Organismus. Einem jeden war klar, dass die Kraft und Sicherheit eines glücklichen Lebens in der Herzensgemeinschaft lag. Jeder hatte, was er zum Leben brauchte, aber auch nicht mehr! Denn *mehr* brauchte man auch nicht zum Glücklichsein. Das verstand nun beinahe jeder in Libertas, auch Humiliter, Malus, Grobian und viele, viele andere Frebemen. Libertas war ein Land voll von Friede, Freude und Gerechtigkeit. Sie teilten ihre Güter, ihr Leben, ihre Zeit. Ja, sie teilten ihr Herz!

Das Herz in einer solchen Art zu öffnen, bedeutete sich einer Begegnung zu öffnen. Einer sehr innigen Begegnung die wirklich verband und echtes Leben entstehen ließ! Natürlich konnte man dabei verletzt werden. Wer es aber nie versuchen wollte, der konnte es auch nie erleben!

Philomena und Pius wurden bald befreit und zu Minister Klein gebracht. Sie waren anfangs wohl noch etwas schwach von der grässlichen Gefangenschaft, doch erholten sie sich bald wieder. Einstimmig wurden die beiden zu den obersten Ministern im Lande ernannt.

Doch nicht etwa, um zu herrschen, sondern um zu dienen und mit ihren Talenten und Fähigkeiten zur Freiheit Libertas beizutragen. Wie hatte Animus sich da gefreut! Endlich sah er seine besten Freunde wieder. Er konnte sein Glück nicht fassen. Seine Tränen flossen frei und ungehemmt. Mit seinen engsten Freunden gemeinsam, sollte er nun also viele wichtige und wertvolle Aufgaben für Libertas übernehmen.

»Animus, mein lieber Animus, wie schön ist es, dich endlich wieder zu sehen, dich zu umarmen und dich zu spüren. Das, was du für uns getan hast, war ja so mutig! Du warst wunderbar, ja großartig! Du bist wirklich der allerbeste Kater der Welt! Danke, danke, danke!«, flüsterte Philomena ihrem geliebten Kater ins Ohr und herzte und drückte ihn innig.

Ganz glücklich umarmten sich die drei besten Freunde. Hatten sie es doch geschafft, nicht nur etwas zu verändern, sondern durch sie brach eine neue Zeit an. Sie waren Teil eines großen Planes, den wohl ›*Jemand*‹ in der Hand hielt, und der, wenn es oft auch nicht so schien, dennoch alles überblickte.

Glücklich meinte Pius: »Wo ich jetzt bin, da gehöre ich hin, denn meine Heimat ist da, wo Liebe wächst. Und Liebe kann nur da wachsen und gedeihen, wo wir *gemeinsam* und vereint *miteinander* in freiwilliger und dennoch verbindlicher Gemeinschaft leben. Wir sind freie Beziehungswesen und sind Geschöpfe der Liebe. So wie es auch unser Schöpfer selbst ist.« Pius strahlte vor Freude und Glück.

»Du Philomena, ich will es jetzt sagen und nicht mehr warten. Ich kann es einfach nicht mehr länger zurück halten. Ich möchte Dir meine Liebe gestehen, denn ich will durch's Leben mit dir gemeinsam gehen. Ja ich liebe dich! Ich bleibe steh'n und sag es dir, willst du geh'n durch's Leben zusammen mit mir?

»Oh Pius - ja, ich freue mich so. Auch ich liebe dich! Ja ich will mit dir an meiner Seite durchs Leben gehn.«

***

Die Angst vor Krankheiten, die Angst vor einem Virus, die Angst vor der Angst, die Angst vor dem Leben, die Angst vor dem Sterben... all diese Ängste wichen in kürzester Zeit. Die Angst, die Lüge, die Kontrolle, welche Tyrannos mühsam aufgebaut hatte, fiel regelrecht in sich zusammen, als die Frebemen begannen zu vertrauen und ihr Herz wieder ganz der Liebe öffneten.

Die zarte, mutige Philomena wurde Friedensministerin, und Pius wurde Minister für die Schwachen, Alten und Kranken. Minister Klein hätte König werden können, doch er weigerte sich, ausschließlicher Herrscher des ganzen Landes zu werden.

Es gab also keinen Menschen-König und keinen alleinigen Regenten in der ›*Agape-Kratie*‹, Libertas, sondern ein gemeinsames Regierungs- oder viel besser gesagt ›Führungspersonal‹, welches getragen von jemand Größerem, nämlich dem Geist der Liebe, auf *gleicher Ebene* stand und *miteinander* alle wichtigen Entscheidungen im Land fällte. Sie begegneten einander auf Augenhöhe, in gegenseitiger Hochachtung und Wertschätzung!

Diese hatten eine dienstbare Herzenshaltung und waren dem Volk sehr nahe und verbunden, so dass letztlich keine Entscheidung über die Köpfe des Volkes hinweg getroffen wurde. Es war ein erstaunliches, ja geheimnisvolles Miteinander, welches nur gelang, da alle Bürger dem Geist der Liebe gerne Folge leisteten und auf diesen achteten. Ihr Herz und Inneres war hinaufgewandt nach ›oben‹, zu ihrem Schöpfer hin ausgerichtet.

Sie nannten sich die ›*Concurrere*‹, was so viel heißt wie: ›Die miteinander Laufenden‹.

Bei allen Entscheidungen war man stets *darauf* bedacht, Liebe und Rücksicht walten zu lassen, niemanden auszuschließen oder zu unterdrücken, und vor allem nichts zu tun aus Habgier, Selbstsucht oder Gewinnsucht! Stets suchte man bei Entscheidungen den *gemeinsamen Frieden* und die *gemeinsame Freude*.

Um glücklich zu sein, brauchte man auch keinen großen Besitz und nicht viele materielle Güter, das haben die Frebemen, welche nun ja wieder mündige Menschen waren, wirklich erkannt und gelernt. Glücklich zu leben bedeutete die Balance aus ›Liebe‹, ›das Leben wagen‹ und ›Vertrauen‹ zu kennen. Ihre Ausrichtung war wieder, weg vom ›Ich‹ - hin zum ›Du‹. Sie verstanden tief in ihrem Herzen, dass man erst am *DU* zum wahren *ICH* wurde. Und dieses Glück wollten sie auch behalten und es hüten wie einen wertvollen Schatz, ja wie ihren eigenen Augapfel.

Die Menschen definierten sich auch nicht mehr über ihren Beruf. Vielmehr wurde die Arbeit, die ein jeder je nach seinen Talenten und seiner Fähigkeit verrichtete, als Dienst verstanden.

Eine nie dagewesene Herrlichkeit und Freude begann.

Der treue und kluge Kater Animus wurde einstimmig zum Botschafter Libertas ernannt. Minister Klein überreichte ihm höchstpersönlich die Botschafteruniform. Er sah einfach prächtig darin aus. Ja, er war der richtige Mann, äh – Kater für diese Aufgabe.

»Darf ich dir, lieber Freund und tapferer Held, hiermit die Aufgabe und das Amt des Botschafters übermitteln?« Animus wurde dabei etwas rot, doch er fühlte sich auch sehr geehrt, gerne wollte er diese wichtige Aufgabe übernehmen.

»Minister Klein, darf ich dazu noch etwas Wichtiges sagen? Ich hätte es alleine nicht geschafft, niemals! Denn mir wurden treue und sehr kluge Helfer auf meiner Mission von ›*Jemand*‹ geschenkt. Unter ihnen war auch die Katze Adiuvare, für die ich inzwischen sehr viel empfinde. Ich möchte meine Aufgabe als Botschafter gerne mit ihr gemeinsam übernehmen, wenn ich darf.«

»Aber ja Animus, sehr gerne, zu zweit seid ihr noch viel stärker. Ihr werdet ein Segen für viele sein.«

Und so zogen Animus und Adiuvare im ganzen Erdkreis umher und erzählten begeistert vom freien und unabhängigen Reich der Liebe Libertas und davon, dass es die größte Freiheit ist zu lieben und dadurch die Welt in der Vielfalt des Lebens zu erkennen. Und natürlich von ›*Jemand*‹ der uns diese Liebe brachte und in uns wachsen möchte.

Nach dieser Liebe und der darin verborgenen Kraft der Freiheit zu trachten, galt seitdem als höchstes und erstrebenswertestes Ziel in ganz Libertas. So wurde es auch an Schulen und Universitäten gelehrt und überall weiter gegeben. An allen Hochschulen im ganzen Land wurde gelehrt wie man durch die Liebe, Konflikte und Uneinigkeiten ohne Gewalt, durch Vergebung und in gemeinsamen Einvernehmen löst. Es wurde wieder gelehrt, dass der Verstand zwar wohl wichtig ist, er aber immer unter dem Herzen steht.

Auch die ›Schulen‹ waren ganz anders aufgebaut, als wir sie bisher kannten. Sie verstanden sich als Unterstützer und Begleiter für die verschiedenen Lernprozesse der Kinder. So etwas wie Be-NOT-ung, gab es hier nicht mehr. Schule war wieder ein Ort des Abenteuers, kein Ort der Not. Schule war ein Platz der Freude und des gesunden Reifens für die Kinder und wurde meist von den Eltern selbst übernommen.

Im Wissen, dass Lernen und Bildung immer und überall stattfinden kann und an keinen Ort, kein Gebäude und keine Institution gebunden sind, erfolgte das Lernen durch altersgerechte Motivation und ohne Zwang. Die Kinder waren eifrig und stolz zu lernen, denn sie wussten, dass ihr Wert nicht von ihrer Leistung abhing!

Sie wuchsen in der vertrauten Umgebung ihrer Eltern, zu starken, liebesfähigen und selbständigen Erwachsenen heran. Sie lebten in verbindlicher Gemeinschaft und waren ganz *füreinander* da. Und erst durch verbindliche, verantwortungsvolle Elternschaft, wurden die Mutter zur Frau und der Vater zum Mann!

So wurde es bis heute von einer Generation zur nächsten weitergetragen.

Denn nur *diese* Liebe machte die Welt der Frebemen wieder frei, ungebunden und farbenfroh und das Leben freudvoll und lebenswert. Es war ein Land, geprägt von Friede, Freude und Gerechtigkeit.

Und die Gesetze in Libertas waren dazu da, den Menschen zu dienen und zu helfen, nicht die Menschen waren dazu da, um den Gesetzen zu dienen!

So fanden die Frebemen also wieder in die Freiheit. In

dieser Freiheit zu leben, bedeutete aber auch Verantwortung zu übernehmen. Denn es gab keine Freiheit ohne Verbindlichkeit! Autonomie bedeutete also nicht, dass ein jeder machte was er wollte und alles andere wäre ihm egal. Sondern ein jeder suchte was für das *Gesamte* das Beste war. Also wahre Freiheit war auch ein stetiges Trachten vom *ICH* weg, hin zum *DU*!

Sie waren also wieder wahre ›*Wesen der Gemeinschaft*‹ welche hinaufgewandt waren, im Herzen ausgerichtet auf ihren Schöpfer und begriffen, dass sie alle zusammenhingen. Keiner fürchtete sich mehr vor Nähe und Verbindlichkeit. Sie teilten ihre Güter, ihr Leben, ihre Zeit. Sie teilten ihr Herz!

Seitdem die Libertaner *das* verstanden hatten, gehörten sie zu den glücklichsten und freiesten Lebewesen auf dieser Erde und wohl auch im ganzen Universum. Denn Leben, Freude und gesunde Freundschaften blühten überall da auf, wo sie so einmütig *füreinander* da waren. Starke und glückliche Familien sprossen im gesamten Land hervor, wie Pilze nach einer langen Regenzeit. Und diese gesunden Herzens-Familien, bildeten wiederum den gesunden Kern einer starken Gesellschaft.

Es herrschten Vertrauen, Friede und Freundschaft im ganzen Lande. Jeder Bürger, ganz egal, welcher Herkunft oder Farbe, hatte das gleiche Recht und auch die gleichen

Chancen. Die Dinge in Libertas, waren wieder in einem gesunden Gleichgewicht.

Diese Menschenkinder waren nicht mehr von irgendwelchen ›Programmen‹ und auch nicht von ›Institutionen‹ gesteuert oder abhängig. Nein sie waren eine lebendig, atmende Herzensgemeinschaft einzelner, freier Lebewesen, welche *aufeinander* achteten und *füreinander* da waren.
Todbringende, *Distanz* und *Abstand* war nicht mehr!

Und so kam es, dass seitdem es auf der ganzen Erde bekannt wurde *was* in Capta, welches heute ja wieder Libertas heißt, geschehen ist, aus aller Welt Volksvertreter und hohe Beamte anreisten und die ›Concurrere‹ nach ihrem Geheimnis des Glücks fragten...

Denn immer mehr Erdenbürger begannen zu verstehen, dass man zwar *ohne* wahrer Liebe wohl alles Mögliche tun, erfinden und vollbringen kann, ja viel Macht erlangen kann, aber man kann ohne der Liebe *niemals* mit Menschen umgehen und wahrhaft LEBEN.

ENDE - und ANFANG :-)

Epilog

»Ja, meine kleine Madita, du siehst es gibt einen Weg. Die Liebe entspricht der Natur des menschlichen Herzens eigentlich sehr viel mehr als der Hass, die Angst und die Gier, nicht wahr? Das Geheimnis im Leben ist, in allem zu fragen WAS würde die Liebe tun!*

›Jemand‹ hat einen Samen in uns gelegt, den wir zum Wachsen bringen können. Wenn wir vertrauen in den ›Jemand‹ und die verändernde Kraft seiner Liebe haben, und diese in uns tragen, müssen wir uns vor der Zukunft niemals fürchten. Wenn wir es zulassen, wird seine Liebe uns verändern. Wir müssen uns vor NICHTS und NIEMANDEN fürchten. Auch nicht vor andersartigen, andersfarbigen und fremden Menschen, sondern im Gegenteil wir können gemeinsam mit ihnen in Frieden und Harmonie leben. Unabhängig von Sprache, Hautfarbe und Herkunft, wir alle haben nur diese eine gemeinsame Erde. Wir müssen endlich die Ängste und Grenzen in unseren Köpfen und Herzen überwinden.

Die Menschen müssen diese Liebe nur wiederfinden, an sie glauben und sich ihr öffnen. Dann werden sie diese auch immer im Herzen tragen und bewahren …
Leider wollen das nicht alle, doch jeder der die Liebe

in sich bewahrt, wird niemals untergehen. Auch wenn nicht immer alles im Leben einfach zu bewältigen und verstehen ist.

Und noch was, meine Madita, zufrieden zu leben, bedeutet ganz einfach, dass wir aus der Jagd und Hetze nach Ansehen, Ehre, guten Noten, Anerkennung und materiellen Dingen aussteigen können, denn wir SIND bereits Geliebte – ›Jemand‹ sorgt für uns, ganz egal, wie wir aussehen, welche Farbe wir haben, woher wir kommen, was wir können, wie viel wir besitzen, oder was wir falsch gemacht haben«.

»Was denkst du also ist der Schlüssel? Was sagt dein Herz?«

»Ich denke es ist die bedingungslose Liebe, die unser Schöpfer für uns hat. Also ganz konkret auch was Minister Klein sagte: ›Er wusste, dass die wahre Liebe nicht überwachbar ist. Und er wollte weder Kontrolle ausüben noch Macht‹.

Dies war der große und auch entscheidende Unterschied zwischen ›Klein‹ und ›Tyrannos‹. Das System des Tyrannos musste kontrollieren und überwachen. Und es lebt von Lügen, Angst, Gier, Kontrolle und Täuschungen. Die reine Liebe aber kontrolliert nicht, sie lässt los, vertraut und liebt die Wahrheit und führt so in die Freiheit. ›Jemand‹ will unsere Herzen - freiwil-

lig, durch Vertrauen - und Liebe! Tyrannos aber will sie durch Macht, Gewalt und Manipulation und er möchte uns immer auch von unseren Herzen trennen! Der Schöpfer allen Lebens führt in die Freiheit – Tyrannos aber führt in die Gefangenschaft.

Auch lebten die einzelnen Familien nicht nur für sich! Sondern auch diese waren FÜREINANDER da! Sie kümmerten sich von ganzem Herzen umeinander, waren besorgt um den Zustand des Nächsten. Nähe und Zusammenleben machte ihnen nicht Angst -, sondern es führte sie zu großer Herrlichkeit!«

»Genau Madita, und diese frei machende Liebe, von der ich sprach und dir erzählte, ist kein Wunschdenken, oh nein, sie ist die größte Wirklichkeit überhaupt!«

»Ja Großvater, das glaube ich auch und ich denke solche Menschen, werden sich niemals von anderen Menschen unterjochen und beherrschen lassen! Sie werden sich aber gerne den Gesetzmäßigkeiten der Liebe unterordnen. Und ›Macht‹ über den Nächsten, so wie auch ›Abstand‹ zum Nächsten, brauchst du eigentlich nur, wenn du etwas Unmenschliches oder gar Böses im Schilde führst. Für alles andere genügt Liebe, um es umzusetzen«.

Da kommt ein Schmetterling zum Fenster herein geflogen. Er flattert um das Gesicht des alten Mannes und setzt sich schließlich auf seine Stirn.

»Sieh nur Großvater wie wunderbar!«

»Ja, nicht wahr? Und du weißt ja was er einmal für ein Tier war. Du bist ein sehr kluges Mädchen meine Madita, wer so liebt, der findet immer einen guten Weg im Leben,« ganz egal in welcher Zeit oder an welchem Ort er oder sie auch lebt. Und eines ist ganz wichtig: In der Liebe gibt es keine Angst, in ihr ist die vollkommene Freiheit!

Und du weißt auch, du bist eine Geliebte des ›Jemand‹, er ist immer da, man muss einfach nur vertrauen«, sagte der Großvater noch und entschlief mit einem Lächeln im Gesicht.

Begriffserklärung und kleines Lexikon:

• Adiuvare: freundliche Katze im Schlosszoo, die Animus half und unterstützte, lat. bedeutet "Unterstützen"
• Animus: bedeutet „Mut, Herz, Verstand" (Philomenas Kater und bester Freund)
• Angor: lat. bedeutet Angst, Beklemmung (Angorschule, staatliche Schule in Capta)
• Adapto: lat. für Anpassen, (Name eines Wanderers in der Geschichte)
• Aktivist: aktiver, engagierter Mitarbeiter einer politischen oder sozialen Bewegung
• Argument: ein Argument ist eine Aussage, die zur Begründung und Festigung einer anderen Aussage gebraucht wird
• Agapi: aus dem grich. für „reine Liebe" (Name von Philomenas Mutter)
• Agape-Kratie: "Agapekratie" - Herrschaftsreich der reinen Liebe
• Asfeleia: griech. „Sicherheit"
• Asfelia: weiße Häsin oder Zibbe
• Autoritär: menschliche Charaktereigenschaft, die sich durch ein ausgeprägtes Überlegenheitsgefühl und übertriebenen Machtanspruch auszeichnet. Bestimmende oder verfügende Vorgehensweise gegenüber einem Mitmenschen.
• Bataillon: Truppenteil, eine große Gruppe von Soldaten
• Blockwart: Verräter im Nationalsozialismus. Der Blockwart verriet das Versteck der Juden und Flüchtlinge.
• Botschafter: ist ein Beauftragter eines Landes, um dessen Interessen bei anderen Ländern zu vertreten
• Bürgerrechtler: Ein Bürgerrechtler oder Bürgerrechtsaktivist ist ein Mensch, der öffentlich für Menschen- und Bürgerrechte eintritt.

• Capta: bedeutet „Gefangen“ (Das Land in dem die Bewohner der Geschichte leben)

• Circum: lat. bedeutet „ringsum, rundherum“

• Concurrere: lat. bedeutet miteinander laufen (Zusammenschluss der Staatsoberhäupter im Lande Libertas)

• Copy-and-Paste-Mentalität: Berichte und Texte werden schnell, einfach und ungeprüft kopiert und eingefügt, und als Wahrheit oder als eigene Texte aus gegeben.

• Cosmos: gesamter Weltraum

• Debilis Adapto: lat. und bedeutet so viel wie: ”Schwacher Anpasser” (Name eines Wanderers)

• Demokratie: das Wort Demokratie stammt aus dem Griechischen und bedeutet „Volksherrschaft“. D.h. in der Demokratie ist das Volk der staatliche Souverän (die oberste Staatsgewalt) und die politischen Entscheidungen werden durch den Mehrheitswillen der Bevölkerung gefällt.

• Drohne: ist ein Luftfahrzeug, das ohne eine an Bord befindliche Besatzung autark durch einen Computer oder vom Boden über eine Fernsteuerung betrieben und navigiert werden kann.

• Drabe: Drohnen-Raben, Tyrannos ferngesteuerte Überwachungs-Raben

• Debilis: lat, bedeutet ”Schwach” (Der Anpasser)

• Denunziant: Unter einer Denunziation (lat. denuntio, „Anzeige erstatten“) versteht man die (Straf-)Anzeige eines Denunzianten aus persönlichen, niederen Beweggründen, wie zum Beispiel das Erlangen eines persönlichen Vorteils.

• Depression: eine Depression ist eine weit verbreitete psychische Störung, die durch Traurigkeit, Interesselosigkeit und Verlust an Genussfähigkeit, Schuldgefühle und geringes Selbstwertgefühl, Schlafstörungen, Appetitlosigkeit, Müdigkeit und Konzentrationsschwächen gekennzeichnet sein kann.

• Diffamierung: als Diffamierung bezeichnet man heute allgemein die üble Nachrede und gezielte Verleumdung Dritter

• Diktator: Alleinherrscher, meist Unterdrücker

• entschlief: entschlafen – ein Mensch der verstorben ist, ist »entschlafen«

• Etabliert: einen sicheren Platz innerhalb einer bürgerlichen Ordnung, Gesellschaft haben. Sich irgendwo festgesetzt, breitgemacht haben.

• Fiducia: bedeutet ›Vertrauen‹ (Name des Eichhörnchens)

• Frebeme: verwandelter Mensch im Lande Capta

• Frebemen: bedeutet „fremd-bestimmte-Menschen“

• Galaxie: großes Sternsystem außerhalb der Milchstraße

• Gerücht: ein Gerücht, ist eine unverbürgte Nachricht, die stets von allgemeinem bzw. öffentlichem Interesse ist, sich diffus verbreitet und deren Inhalt mehr oder weniger starken Veränderungen unterliegt. Das wichtigste Merkmal eines Gerüchts stellt die Ungesichertheit der weitergegebenen Information dar.

• Gesellschaft: bezeichnet eine Anzahl von Personen, die miteinander verknüpft leben und handeln

• Grobian: Name eines Mitschülers von Philomena

• Grundrechte: Grundrechte sind wesentliche Rechte, die allen Mitgliedern der Gesellschaft gegenüber Staaten als beständig, dauerhaft und einklagbar garantiert werden

• Homo Sapiens: der Mensch (Homo sapiens, lateinisch für „verstehender, verständiger“ oder „weiser, gescheiter, kluger, vernünftiger Mensch”)

• Humiliter: bedeutet „unterwürfig, zaghaft, niedrig“ (Ein systemhöriger Bewohner Captas)

• Ideologie: eigentlich „Ideenlehre“ - steht im weiteren Sinne bildungssprachlich für Weltanschauung.

• Ignorieren: bedeutet nicht wollen, missachten, übergehen, überhören

• Impera: bedeutet herrschen (Hauptstadt Captas)

• Individualität: Summe der Eigenschaften, Merkmale, die die Besonderheit eines Menschen ausmachen

• Indoktrination: massive psychologische Mittel nutzende Beeinflussung von Einzelnen oder ganzen Gruppen der Gesellschaft im Hinblick auf die Bildung einer bestimmten Meinung oder Einstellung.

• Invidia: bedeutet Neid, Hass (Oberster Offizier unter Rancor)

• Kapitulieren: resignieren aufgeben oder nachgeben,
sich unterwerfen, aufgeben

• Kapitalismus: eine bestimmte Wirtschafts- und Gesellschaftsordnung welche die Ausbeutung der Arbeiterschicht bewirkt. Der Kapitalismus hat Macht über uns. Er bestimmt nicht nur, wie wir arbeiten – sondern auch, wie wir den Rest unserer Zeit gestalten.

• Klein: steht für KL-ugheit und EIN-sicht (wichtiger Minister)

• Klima: die Gesamtheit aller Wettervorgänge, die für die über lange Zeiträume regelmäßig wiederkehrenden Zustände der Erdatmosphäre an einem Ort verantwortlich sind.

• Kolonialismus: Als Kolonialismus wird die Inbesitznahme auswärtiger Territorien und die Unterwerfung, Vertreibung oder Ermordung der ansässigen Bevölkerung durch eine Kolonialherrschaft bezeichnet.

• Konflikt: man spricht von einem Konflikt, wenn Interessen oder Zielsetzungen miteinander unvereinbar sind oder unvereinbar erscheinen

• Konkurrent: ist ein Gegner und Rivale im Wettkampf um Macht und Ansehen

• Konjunktur: beschreibt den Gesamtzustand der Wirtschaft

• Krymmenos: griech. „Verborgen“ (Gebiet in dem Philomena und Animus aufwuchsen)

• Leutnant: Offiziersdienstgrad beim Militär

• Libertaner: Bewohner des Landes Liberta in dem Glück und Freiheit herrschte

• Libertas: lat. bedeutet „FREIHEIT"

• Madita: bedeutet „Die Perle"

• Malus: bedeutet „schlimm, gerissen" (Schulkollege von Philomena)

• Manipulieren: Manipulation von Menschen: jemanden negativ beeinflussen

• Materialismus: ist eine Denkweise, die alle Vorgänge und Geheimnisse der Welt auf Materie und deren Gesetzmäßigkeiten zurückführt. Der Materialismus geht davon aus, dass selbst Gedanken, Gefühle oder das Bewusstsein auf Materie zurückgeführt werden können. Er versucht die den Menschen umgebende Welt und die in ihr ablaufenden Prozesse ohne Gott zu erklären

• Mammon: ist ursprünglich ein unredlich erworbener Gewinn oder unmoralisch eingesetzter Reichtum, wenn er etwa zur lebensbestimmenden Maxime wird. Heute wird mit dem Begriff abschätzig das Geld im Allgemeinen bezeichnet („schnöder Mammon"). Im weiteren Sinn bedeutet Mammon: „das, worauf man vertraut".

• Medien: Massenmedien, öffentlich verbreitete Kommunikationsmittel also Verständigungsmittel durch Presse, Zeitung, Fernsehen, Internet und vieles mehr.

• Menschenrechte: Als Menschenrechte werden moralisch begründete, individuelle Freiheits- und Autonomierechte bezeichnet, die jedem Menschen allein aufgrund seines Menschseins gleichermaßen zustehen

• Menschenwürde: ist nach moderner Auffassung zum einen der Wert, der allen Menschen gleichermaßen und unabhängig von ihren Unterscheidungsmerkmalen wie Herkunft, Geschlecht, Alter, sexuelle Orientierung oder Status zugeschrieben wird;

• Menschenrechtsaktivist: Menschenrechtsaktivisten sind Personen, die sich gewaltfrei für die Menschenrechte und Grundrechte ihrer

Mitmenschen einsetzen.

- Migrus: bedeutet „schwach, klein“ (Mitschüler von Philomena)
- Minister: hohes Mitglied der Regierung eines Landes
- Misstrauisch: jemandem nicht trauen oder nicht vertrauen
- Mystiko: griech. „Geheimnis“
- Naiv: Menschen, die Handlungen nicht, oder noch nicht wirklich angemessen bewerten können werden als naiv bezeichnet
- Negativ: damit ist in der Umgangssprache etwas Unerwünschtes, Schlechtes und Unangenehmes gemeint
- Nomos: griech. Recht, (Minister Tyrannos’ welcher ihm widersprach)
- Obdach: Zuhause, Behausung
- Odem: Atem, die beim Atmen bewegte Luftmenge, das eingehauchte Leben des Menschen
- Offizier: hoher Befehlshaber beim Militär
- Opera: bedeutet Hilfe (Fuchs, der Animus wieder weiter hilft)
- Opposition: steht für eine Auffassung, die im Gegensatz zur geplanten Zielvorstellung einer politischen Bewegung, zu Denk- und Handlungsweisen von einer herrschenden Meinung oder zu einer Politik der Regierung steht
- Orcus: bedeutet Tod, Schatten (ein Bürger von Capta)
- Parlament: die vom Staatsvolk gewählte und legitimierte Vertretungskörperschaft, die die gesetzgebende Gewalt ausübt und unter anderem auch die Regierung und Verwaltung kontrolliert.
- Pandemie: sich weit ausbreitende Seuche
- Paradoxien: ist ein Befund, eine Aussage oder Erscheinung, die dem allgemein Erwarteten, der herrschenden Meinung oder Ähnlichem auf unerwartete Weise zuwiderläuft
- Peregrinus: bedeutet „Fremder“
- Perfide: in übler Weise niederträchtig, heimtückisch
- Pharmariese: besonders großes Unternehmen welche durch die Er-

zeugung von Medikamenten überdimensionalen Reichtum, Größe und Machteinfluss haben

• Philomena: bedeutet: „Freundin des Mutes“ od. auch ”die Mutige“ (Hauptprotagonistin bzw. Hauptfigur)

• Phobie: bedeutet „Angst“

• Pius: bedeutet liebevoll, gütig, rechtschaffen (Philomenas guter Freund und Wegbegleiter)

• Politiker: eine Person, die ein Amt in einer Landesregierung innehat

• Populismus: Strategie zum Machterwerb, Politik die das Ziel hat, durch Dramatisierung der politischen Lage die Gunst der Massen zu gewinnen.

• Psema: grich. bedeutet „Lüge“ (Zeitalter in dem die Geschichte spielt)

• Quantität / Qualität: Das Substantiv Quantität bedeutet „Menge“, „Ausmaß“ oder „Anzahl“. ... Das Gegenwort zu Quantität ist Qualität. Qualität bedeutet: Gesamtheit der charakteristischen Eigenschaften (einer Sache oder Person)

• Quarks: sind die elementaren physikalischen Bestandteile (Elementarteilchen), aus denen Hadronen (z. B. die Atomkern-Bausteine Protonen und Neutronen) bestehen.

• Querulant: Als Querulant (von lateinisch queri – „vor Gericht klagen“) wurde ursprünglich in der Rechtsprechung ein Mensch bezeichnet, der trotz geringer Erfolgsaussicht besonders unbeirrbar und zäh einen Rechtskampf führte.

• Querdenker: Kritische Person, die sich in ihrem Denken nicht an die üblichen und vorgegebenen Denkweisen hält. Person, die eigenständig und originell denkt und deren Ideen und Ansichten oft nicht verstanden oder akzeptiert werden.

• radikal: ganz und gar, vollständig, gründlich. Manche Menschen denken ›radikal‹, besonders dann, wenn sie zu einem Thema persönliche Erfahrungen gesammelt haben

• Rancor: bedeutet Groll, Hass (oberster Offizier von Tyrannos)
• Region: ist ein bestimmtes geografisches oder politisches Gebiet
• Resignieren: sich in sein Schicksal ergeben, sich mit etwas abfinden
• Restriktionen: die Unterbindung eines konkreten Verhaltens, z.B. das Verbot bestimmter Dinge, Einschränkung bestimmter Umstände. Einschränkung, Beschränkung (von jemandes Rechten, Befugnissen, Möglichkeiten)
• Revolution: Eine Revolution ist ein grundlegender und nachhaltiger struktureller Wandel eines oder mehrerer Systeme, der meist abrupt oder in relativ kurzer Zeit erfolgt.
• Revolution: umwälzende, bisher Gültiges, Bestehendes o. Ä. verdrängende, grundlegende Neuerung, tief greifende Wandlung
• Sana: lat. bedeutet „gesund"
• Sofos: griech. bedeutet „klug und weise" (Alte Eule in der Geschichte)
• Sozial: Fähigkeit einer Person, sich für den Mitmenschen zu interessieren und diesem zu helfen
• Shadowphone: Computer welcher mit einem Handy oder Smartphone vergleichbar ist
• Spes: bedeutet Hoffnung (Gebiet von Minister Klein)
• Töricht: ein Tor oder töricht ist sinngemäß eine Person, die etwas nicht nachvollziehen kann, solange sie es nicht selbst erlebt hat. Somit ist die Torheit das Gegenteil von Klugheit oder Schlauheit
• Souverän: heißt soviel wie jeder Situation gewachsen, vertrauensvoll und eigenständig und geistig unabhängig sein. Sich seiner selbst sicher sein, jedoch ohne überlegen oder anmaßend zu sein.
• Technokratie: die Technokratie ist eine Form der Regierung, in der alle Handlungen und Entscheidungen auf rein wissenschaftlichem und technischem Wissen aufbauen. Wissenschaftler, Ingenieure und andere naturwissenschaftlich und technisch ausgebildete Personen, oft auch aus der Praxis der Wirtschaft, ersetzen dabei Politiker.

• Totalitär: mit diktatorischen Methoden jegliche Demokratie unterdrückend, das gesamte politische, gesellschaftliche, kulturelle Leben [nach dem Führerprinzip] sich total unterwerfend, es mit Gewalt reglementierend
• Tyrannos: ist der König und Herrscher über ganz Capa
• Tyrannos: lat. Gewaltherrscher, Diktator
• Thysia: griech. und bedeutet Opfer, sich opfern - (Name von Philomenas Vater)
• Universum: das Universum (von lateinisch universus ‚gesamt'), auch der Kosmos oder das Weltall genannt, ist die Gesamtheit von Raum, Zeit und aller Materie und Energie darin.
• Verfassung: als Verfassung wird das zentrale Rechtsdokument oder der zentrale Rechtsbestand eines Staates, bezeichnet.
• Vincula: bedeutet „Fesseln" - (Hauptstadt Captas')
• Virus: kleinster, auf lebendem Gewebe gedeihender Krankheitserreger
• Wirtschaft: ist die Zusammenfassung aller Handlungen und Arbeiten, die der Deckung der Bedürfnisse jedes Mitmenschen dienen
• Wirtschaften: ist die planvolle Tätigkeit des Menschen, knappe Mittel oder wirtschaftliche Güter der bestmöglichen Nutzung zuzuführen.
• Zyniker: bissiger, die Wertgefühle anderer Menschen
der Menschen herabsetzender Spötter
• Zensur: ist der Versuch der Kontrolle der Information. Durch restriktive Verfahren – in der Regel durch staatliche Stellen – sollen Massenmedien oder persönlicher Informationsverkehr kontrolliert und gelenkt werden.

Zitat: auf Seite 22 - * Bertold Brecht
Zitat: auf Seite 121 - * Mahatma Gandhi
Zitat: auf Seite 223 - * Denzel Washington
Zitat: auf Seite 332 - * Nelson Mandela

Allgemeine Erklärung der Menschenrechte

PRÄAMBEL

Da die Anerkennung der angeborenen Würde und der gleichen und unveräußerlichen Rechte aller Mitglieder der Gemeinschaft der Menschen die Grundlage von Freiheit, Gerechtigkeit und Frieden in der Welt bildet,

da die Nichtanerkennung und Verachtung der Menschenrechte zu Akten der Barbarei geführt haben, die das Gewissen der Menschheit mit Empörung erfüllen, und da verkündet worden ist, daß einer Welt, in der die Menschen Rede- und Glaubensfreiheit und Freiheit von Furcht und Not genießen, das höchste Streben des Menschen gilt,

da es notwendig ist, die Menschenrechte durch die Herrschaft des Rechtes zu schützen, damit der Mensch nicht gezwungen wird, als letztes Mittel zum Aufstand gegen Tyrannei und Unterdrückung zu greifen,

da es notwendig ist, die Entwicklung freundschaftlicher Beziehungen zwischen den Nationen zu fördern,

da die Völker der Vereinten Nationen in der Charta ihren Glauben an die grundlegenden Menschenrechte, an die Würde und den Wert der menschlichen Person und an die Gleichberechtigung von Mann und Frau erneut bekräftigt und beschlossen haben, den sozialen Fortschritt und bessere Lebensbedingungen in größerer Freiheit zu fördern, da die Mitgliedstaaten sich verpflichtet haben, in Zusammenarbeit mit den Vereinten Nationen auf die allgemeine Achtung und Einhaltung der Menschenrechte und Grundfreiheiten hinzuwirken,

da ein gemeinsames Verständnis dieser Rechte und Freiheiten von größter Wichtigkeit für die volle Erfüllung dieser Verpflichtung ist, verkündet die Generalversammlung diese Allgemeine Erklärung der Menschenrechte als das von allen Völkern und Nationen zu erreichende gemeinsame Ideal, da mit jeder einzelne und alle Organe der Gesellschaft sich diese Erklärung stets gegenwärtig halten und sich bemühen, durch Unterricht und Erziehung die Achtung vor diesen Rechten und Freiheiten zu fördern und durch fortschreitende nationale und internationale Maßnahmen ihre allgemeine und tatsächliche Anerkennung und Einhaltung durch die Bevölkerung der Mitgliedstaaten selbst wie auch durch die Bevölkerung der ihrer Hoheitsgewalt unterstehenden Gebiete zu gewährleisten.

HUMAN RIGHTS

30 Artikel:

Die Allgemeine Erklärung der Menschenrechte ist ein dynamisches Dokument, das den größtmöglichen Schutz aller Menschen im Hier und Jetzt gewährleisten soll.

Artikel 1
Alle Menschen sind frei und gleich an Würde und Rechten geboren. Sie sind mit Vernunft und Gewissen begabt und sollen einander im Geiste der Brüderlichkeit begegnen.

Artikel 2
Jeder hat Anspruch auf alle in dieser Erklärung verkündeten Rechte und Freiheiten, ohne irgendeinen Unterschied, etwa nach Rasse, Hautfarbe, Geschlecht, Sprache, Religion, politischer oder sonstiger Anschauung, nationaler oder sozialer Herkunft, Vermögen, Geburt oder sonstigem Stand.
Des weiteren darf kein Unterschied gemacht werden auf Grund der politischen, rechtlichen oder internationalen Stellung des Landes oder Gebietes, dem eine Person angehört, gleichgültig ob dieses unabhängig ist, unter Treuhandschaft steht, keine Selbstregierung besitzt oder sonst in seiner Souveränität eingeschränkt ist.

Artikel 3
Jeder hat das Recht auf Leben, Freiheit und Sicherheit der Person.

Artikel 4
Niemand darf in Sklaverei oder Leibeigenschaft gehalten werden; Sklaverei und Sklavenhandel in allen ihren Formen sind verboten.

Artikel 5
Niemand darf der Folter oder grausamer, unmenschlicher oder erniedrigender Behandlung oder Strafe unterworfen werden.

Artikel 6

Jeder hat das Recht, überall als rechtsfähig anerkannt zu werden.

Artikel 7

Alle Menschen sind vor dem Gesetz gleich und haben ohne Unterschied Anspruch auf gleichen Schutz durch das Gesetz. Alle haben Anspruch auf gleichen Schutz gegen jede Diskriminierung, die gegen diese Erklärung verstößt, und gegen jede Aufhetzung zu einer derartigen Diskriminierung.

Artikel 8

Jeder hat Anspruch auf einen wirksamen Rechtsbehelf bei den zuständigen innerstaatlichen Gerichten gegen Handlungen, durch die seine ihm nach der Verfassung oder nach dem Gesetz zustehenden Grundrechte verletzt werden.

Artikel 9

Niemand darf willkürlich festgenommen, in Haft gehalten oder des Landes verwiesen werden.

Artikel 10

Jeder hat bei der Feststellung seiner Rechte und Pflichten sowie bei einer gegen ihn erhobenen strafrechtlichen Beschuldigung in voller Gleichheit Anspruch auf ein gerechtes und öffentliches Verfahren vor einem unabhängigen und unparteiischen Gericht.

Artikel 11

1. Jeder, der einer strafbaren Handlung beschuldigt wird, hat das Recht, als unschuldig zu gelten, solange seine Schuld nicht in einem öffentlichen Verfahren, in dem er alle für seine Verteidigung notwendigen Garantien gehabt hat, gemäß dem Gesetz nachgewiesen ist.

2. Niemand darf wegen einer Handlung oder Unterlassung verurteilt werden, die zur Zeit ihrer Begehung nach innerstaatlichem oder in ternationalem Recht nicht strafbar war.
Ebenso darf keine schwerere Strafe als die zum Zeitpunkt der Begehung der strafbaren Handlung angedrohte Strafe verhängt werden.

Artikel 12
Niemand darf willkürlichen Eingriffen in sein Privatleben, seine Familie, seine Wohnung und seinen Schriftverkehr oder Beeinträchtigungen seiner Ehre und seines Rufes ausgesetzt werden. Jeder hat Anspruch auf rechtlichen Schutz gegen solche Eingriffe oder Beeinträchtigungen.

Artikel 13
1. Jeder hat das Recht, sich innerhalb eines Staates frei zu bewegen und seinen Aufenthaltsort frei zu wählen.
2. Jeder hat das Recht, jedes Land, einschließlich seines eigenen, zu verlassen und in sein Land zurückzukehren.

Artikel 14
1. Jeder hat das Recht, in anderen Ländern vor Verfolgung Asyl zu suchen und zu genießen.
2. Dieses Recht kann nicht in Anspruch genommen werden im Falle einer Strafverfolgung, die tatsächlich auf Grund von Verbrechen nichtpolitischer Art oder auf Grund von Handlungen erfolgt, die gegen die Ziele und Grundsätze der Vereinten Nationen verstoßen.

Artikel 15
1. Jeder hat das Recht auf eine Staatsangehörigkeit.
2. Niemandem darf seine Staatsangehörigkeit willkürlich entzogen

noch das Recht versagt werden, seine Staatsangehörigkeit zu wechseln.

Artikel 16

1. Heiratsfähige Männer und Frauen haben ohne jede Beschränkung auf Grund der Rasse, der Staatsangehörigkeit oder der Religion das Recht, zu heiraten und eine Familie zu gründen. Sie haben bei der Eheschließung, während der Ehe und bei deren Auflösung gleiche Rechte.
2. Eine Ehe darf nur bei freier und uneingeschränkter Willenseinigung der künftigen Ehegatten geschlossen werden.
3. Die Familie ist die natürliche Grundeinheit der Gesellschaft und hat Anspruch auf Schutz durch Gesellschaft und Staat.

Artikel 17

1. Jeder hat das Recht, sowohl allein als auch in Gemeinschaft mit anderen Eigentum innezuhaben.
2. Niemand darf willkürlich seines Eigentums beraubt werden.

Artikel 18

Jeder hat das Recht auf Gedanken-, Gewissens- und Religionsfreiheit; dieses Recht schließt die Freiheit ein, seine Religion oder seine Weltanschauung zu wechseln, sowie die Freiheit, seine Religion oder seine Weltanschauung allein oder in Gemeinschaft mit anderen, öffentlich oder privat durch Lehre, Ausübung, Gottesdienst und Kulthandlungen zu bekennen.

Artikel 19

Jeder hat das Recht auf Meinungsfreiheit und freie Meinungsäußerung; dieses Recht schließt die Freiheit ein, Meinungen ungehindert anzuhängen sowie über Medien jeder Art und ohne Rücksicht auf

Grenzen Informationen und Gedankengut zu suchen, zu empfangen und zu verbreiten.

Artikel 20

1. Alle Menschen haben das Recht, sich friedlich zu versammeln und zu Vereinigungen zusammenzuschließen.

2. Niemand darf gezwungen werden, einer Vereinigung anzugehören.

Artikel 21

1. Jeder hat das Recht, an der Gestaltung der öffentlichen Angelegenheiten seines Landes unmittelbar oder durch frei gewählte Vertreter mitzuwirken.

2. Jeder hat das Recht auf gleichen Zugang zu öffentlichen Ämtern in seinem Lande.

3. Der Wille des Volkes bildet die Grundlage für die Autorität der öffentlichen Gewalt; dieser Wille muß durch regelmäßige, unverfälschte, allgemeine und gleiche Wahlen mit geheimer Stimmabgabe oder einem gleichwertigen freien Wahlverfahren zum Ausdruck kommen.

Artikel 22

Jeder hat als Mitglied der Gesellschaft das Recht auf soziale Sicherheit und Anspruch darauf, durch innerstaatliche Maßnahmen und internationale Zusammenarbeit sowie unter Berücksichtigung der Organisation und der Mittel jedes Staates in den Genuß der wirtschaftlichen, sozialen und kulturellen Rechte zu gelangen, die für seine Würde und die freie Entwicklung seiner Persönlichkeit unentbehrlich sind.

Artikel 23

1. Jeder hat das Recht auf Arbeit, auf freie Berufswahl, auf gerechte und befriedigende Arbeitsbedingungen sowie auf Schutz vor Arbeitslosigkeit.

2. Jeder, ohne Unterschied, hat das Recht auf gleichen Lohn für gleiche Arbeit.
3. Jeder, der arbeitet, hat das Recht auf gerechte und befriedigende Entlohnung, die ihm und seiner Familie eine der menschlichen Würde entsprechende Existenz sichert, gegebenenfalls ergänzt durch andere soziale Schutzmaßnahmen.
4. Jeder hat das Recht, zum Schutze seiner Interessen Gewerkschaften zu bilden und solchen beizutreten.

Artikel 24
Jeder hat das Recht auf Erholung und Freizeit und insbesondere auf eine vernünftige Begrenzung der Arbeitszeit und regelmäßigen bezahlten Urlaub.

Artikel 25
1. Jeder hat das Recht auf einen Lebensstandard, der seine und seiner Familie Gesundheit und Wohl gewährleistet, einschließlich Nahrung, Kleidung, Wohnung, ärztliche Versorgung und notwendige soziale Leistungen, sowie das Recht auf Sicherheit im Falle von Arbeitslosigkeit, Krankheit, Invalidität oder Verwitwung, im Alter sowie bei anderweitigem Verlust seiner Unterhaltsmittel durch unverschuldete Umstände.
2. Mütter und Kinder haben Anspruch auf besondere Fürsorge und Unterstützung. Alle Kinder, eheliche wie außereheliche, genießen den gleichen sozialen Schutz.

Artikel 26
1. Jeder hat das Recht auf Bildung. Die Bildung ist unentgeltlich, zum mindesten der Grundschulunterricht und die grundlegende Bildung. Der Grundschulunterricht ist obligatorisch. Fach- und Berufsschulunterricht müssen allgemein verfügbar gemacht werden, und der

Hochschulunterricht muß allen gleichermaßen entsprechend ihren Fähigkeiten offenstehen.

2. Die Bildung muß auf die volle Entfaltung der menschlichen Persönlichkeit und auf die Stärkung der Achtung vor den Menschenrechten und Grundfreiheiten gerichtet sein. Sie muß zu Verständnis, Toleranz und Freundschaft zwischen allen Nationen und allen rassischen oder religiösen Gruppen beitragen und der Tätigkeit der Vereinten Nationen für die Wahrung des Friedens förderlich sein.

3. Die Eltern haben ein vorrangiges Recht, die Art der Bildung zu wählen, die ihren Kindern zuteil werden soll.

Artikel 27

1. Jeder hat das Recht, am kulturellen Leben der Gemeinschaft frei teilzunehmen, sich an den Künsten zu erfreuen und am wissenschaftlichen Fortschritt und dessen Errungenschaften teilzuhaben.

2. Jeder hat das Recht auf Schutz der geistigen und materiellen Interessen, die ihm als Urheber von Werken der Wissenschaft, Literatur oder Kunst erwachsen.

Artikel 28

Jeder hat Anspruch auf eine soziale und internationale Ordnung, in der die in dieser Erklärung verkündeten Rechte und Freiheiten voll verwirklicht werden können.

Artikel 29

1. Jeder hat Pflichten gegenüber der Gemeinschaft, in der allein die freie und volle Entfaltung seiner Persönlichkeit möglich ist.

2. Jeder ist bei der Ausübung seiner Rechte und Freiheiten nur den Beschränkungen unterworfen, die das Gesetz ausschließlich zu dem Zweck vorsieht, die Anerkennung und Achtung der Rechte und Freiheiten anderer zu sichern und den gerechten Anforderungen der Mo-

ral, der öffentlichen Ordnung und des allgemeinen Wohles in einer demokratischen Gesellschaft zu genügen.
3. Diese Rechte und Freiheiten dürfen in keinem Fall im Widerspruch zu den Zielen und Grundsätzen der Vereinten Nationen ausgeübt werden.

Artikel 30
Keine Bestimmung dieser Erklärung darf dahin ausgelegt werden, daß sie für einen Staat, eine Gruppe oder eine Person irgendein Recht begründet, eine Tätigkeit auszuüben oder eine Handlung zu begehen, welche die Beseitigung der in dieser Erklärung verkündeten Rechte und Freiheiten zum Ziel hat.

183.Plenarsitzung 10. Dezember 1948

Die Bundesverfassung

Ein moderner demokratischer Staat beruht auf drei Grundlagen: der Verfassung, der demokratischen Bildung von Entscheidungen und den Menschenrechten. Die Verfassung ist ein besonderes Gesetz. Es schafft den Rahmen für den Aufbau des Staates und es legt die Grundregeln für das Handeln der Staatsorgane fest. Die Verfassung sichert die Grundrechte der Menschen, die in einem Staat leben.

Grundrechte Österreich (Auszug)

Unter Grundrechten werden verfassungsgesetzlich gewährleistete Rechte verstanden, die Einzelpersonen vor Eingriffen des Staates schützen sollen. Es handelt sich dabei um Rechte, die grundsätzlich jeder Einzelperson gegenüber dem Staat durch Rechtsvorschriften im Verfassungsrang eingeräumt sind. Manche Grundrechte gelten für alle Menschen (Menschenrechte), andere nur für Unionsbürgerinnen/Unionsbürger.

Die Durchsetzung von verfassungsgesetzlich gewährleisteten Rechten erfolgt vor dem Verfassungsgerichtshof.

Bei folgenden Rechten handelt es sich beispielweise um Grundrechte:

- Recht auf Gleichheit aller Staatsbürgerinnen/aller Staatsbürger vor dem Gesetz
- Recht auf Leben
- Recht, keiner unmenschlichen oder erniedrigenden Strafe oder Behandlung (Folter) unterworfen zu werden

• Recht auf persönliche Freiheit
• Verbot der Sklaverei und Leibeigenschaft, der Zwangs- und Pflichtarbeit
• Recht auf Freizügigkeit der Person und des Vermögens
• Recht auf Unverletzlichkeit des Eigentums
• Recht auf Meinungsäußerungsfreiheit
• Recht auf Datenschutz
• Recht auf Achtung des Privat- und Familienlebens
• Recht der Eheschließung und auf Familiengründung
• Recht auf Vereins- und auf Versammlungsfreiheit
• Recht auf Glaubens- und Gewissensfreiheit einschließlich der Freiheit der Religionsausübung
• Recht auf ein Verfahren vor dem gesetzlichen Richter
• Recht auf eine gerichtliche Entscheidung in Zivil- und Strafsachen und auf ein faires Verfahren sowie auf einen rechtsstaatlichen Mindeststandard im Strafprozess.
• u.v.a.m.

Die Grundrechte in D
(Kleiner AUSZUG einiger Grundrechte)

• Die Würde des Menschen ist unantastbar. Sie zu achten und zu schützen ist Verpflichtung aller staatlichen Gewalt.

• Das Deutsche Volk bekennt sich darum zu unverletzlichen und unveräußerlichen Menschenrechten als Grundlage jeder menschlichen Gemeinschaft, des Friedens und der Gerechtigkeit in der Welt.

• Jeder hat das Recht auf die freie Entfaltung seiner Persönlichkeit, soweit er nicht die Rechte anderer verletzt und nicht gegen die verfassungsmäßige Ordnung oder das Sittengesetz verstößt.

• Jeder hat das Recht auf Leben und körperliche Unversehrtheit. Die Freiheit der Person ist unverletzlich. In diese Rechte darf nur auf Grund eines Gesetzes eingegriffen werden.

• Alle Menschen sind vor dem Gesetz gleich.

• Männer und Frauen sind gleichberechtigt. Der Staat fördert die tatsächliche Durchsetzung der Gleichberechtigung von Frauen und Männern und wirkt auf die Beseitigung bestehender Nachteile hin.

• Niemand darf wegen seines Geschlechtes, seiner Abstammung, seiner Rasse, seiner Sprache, seiner Heimat und Herkunft, seines Glaubens, seiner religiösen oder politischen Anschauungen benachteiligt oder bevorzugt werden. Niemand darf wegen seiner Behinderung benachteiligt werden.

• Die Freiheit des Glaubens, des Gewissens und die Freiheit des religiösen und weltanschaulichen Bekenntnisses sind unverletzlich. Die ungestörte Religionsausübung wird gewährleistet.

• Niemand darf gegen sein Gewissen zum Kriegsdienst mit der Waffe gezwungen werden.

• Jeder hat das Recht, seine Meinung in Wort, Schrift und Bild frei zu äußern und zu verbreiten und sich aus allgemein zugänglichen Quellen ungehindert zu unterrichten. Die Pressefreiheit und die Freiheit der Berichterstattung durch Rundfunk und Film werden gewährleistet. Eine Zensur findet nicht statt.

• Kunst und Wissenschaft, Forschung und Lehre sind frei. Die Freiheit der Lehre entbindet nicht von der Treue zur Verfassung.

• Ehe und Familie stehen unter dem besonderen Schutze der staatlichen Ordnung. Pflege und Erziehung der Kinder sind das natürliche Recht der Eltern und die zuvörderst ihnen obliegende Pflicht. Über ihre Betätigung wacht die staatliche Gemeinschaft.

• Gegen den Willen der Erziehungsberechtigten dürfen Kinder nur auf Grund eines Gesetzes von der Familie getrennt werden, wenn die Erziehungsberechtigten versagen oder wenn die Kinder aus anderen Gründen zu verwahrlosen drohen.
Jede Mutter hat Anspruch auf den Schutz und die Fürsorge der Gemeinschaft.

• Alle Deutschen haben das Recht, sich ohne Anmeldung oder Erlaubnis friedlich und ohne Waffen zu versammeln.
Für Versammlungen unter freiem Himmel kann dieses Recht durch Gesetz oder auf Grund eines Gesetzes beschränkt werden.

• Alle Deutschen haben das Recht, Vereine und Gesellschaften zu bilden.

• Das Recht, zur Wahrung und Förderung der Arbeits- und Wirtschaftsbedingungen Vereinigungen zu bilden, ist für jedermann und für alle Berufe gewährleistet.
• Das Briefgeheimnis sowie das Post- und Fernmeldegeheimnis sind unverletzlich.

• Alle Deutschen genießen Freizügigkeit im ganzen Bundesgebiet.

• Alle Deutschen haben das Recht, Beruf, Arbeitsplatz und Ausbildungsstätte frei zu wählen. Die Berufsausübung kann durch Gesetz oder auf Grund eines Gesetzes geregelt werden.

• Niemand darf zu einer bestimmten Arbeit gezwungen werden, außer im Rahmen einer herkömmlichen allgemeinen, für alle gleichen öffentlichen Dienstleistungspflicht.

• Die Wohnung ist unverletzlich.
Durchsuchungen dürfen nur durch den Richter, bei Gefahr im Verzuge auch durch die in den Gesetzen vorgesehenen anderen Organe angeordnet und nur in der dort vorgeschriebenen Form durchgeführt werden.

• Jedermann hat das Recht, sich einzeln oder in Gemeinschaft mit anderen schriftlich mit Bitten oder Beschwerden an die zuständigen Stellen und an die Volksvertretung zu wenden.

• Wer die Freiheit der Meinungsäußerung, insbesondere die Pressefreiheit (Artikel 5 Abs. 1), die Lehrfreiheit (Artikel 5 Abs. 3), die Versammlungsfreiheit (Artikel 8), die Vereinigungsfreiheit (Artikel 9), das Brief-, Post- und Fernmeldegeheimnis (Artikel 10), das Eigentum (Artikel 14) oder das Asylrecht (Artikel 16a) zum Kampfe gegen die freiheitliche demokratische Grundordnung mißbraucht, verwirkt diese Grundrechte. Die Verwirkung und ihr Ausmaß werden durch das Bundesverfassungsgericht ausgesprochen.

• In keinem Falle darf ein Grundrecht in seinem Wesensgehalt angetastet werden. Die Grundrechte gelten auch für inländische juristische Personen, soweit sie ihrem Wesen nach auf diese anwendbar sind.

• Wird jemand durch die öffentliche Gewalt in seinen Rechten verletzt, so steht ihm der Rechtsweg offen. Soweit eine andere Zuständigkeit nicht begründet ist, ist der ordentliche Rechtsweg gegeben.

u.v.a.m.

Der Autor:

Rainer M. Osinger ist 1970 in Villach geboren und studierte Grafik, Illustration und Malerei an der New Design University (NDU) in St.Pölten. Er ist verheiratet und stolzer Vater von sieben Kindern. Mit seiner Familie lebt er in St. Veit an der Glan in Kärnten, Österreich. Er arbeitet dort als freiberuflicher Kommunikationsdesigner, Illustrator, Kinderbuchautor und Grafiker und ist Lehrbeauftragter für Illustration und Malerei an diversen öffentlichen Instituten. Er ist Träger diverser internationaler Illustratoren Preise u. a. dem "Hollywood Book Festival Award" (Children's Books). Osinger publizierte bereits zahlreiche Jugend- und Kinderbücher im In- und Ausland.

Mehr Informationen zu seiner Arbeit, seinen Büchern und Kinderbüchern und Veröffentlichungen unter:
www.osinger-grafik.at

Oder unter: www.illustration.osinger-grafik.at

Rainer M. Osinger
BIBLIOGRAFIE (Ausschnitt):

• Der glückliche Wehamili (D&D Medien-Verlag - D) - Text und Illustrationen
• Muffy Melone (Monika Fuchs Verlag - D) - Text und Illustrationen
• Papa Hoppe gibt nicht auf (Buchecker-Verlag - D)) - Text und Illustrationen
• Alina und die Farben (Buchecker-Verlag - D) - Text und Illustrationen
• Billi Maulwurf (D&D Medien-Verlag) - Text und Illustrationen
• Waususeldabidudingsda (Engelsdorfer Verlag - D) - Text und Illustrationen
• Falidal und die verlorenen Farben (Engelsdorfer Verlag - D) - Text und Bilder
• Typoart (MPO-Verlag - A) Text und Bilder
• Typografik von Rainer M. Osinger Text und Bilder (Buchecker Verlag)
• Pastor Flathead & Co (Verlag Projekte - D) - Text und Illustrationen
• Hein Hannemann auf großer Fahrt (Lexikus Verlag - D) - Text und Illustrationen
• Ironische Karikaturen (Verag MPO) - Text und Illustrationen
• Hab den Mut - komm und fliege (Verlag Zukunftstauglich) - Text und Illustrationen
• Alina - Farbenlehre für Kinder (Braille Kinderbuchverlag - D) Text
• Der Holocaustjunge – Grafische Literatur für Erwachsene (Cornelius Verlag) - Text und Illustrationen
• Wholome – (Nelson Publishing USA) - Text und Illustrationen
• Puschl lernt Schwimmen (TBR) - Text und Illustrationen
• Prinz Edelweiss besiegt den Kupfergeist (Salzburg MOUNTAIN Resort) - Text und Illustrationen
• Vitus – ein Herz für St. Veit (STAMA) - Text und Illustrationen
• Philomena und das gestohlene Leben (Engelsdorfer Verlag - D) Text

Weitere Publikationen – Ausschnitt einiger illustrierter Bücher:

• Meine schönsten Geschichten von Oma und Opa (Tyrolia-Verlag - A) - Illustrationen
• Anna und das Buch (Kern Media-Verlag - A) - Illustrationen

- Kleiner König und großer König (Staudt-Verlag - CH) - Illustrationen
- Diese doofe Dicke (Verlag Taina - Ceditora - CH) - Illustrationen
- Schulbuch „Alles Energie“ (EVN-Verlag - A) - Illustrationen
- Mein Forscherheft (Verlag EVN - A) – Illustrationen
- Entdecke deinen Ursprung (Heil Medien) - Illustrationen
- Löwe Aragon besiegt sein Asthma (DUSTRI Verlag) - Illustrationen
- Rosalinde (Heil Medien-Verlag) - Illustrationen
- Geben und Nehmen (Tut Verlag - CH) - Illustrationen
- Entdecke deinen Ursprung (Heil Medien-Verlag - A) Illustrationen
- Prinzessin Rosa Rose (Heil Medien-Verlag - A) Illustrationen
- Mulligan Golf - nicht ganz so ernst genommen (Mauer Verlag) - Illustrationen
- Let‘s change that (Nelson Publishing - USA) Illustrationen
- Pancaces with Papa (Nelson Publishing - USA) Illustrationen
- Das Knufalle (MINIMAX Verlag) Illustrationen
- Die Mondmärchen (Novum Verlag) Illustrationen
- Self-Leadership - Management beginnt im Kopf (MDI-Verlag) - Illustrationen
- Jugendmagazin „tut“ (TUT-Verlag) Illustrationen
- Ambrosius und Ambrosinchen (Berenkamp Verlag - A) - Illustrationen
- „Alles Energie Arbeitsbuch“ (EVN) - Illustrationen
- Schulbuch „Alles Energie“ 3 (EVN-Verlag) - Illustrationen
- Schulbuch „Alles Energie“ 4 (EVN-Verlag) - Illustrationen
- Schulbuch „Alles Energie“ 5 (EVN-Verlag) - Illustrationen
- Sachbuch „Aus Müll wird Energie“ (EVN-Verlag - A) - Illustrationen
- Die Abenteuer von Rob.e.r.T (Verlag Novum - A) - Illustrationen
- Karamella von Landskron (Verlag PARAMON - CH) - Illustrationen
- Igel Nig erlebt ein Abenteuer (Verlag Natur im Garten - A) - Illustrationen
- I Speake Peace (Ferne Press Verlag - USA) Illustrationen
- Nig schützt die Umwelt (Verlag Natur im Garten - A) – Illustrationen
- Lorenzu Gucker und seine Freunde in der Steinzeit (MPO) – Illustrationen
- Der Baum Emilio und sein Freund Fridolin (EV) – Illustrationen
- Der kleine Eurotino (Knaben) – Illustrationen
- Meine Gemeinde – (Verlag: Plattform Politische Bildung) – Illustrationen
- Kinderrätselbuch „VOLL COOL“ Verlag (TBR) – Illustrationen
- EDELWEISS RÄTSELBUCH - (Salzburg MOUNTAIN Resort) - Text und Illustrationen
- Rätselspaß mit Kittibär (Verlag Kittenberger) - Illustrationen

- Kittibär sucht sein Glück (Verlag Kittenberger) - Illustrationen
- Kinderwitze von Hanja Arnold – (SCHLOSSER Verlag) – Illustrationen
- Sagen für Kinder – Von Zwergen, Geistern und viel mehr – (G-Verlag) Illustrationen
- Die Abenteuer der Waldameise Liesl (G-Verlag) Illustrationen
- Mutter Erde – ein Geschenk (G-Verlag) Illustrationen
- Erlebnismalbuch mit dem Längseewaller (TVL-Verlag) Illustrationen
- My Book of Live (Josefinum-Verlag) Illustrationen
- Logbuch eines Seefahrers (Josefinum-Verlag) Illustrationen
- uvm.

Ebenso von Rainer M. Osinger bei
ENGELSDORFER erschienen:

WAUSUSEL-DABIDU-DINGSDA

Auf seinen viel zu großen Füßen spaziert der etwas sonderbare »Flund« Waususel-dabidu-dingsda durch die Stadt und trifft auf Max, einen Jungen im Rollstuhl. Schnell freunden sich die beiden an und merken, dass sie ein gemeinsames Problem haben. Sie sind anders als die »Masse«, sie sind Außenseiter. Schließlich wollen sie einander helfen ihre Träume zu verwirklichen und ihre Barrieren und Ängste zu überwinden. Ein lustiges Bilderbuch für große und kleine Leute mit einer wertvollen Botschaft!

Gebundene Ausgabe: 44 Seiten
Verlag: Engelsdorfer
Sprache: Deutsch
ISBN: 978-3-95488-760-6

RAINER M. OSINGER
Waususel-
dabidu-dingsda
Engelsdorfer
VERLAG
Waususeldabidu-dingsda
von Rainer M. Osinger

Raum für Notizen